此刻，没有任何人，但还是感觉到了窒息，窒息的唯一解脱就是你像鱼一样吞没我。

晋 军 新 六 家

晋军新方阵·第六辑

昼颜

李燕蓉 著

山西出版传媒集团 北岳文艺出版社
BEIYUE LITERATURE & ART PUBLISHING HOUSE
·太原·

图书在版编目（CIP）数据

昼颜 / 李燕蓉著 . —太原：北岳文艺出版社，
2019. 10
（晋军新方阵 . 第六辑：晋军新六家）
ISBN 978-7-5378-5987-5

Ⅰ . ①昼 … Ⅱ . ① 李… Ⅲ . ①短篇小说 – 小说集 – 中
国 – 当代 Ⅳ . ① I247.7

中国版本图书馆 CIP 数据核字（2019）第 161385 号

书名：昼颜
著者：李燕蓉
策划：王朝军　赵婷
责任编辑：赵婷
书籍设计：张永文
责任印制：巩璠

出版发行：山西出版传媒集团 · 北岳文艺出版社
地址：山西省太原市并州南路 57 号　邮编：030012
电话：0351-5628696（发行部）　0351-5628688（总编办）
传真：0351-5628680
网址：http://www.bywy.com　E-mail：bywycbs@163.com
经销商：新华书店
印刷装订：山西人民印刷有限责任公司

开本：787mm × 1092mm　1/32
字数：180 千字　印张：10.75
版次：2019 年 10 月第 1 版　印次：2019 年 10 月山西第 1 次印刷
书号：ISBN　978-7-5378-5987-5
定价：58.00 元

探索与重建

——“晋军新六家”丛书序

杜学文

中国新文学已有百年的历程。百年间，中国文学发生了革命性变化，从传统迈向现代的步伐轰轰隆隆。尽管前行的道路充满曲折，但不容否定的是，中国文学伴随着中国社会的发展进步而发展进步。不仅涌现出大量的重要作家、重要作品，也从创作实践与理论研究两翼重建中国美学——在继承传统的基础上，吸纳人类审美有益成果，形成具有现实针对性的审美范式。

中国新文学的出现非一时之功。其肇始与中国追求变革、走向现代的历史潮流相应。但无可否认的是，新文学运动期间完成了中国文学由“旧”而“新”的转化。其变革动力，一是客观的社会要求——中国如何从文明的顶峰跌落之后，重回昔日辉煌；二是自身发展的要求——适应时代发展，对“旧文学”的批判、扬弃，以及对“新文学”的迫切呼唤。而最具影响力的是社会思潮中对科学与民主的追求，对人本主义的回归，以及先发国家文学资源的引进。这些催生了中国文学的革命性蜕变——新文学由此而生，进而开创了中国文学的崭新时代。

在20世纪之初的二三十年间，是中国文学引进、吸纳外来文学资源的重要时期。有很多在当时的中国人看来属于“新”的理论、观念、方法被译介，并转化成中国文学新的样式，初步奠定了中国新文学的基本审美形态与类型格局。从理论对创作现象的总结梳理来看，也取得了很多成果。但这一时期，中国新文学仍然处于初建与探索的阶段。其审美形态并未形成成熟的规范，还有很多问题需要从实践与理论等多个方面解决。比如，一个最为突出的问题就是，新文学虽然完成了新与旧的革命，但仍然没有完成其民族性的表达，以及被更广大的民众所接受的使命。这些问题的存在也实际上影响了新文学作品的艺术感染力与社会影响力。

尽管敏锐的人们已经从理论的层面提出了这些需要解决的问题，但中国新文学发生实质性的变化是借助于某种社会生活的机缘——抗日战争的爆发。面对民族的生死抉择，一个最迫切的社会问题就是如何唤醒广大民众，动员与组织民众投入到保家卫国的抗战之中。显然，那种不适应民众阅读习惯、表达晦涩曲折、强调人物内心世界的描写而忽略人物外在行为的表现方法与这样的社会需求有极大的距离。它们难以完成发动民众、激励民众，在瞬息万变的战争状态中鼓舞人们投入抗战的使命。作家们——特别是那些具有强烈的民族意识与使命感的人们，不仅纷纷来到抗敌前线，甚至直接投入战斗。他们在战火纷飞的前线创作，他们的作品总体上表现出简洁、明快、清晰、易懂的特点，具有强烈的理想情怀与战斗精神。也因此与民众的审美要求、社会心理一致起来。同时，他们更多地描写战争中普通人的命运——士兵、农民、城市平民与工人等等。这也使中国新文学关于“人”的意识发生了改变。人——千千万万、普普通通的你我他，成为文学的主人公。他们从不自觉到自觉，从无意识到有意识，从被动到主动，成为关系民族未来、国家命运的主角和主力。做一个不太准确的比喻，就是实现了从阿Q向小二黑的转变——不论在社会生活领域，还是个人生活领域。在这样的社会背景下，中国新文学完成了其民族化、大众化的使命。因而，也基本形成了比较完整、系统的审美形态。

新中国建立之后的中国文学，是这种审美范式的延续。一方面，她仍然保持了自身的开放性——对外来文学资源的吸纳，主要是苏联文学及东欧等弱小国家文学资源的吸纳。但是，这并不等于放弃了传统。事实是，传统文学中的表现手法仍然有很强很突出的表现。一些作品甚至直接借用传统章回体的形式。因而，从某种意义上讲，他们是文学传统与外来手法的统一体。另一方面，也仍然保持了至抗日战争时期形成的审美形态——理想信仰与个人命运的统一，社会进步与个人发展的统一，歌颂与批判的统一，普通人、劳动者在社会生活与文学作品中主体地位的确立，现实主义与浪漫主义的有机结合等等。但是，当一种范式成为一种程式之后，其局限性也逐渐表现出来。特别是经过一个僵化、简单化的审美阶段之后，这种局限表现得更为明显。随着改革开放的到来，整个社会的审美创造力被空前地激发出来。外来的哲学观念、创作思潮也次第而入。时代的变革为中国新文学的新变带来了历史的机遇。

几乎是在20世纪的一头一尾，中国文学先后经历了两次极为重要的剧烈变革。其中一个十分突出的现象就是对国外创作方法的借鉴与模仿。尽管从表现形式而言，这两个阶段有着突出的相似性，但二者仍然存在很大的不同。首先，从面临的任务而言，20世纪初主要是完成文学革命，而在新的世纪之交，主要是解放艺术创造力。其次，从创作实践来看，20世纪初乃是一种针对旧文学的初步的摹仿。而在新的世纪之交，则具备了更为明显的主动性、自觉性，是在新文学进行了大量的实践并基本形成其审美规范之后的再创造。再次，从其规模来看，前者不论是从译介的质量、数量诸方面看，都不能与后者相比。这固然得益于整个社会经济文化的快速发展，也与中国改革开放程度的扩大深化有关。总体来看，随着改革开放的不断推进，中国文学表现出争奇斗艳、各显其能的生动局面。文学创作的题材得到了前所未有的拓展，人物类型不断丰富，表现手法显现出向外与向内同时掘进的态势，文学作品的样式也空前丰富起来。如果仅仅从作品外在的形态与手法技巧等方面看，中国文学的现代性得到了极为充分的体现。

但是，文学并非仅仅是一种技巧。它还涉及对生活的认知、判断，以及其中所蕴含的价值观。最引人关注的是其对社会生活的表现，以及对人的塑造。毫无疑问，改革开放以来，仍然有大量的延续了中国文学传统，特别是抗日战争以来形成的审美传统的作品。但是，另一方面也出现了与外来文学，特别是先发国家文学表现主题相似的作品。这种现象的形成，从文学自身的变化来看，是对外来创作观念、方法的引进。从社会生活的变化来看，则是中国现代化进程的快速推进对人产生的影响。包括人在社会变革中的迷茫与不适应，社会结构的改变、利益的调整、人伦关系的重构等在人的外在物质世界与内在精神世界的作用。强大的现代化车轮滚滚向前，利益与欲望等物的诱惑日见显现。文学对这些生活中的变化进行了多样的表达。如果仅仅从多样化的角度来看，这当然是文学的一种进步。

然而，文学的现实是人们对这样的表达似乎并不满足。人们更希望文学关注自己生活中最迫切的问题，人们也更希望在现实的焦虑中寻找到存在的价值、前行的方向，希望文学能够拥有更多的读者。人们对那些晦涩的描写、缺少光亮的表达、只注重描写而忽略了叙述、不能表现生活质感与本质的文学不再激动，甚至冷漠。从文学自身的存在与发展而言，需要做出新的调整。事实上，许多作家也意识到了这种问题，重新回归传统与民间，以期从中汲取创作的营养。

中国文学在21世纪初，面临着真正步入现代化的挑战。这首先是中国现代化的进程步伐加快，对文学提出了新的时代要求。其次是中国新文学在经历了几乎是百年的实践之后，需要形成适应时代要求的成熟的审美范式。以民族优秀文化传统，特别是审美传统为根，在继承与创新的基础上，辩证科学地汲取世界文学的有益营养，面向当下中国现实，关注中国社会的发展与人的进步，创造能够为现实中国提供精神资源、价值引领、审美启迪的优秀作品与理论形态已经成为历史的必然要求。显然，我们的文学已经进行了多方面的努力，但我们还需要谨慎地判断——中国新文学在完成了其新与旧的革命，实现了民族化与大众化之后，正在向现代化迈进。

如果从这样的视角来看这套丛书，我们还是能够感到某种欣慰。收录在这套“晋军新六家”丛书中的作品，均由晋地相对年轻的新锐作家创作。在中国文坛，他们属于比较活跃且产生了积极影响的作家。当然，我在这里要特别强调，仅就晋地而言，也并不是只有他们显现出这样的积极姿态。除他们外，实际上还有相当一批人可以进入这个行列。我们将陆续向社会推介更多的晋地优秀青年作家及其作品。他们的创作，首先从一定程度上反映了中国文学的演进——希望能够形成具有现代意义的，富有现实针对性的，基于传统又呈现出开放性的审美范式。其次，我们也能够从这里感受到中国作家拥有的文学理想。他们并不是把自己的创作当作随意的尝试、把玩，而是希望通过自己的努力为中国文学贡献光热。对于他们而言，文学具有某种神圣感。他们对创作的严肃、尊重可圈可点。举一个极端的例子，其中有人认为自己的作品过不了自己这一关就宁愿好几年也不发表作品。这与那种浮躁的心态形成了鲜明的对比。其态度可见一斑。

这些作品表现了当下现实中国社会生活和人的精神生活的多种层面、多种状态，显现出文学极大的丰富性。现实感是这批作品最突出的特点。当然，他们可能不一定把更多的笔墨放在社会生活的重大事件上，但他们也并不回避这些。因而，在他们的作品当中，已经显现出如何把纷繁的社会生活，特别是具有重要影响的社会生活与人的日常生活，主要是最平凡、最普通的生活结合起来的努力。他们表现置身其中的人的迷茫、失落，物的挤压，欲望的诱惑，但总要在字里行间流露出源自生命的对生活的热爱、责任，并期望通过自己的描写为平凡的生活指出方向、出路。在他们的作品当中，人的价值并没有消解，而是从日常的细微之处冉冉而现，使我们能够看到希望、未来，给予我们生活的信心与力量。他们可能会汲取传统文化资源，如绵延至今的某种生活方式、价值追求，以及传统文学中的表现手法。但也毫不掩饰，他们对外来的文学资源也同样充满热情。这使他们的叙述不再是一种简单的情节交代，而是叙述本身就拥有了超越情节的意味与魅力。他们在叙述的同时，强化描写，在注重对人物外部存在描写的同时，深入人的内心世界，在具有真实意味的形象塑造中超越这种“意味”与“形象”。总而言之，在这些作品中，我们可以看到中国新文学在新的世纪，经过百年的实践探索之后，从创作层面重建中国审美的种种努力。对他们而言，这种努力也许是不自觉的。但就文学而言，却是极为重要的。也许，这种努力将被中国文学浩大前行的浪潮所淹没。但我们可以肯定的是，作为这浪潮中的水花，他们努力过，存在过，发过光，闪过亮。这已经是生活对他们的巨大回馈。他们还年轻，拥有无可估量的潜力与可能性。前路正辉煌。谁又敢武断地说，他们不可能成就为最具冲击力的滔天巨浪呢?

正因为有他们，以及千千万万为文学而努力的人们，中国文学才能不断进步，文脉永续，生长得枝繁叶茂并硕果累累。

2019年8月8日23时10分，
“二青会”开幕之际于劲松
2019年8月13日零时24分改于劲松

目录

让我落在尘埃

牧牧还是和以前一样地缺乏想象力。对于雷歌的热情，常常表现出一副浑然不觉的样子。这让踌躇满志的雷歌多少有些吃不准，不知道自己是该上还是不上。

要不是陈涛极力撮合，他是不会和她往这一步走的。之所以这么说，倒不是因为，他不喜欢她。事实上，还在念大学的时候，雷歌就开始喜欢牧牧了。虽然在多数人眼里，牧牧一点儿也算不上漂亮。五官每个部位都有些轻描淡写，如同用水洗过多次的衣服，干净是干净，可干净里总是多少带了些陈旧。加上性格也完全配合着长相，仍旧是一味地淡。所以，几乎都用不着往人堆里扔，牧牧自己就能把自己悄无声息地淹没了。可是，这一切，在雷歌看来，居然有了另外一番韵味。他从心眼里喜欢牧牧那种淡。她就像他家里挂着的写意山水画，无论摆着还是看着，永远不会有任何的攻击性。让人觉得放心，同时也安心。年轻时自然怎么也比不上浓艳、隆重的女人来得抢眼、来得热烈。但随着时间的推移，也决不会像隆重的女人消退得那么惨淡。落了灰、发了黄的山水画，旧是旧了，但多半都会生出些别样的味道来。雷歌喜欢的就是牧牧的淡。但偏偏他的表达出了问题。在食堂聊起班里的女生，他端着饭盆，举着筷子说：

“牧牧啊，就像一杯白开水，可以装在任何的容器里。”他本来是想夸牧牧“淡”得很亲和、很随意，谁知他的话音刚落，就引来男生的一阵哄笑声。有人附和道，对，像白开水一样淡而无味。你看，咱们莉莉，多浓啊，像玫瑰一样，可不能随便地装在任何的容器里，要捧着，不对，要贴着胸口搂着。当时，牧牧就在隔壁的桌子上吃饭，虽然脸上还是一如既往的淡然，但神情冷漠得已经可以结冰了。所以大学四年，不用说发展恋情，就连朋友都算不上。

毕业后，班里只有八个人留在了东城。八个人里只有两个女生，一个是他们的副班长，另一个就是牧牧。谁都没想到，性格一向不招摇的牧牧会留下来，而且还早早地应聘好了工作。毕业那晚，大家都拼命喝着酒，说着话，努力地想要留住些什么。他们把班里的女生都说了个遍，也第一次谈起了牧牧。陈涛使劲拍着桌子说，女人真是搞不懂啊，搞不懂啊，你看牧牧，居然能留下。小回回也晃着站在桌子上说，女人真是搞不懂啊，搞……桌子没晃，小回回自己把自己晃倒了，嗓子里依旧咕噜着话。大家都笑了，笑得模糊而灿烂，那晚最后的记忆就是笑。

他们终于留在了这个并不陌生却仍旧满是隔阂的城市里。开始，他们一如既往地重温着毕业那晚的好时光。不断地聚会，不停地聊天。时间在那些谈话里变得像羽毛一样丰满起来。每次聚会牧牧都安静地坐在角落里，听他们说，偶尔会笑笑，他只要看见牧牧坐在那儿就没来由得踏实。后来，大家开始各自忙得一塌糊涂，聚会也就渐渐少了。几年下来，副班长、陈涛、姜武、刘飞……都陆续结婚，除了他，每个人都像落定的尘埃。某个，怎么也打发不走的时刻，他也会想起牧牧，但那些喜欢早就被时间拉得又细又脆，不经意间，常常会断裂。所以，如果有可能，他宁愿什么也不想。

三个月前，陈涛突然叫吃饭，饭桌上不断往近拉拢他和牧牧的关系。牧牧没有说话，他也只好不说话。有了过去那次说话失败的经验，他不敢再乱说什么。吃完饭，陈涛先走了，他只好送牧牧回家。在车里，两个人，都有些尴尬，反而更没话了。牧牧一直看着窗外。路灯下，外面的车还有人，变得柔和、缓慢了，不再像白天那么刺眼、那么急匆匆的。慢了真好啊，除了在大学的那几年，她还真的没有更多地体会过慢的滋味。上学的时候，每一天都在为以后做准备，不是上课就是补课，那些年，她觉得自己从来没有认真地睡过觉，“荒废”是她母亲那时最爱说的一个词。怎么能把时间荒废在睡觉上呢！睡觉就像她每天必须按点喝奶一样为的是循环，为的是维持正常的生理代谢。所以，考完大学，她在床上躺了整整一天。时间终于不用再划分了，不用一格一格地摆在那儿等着让她跳。但也只躺了一天，第二天答案下来，她就开始不断地估分，光母亲就和她详细地估了四遍。母亲总是不停地说，一定要细、要细，最好一分也不要差，这样就能走个好学校。从估分到大学毕业，好像就是一转眼的事儿。终于上班了，她仍旧没觉得松口气。反而觉得像回到了上大学之前的日子，又是在赶，又是在为明天。像现在这样，坐在车里，对她来说真的算是最缓慢的时光了，和这个城市比起来，身边的这个人让她觉得温暖、踏实，她甚至希望，路，就一直这么无尽地延伸下去。她回过头看了一眼雷歌，发现雷歌也看着自己。她笑了，虽然浅浅的。这一刻，他和她的感受居然有些一样。他拍了拍她的肩。她点了点头。那晚，他们都没有多说什么，好像也不需要说什么，送牧牧下车雷歌就直接走了。但从那晚起，他们开始单独见面了。

转眼半年过去，除了过马路的时候，他拉过她的手。其余时间两个人就像是来接头的革命同志，没有任何的进展不说，连话题也不会涉及结婚这样敏感的领域。雷歌觉得自己的耐心正在一点一点瓦解、坍塌。下午，看完电影，他决定带牧牧回他住的地方，也许是该创造一些暧昧的气氛的时候了。牧牧从进门起就一脸的平和。既不紧张，也不兴奋。对于他说的话一律用无知的眼神来接应，弄得他完全丧失了信心，于是只好沉默着抽烟。见他这样，牧牧眨了眨眼有些无辜地问：

“怎么了你？怎么不说话了？”

雷歌有些哭笑不得。“噗”的一声连烟带笑一起喷了出来。因为噗得太急，咔、咔地咳嗽开了。牧牧这回没有旁观，居然腾出了插在兜里的手，在雷歌背上一下一下轻轻拍着。雷歌又激动了。不等咳完，顺势把牧牧搂了过来。牧牧居然没有躲，这让雷歌心里又一阵儿窃喜，早知道，就不说那么多话了，多费劲啊，这么一抱不就什么都解决了嘛！他把头伸进牧牧的脖子里深深地嗅着。

“牧牧，咱们结婚吧。”说着把头偏了偏，开始亲牧牧的头发。边亲，边拥着牧牧往里屋走。

“牧牧，咱们结婚吧，就现在，好不好？”快到卧室门口了，牧牧突然推开了他，神情很严肃地说：

“你能保证一辈子喜欢我，和我在一起吗？”他点点头。

“你能保证不再喜欢别的女人吗？”他又点点头，手放在牧牧的背上摸索着。

“那你发誓吧，说，如果再和我以外的女人调情就立刻去死。”雷歌愣住了，脑袋稍稍地清醒了些，用手拍着脑门说：

“你说什么？让我去死？”

“你要不敢发誓，就说明你做不到，就说明你在说谎。”牧牧的眼神凌厉起来了。

“我都说了，不会离开你的。发什么誓啊，死多不吉利啊。”雷歌说着又伸出手去抱牧牧。

“你发不发？”

雷歌摇摇头。

“你发不发？”

雷歌还是摇摇头，没等雷歌再说话，牧牧转过身走了。

门哐的一声关上了。楼梯里还听得见牧牧噔噔的下楼声。雷歌摸出了烟，使劲地吸了一口。

看着雷歌握着酒瓶，陈涛在对面哈哈地笑，笑得都有些喘了。

“你说，你吧，人家姑娘就是有点心理障碍，让你发誓就发吧，有什么大不了的。”

“滚，少废话。你会无缘无故地咒自己死啊。”

“嗨，你不知道她父母离婚，心理障碍啊，可怜的孩子，到你这儿寻求父爱来了。你居然还不肯发誓，你说你有多绝情吧。”陈涛笑得眼泪都快出来了。

“废话，你去多情吧，不就是离婚嘛，谁没受过伤啊，我从小就见我爸妈吵架。我还受伤害呢！”

“那你以后聚会还参加吗？”

“参加，怎么不参加？我们又没怎么着。”

"回头给你再找一个吧。"

"就你？就能给自己找好的，连人带房子一下就都齐了。"听他这么说，陈涛笑容里爬上了知足又伤感的表情，点着头说：

"明年，孩子就上幼儿园了，她们单位办的。对外一个月两千多呢！对内才两百。"

"那不就和白上一样吗？"

"是啊。要不就我那点死工资，供了孩子就供不了自己了。"两个人互相看了看，眼睛里的落寞居然都冒出了苗头，没等苗头继续延伸出来两个人赶紧心照不宣地笑了。和抱怨比起来，男人更喜欢吹嘘的形式，至少，看起来是饱满而完整的吧。笑完了，雷歌轻轻叹了一口气说：

"不管怎么说，你是安定下来了。来，再喝一杯你回吧。省得回去找别扭。"

城市的夜晚到处都飘着暧昧，荡着激情。雷歌四处看了看，刚刚压下去的落寞又混杂了荒凉一股脑儿地全扑了上来。他有些踉跄了。这个城市，他已经待了十五年。除了大学四年的时间让他觉得踏实，其余的时间，都像是飘在身外的东西，虚晃晃的，越用力就越抓不住，也看不清。

一年一年地慢慢变成了在挨、在拖。也想过回到老家去。老家在记忆里就像热腾腾的菜，飘着香气，温暖着身体。可真的回去才发现，他变得挑剔了，看什么都忍不住要和东城比一比。住了才不过一星期，就觉得有些住不下去。爸妈多数时间都殷勤地给他做好吃的，然后就是小心翼翼地唠叨，边唠叨还边看着他的脸色，显得生疏又客气。他也客气地听着，不再像过去那么顶嘴，那么不耐烦。爸妈偶尔吵个嘴，只要妈的声音略高些，爸就用眼神使劲地往他这边瞥。妈立刻心领神会，很快就住口了。他们当他是客，他知道。不只他们，他自己也当自己是客。远房的表弟们来看他，照例他是要给些钱的。有时候，他也恶毒地想，他们来看他不会就是为了那些钱吧。但听着他们说话，听着他们憧憬他在外面的生活，还是让他觉得满足。他会讲外面的很多事，变得健谈而且幽默。在大家羡慕的眼神里，生活似乎暂时被他主宰了。他可以摸着生活的触角，任意地弯成他喜欢的样子。临走，他给母亲放下了一些钱。母亲没有推托，只是问他什么时候结婚，有些诺诺地说，隔壁和他同岁的小林生的孩子都要上初中了。每次家里打来电话，都只会问他这些，好像这是一个很好的话题一样。他只能说，快了，快了。

再回到这个城市，起初总还是亲切的。看着车像蚂蚁一样挤在一起，听着周围的嘈杂。他居然觉得平静而心安，但绝不是踏实。他知道踏实是什么感觉，是那种口袋里装着足够的钱抱着心仪的女人，沉沉地睡去，又轻松地醒来。心呢？始终能乖乖待在肚子里，而不是晃来晃去地让你发慌。

他也找过女人，做完爱搂着很快就睡着了。可到了半夜总会莫名清醒，再睡着就变得有些困难。听着女人咻咻的呼吸声，杂乱的屋子里就只剩下陌生。他也下过决心，想，就这么结婚吧，这不就是生活嘛。早晨醒来和女人一说，女人把头摇得和筛子一样。还没房子呢！还要奋斗呢！哪能这么将就呢！他才知道他也就是别人暂时凑合的对象而已。虽然看见别人比他想得开，多少有些不平衡。但不知道为什么，到底也还是松了口气。

打嗝把酒又翻带了上来，胃里消化了一半的食物也跟着一齐往上涌。雷歌嘟囔着骂了一句，扶着墙站了会儿，使劲压着又咽了回去。他不想吐。他有经验，吐了会更难受。回到屋里连灯都没开就躺下了。

敲门声响起的时候，雷歌还在他短暂的梦里徘徊着不肯出来。敲门声又急促又野蛮，没有一点儿礼貌。他皱了皱眉，不耐烦地喊：

“谁啊？”声音哑哑的，和空气一样干巴得很。没有人回答他，只是继续咚咚敲着门。实在听不下去了，他有些愤恨地爬起来开门。

房东的老婆，胖胖的身子敦实地斜靠在门框上正看着他。他赶紧笑了。

“呦，敢情你在啊？我还当人没了呢！”胖女人习惯性扬了一下手进了屋。雷歌挠着头跟在后面，胖女人像视察工作似的到处看了看。突然一转身，脸差一点儿就碰到他了，他赶紧直着脖子往后仰了一下。胖女人极不屑地瞥了他一眼。

“到期了不想租，也该言语一声啊，再怎么着也得接电话吧。今天能搬吧？你搬了别人也好往进住。”

“不是，我在外面吃饭没听见电话。”

“少来这套，三四天了，你连着吃饭啊？”胖女人把头来回摆了摆，顺了顺发型。雷歌本来是想拖一拖的。因为陈涛最近给他说了一套离单位更近的房子，但还没最后定下来。所以，不想轻易地就放弃了这里。这儿虽然离单位远，但价钱便宜。而且，住了两年也多少有些习惯了。

他赶紧跑到厨房给胖女人倒了杯水。

“别，别，这是干什么呀。”胖女人嘴里说着，可手还是接过了杯子。雷歌用力把头低下，闷着声音说：

“大姐，您就多体谅一下我吧。说真的，其实是因为最近谈了女朋友，钱花得多了去了。下星期发工资我就把房租给您送过去。”听他这么一说，胖女人口气突然开始变得舒缓了，而且眼睛里闪出了热情的光芒：

“哦，谈对象啦，现在的女人真是能花钱。不比我们那会儿，老想着省。你可要好好找一个，太能花了，可不是能过日子的人。”

雷歌点着头。胖女人又说：

“你也是，怎么能把钱都给她花了呢？结婚还要花一大笔钱呢！还都让你父母出啊。”说着叹了口气：

“我们儿子长大了估计也是个花钱的主儿。哎，都不知道是怎么了，过去是嫁鸡随鸡，现在啊，是娶鸡随鸡。我呢？碰巧，哪趟好事儿也没赶着。”

雷歌不由得笑了。胖女人继续絮叨着，喝完一杯水，雷歌又给她倒了一杯。胖女人的身子陷在沙发里，话题像细线一样扯也扯不完。他看着阳光从胖女人的脚上一直移到肚子上。琐碎、繁杂的说话让这个周末的上午突然变得不那么空了。胖女人临走又压低声音说：

“女人呀，不识惯。该敲打还是要敲打，要不她就该爬上你的头了。你看，我不就上我家老庞的头了吗！他哪敢管我。”雷歌哈哈哈地笑了。

给陈涛拨了电话，接电话的是一个奶声奶气的声音，弄得雷歌也压着嗓子装起嫩来，问：

“你是谁呀？”

“我是和和。你是谁呀？”

“我是你雷歌叔叔，你想不想我呀？”

电话里小孩问陈涛想不想，陈涛说，想个鬼呀。

小孩儿唧唧地笑了：

“爸爸说，想个鬼呀。”

雷歌又换成了粗重的声音冲着话筒喊：

“快，叫你老子过来，他才像个鬼。”

陈涛的话已经说了好几遍了，可雷歌还是有些犹豫。不是不想买。谁不想有自己的房子呢！踩着自己的地，看着自己的天花板，睡着自己的床，无论怎样总是贴心的。可真买了房子，每月的还贷就让他吃不消。工资的一半还多呢！剩下的，刨了饭钱、路费、手机费、水电费一类的，估计连在摊上吃面的钱都没有了。陈涛也说过，让他在婚姻上别老情啊、爱啊的瞄得那么高，能一块儿供房、过日子就行。

他知道陈涛说得都在理，但越在理他就越难受。在一堆正规又站得住脚的大道理面前，他的自尊像街上被车反复碾压过的一块脏兮兮的老鼠皮，眼看着就萎缩了，平平摊在那儿，谁路过，都会不小心踩一脚。看见陈涛龇着牙揉脖子，他知道自己刚才又手重了，不知道男人是把一贯的压抑都转变成了含蓄，还是天生就喜欢社交似的模棱两可。他们表达感情的方式总是有些单一，甚至是别扭。关系越好，说起话来就越是有些骂骂咧咧，而且还常常要夹杂些暴力的模式在里面，好像只有这样才能显示关系非同一般。不像女人，关系越好，越是要贴着、黏着、宠着。咬着耳朵说着悄悄话，走路也总是拉起手挽着胳膊。时刻都会把“关系好”这三个字放在最明显的地方，简直就快成恋人了。他们公司的那几个女人就那样，腻歪得都让他有些烦。有个小孩儿从他和陈涛之间咿咿呀呀地跑过去，他看见陈涛的嘴又咧开了。怕陈涛往孩子身上扯，赶紧把酒端了起来。陈涛自从有了小孩，和他说话的时候，时不时总会突然流露出傻兮兮的表情，然后兴奋地说些他们孩子有趣的事情。每次，陈涛都说得唾沫星子乱飞。雷歌则半闭着眼睛忍着性子听着。他很纳闷，怎么男人一有了孩子就和女人似的也变得婆妈起来；而且还个个都傻子似的觉得自己孩子独一份地又聪明又有趣，这些在外人看来实在肉麻得有些滑稽可笑。但真的见了陈涛家的孩子，他也不由得有些开心了。小孩子和小动物很相像，有着某种无知的执着。哭和笑没有一点儿遮拦。那么敞亮的一笑，让雷歌觉得生活立刻也敞亮了。一次他蹲在地上逗着小家伙，说：

“哎，陈涛，养个孩子的确比养狗强啊，还会说话，能和你交流。”

陈涛“呸”的一声回答了他。

晚上，雷歌的梦里来来回回跑的都是房子。这些年，他的钱除了套在股市的，其余全部交给房东了。有时候，喝酒喝得情绪高涨，他也会和陈涛说，看，哥们怎么说也是有二十万存款的人了。陈涛附和着，对，对，你是有钱人啊，努把力，能买个床那么大的地儿了。再放张床，想干什么都能干了。但他要真的沉下了脸，陈涛又会往死了开始夸他。

犹豫了一个星期，雷歌终于决定把股市的钱取出来了。赔是赔了点，但赔得还不算多。付了楼房的首付，估计还能剩下一万多元平时急用。去买房的路上陈涛不停逗他说话，一会儿说，哎，你小子也算是地主了啊，有房了嘛，一会儿说，想想睡在自己的家里、自己的床上，再搂着自己的女人，那是什么感觉呦。雷歌始终一句话也没有说。买了房子并没有让他觉得踏实，光明。反而像走进窄窄的胡同里一样，渗着些压抑和某种看不到尽头的无谓恐慌。最后把手印按下去的时候，他听见自己的心"扑通"的一声落了下去，总算是落下去了。但具体落在什么地方他就不明白了，也没有人会明白。他嘘了口气，陈涛说：

"晚上的聚会你来吧，今天牧牧不来。"见他没有任何表情，又说：

"牧牧的妈得脑出血了，父母离婚后她就一直跟着她妈。来上大学，她妈卖了家里的房子也跟来了。和其他人早就没了来往，现在她妈一病就她一个人里里外外陪着。说真的，牧牧真是够可怜的。"陈涛说完回过头看雷歌，雷歌的眼神有些飘了。脑子里像水一样淡的牧牧此刻变得更加的单薄、脆弱，好像轻轻一碰就会折断。雷歌闷声闷气地问：

“怎么不早和我说？”

“和你说？你不是不关心她吗，怎么？还是放不下吧。”

“别废话了，现在陪我一块儿去吧。”陈涛本来还想开玩笑，看见雷歌一脸的认真，顿了顿也不作声了。

牧牧的脸和医院的床单一样，白得有些发乌。看见他们进来，抬起眼睛招呼了一下，又把头转向她母亲。屋子里弥漫着不好闻的味道，雷歌下意识地皱了皱眉。牧牧说话的时候，说一句就叹一口气。叹息声落在雷歌耳朵里，一下一下地又落在他心上。他真是心疼了。就想抱抱她，告她说，没事儿，有我雷歌呢。可到底还是没抹开这个面子，临走他从身上拿出那一万块钱给牧牧放下了。牧牧推托着，他说：

“别推，这是我和陈涛的一点心意。”

出了医院，他和陈涛都大口呼着外面的空气。陈涛问：

“你干吗说是我和你的心意啊？”

“我不愿意让她觉得欠我，而且说说怎么了？不平衡拿过五千来。”雷歌又恢复了死皮的嘴脸。

“就你聪明！我们早就给过她了。”

“那怎么不叫上我啊？”

“嗨，知道你和小回回都没房子，叫你们干吗！王军做买卖最近挣了点钱给了三万，我和三儿、小武、刘飞、圆圆一人拿了一万。”

听着别人对牧牧好，雷歌感动了，一感动就想伸出拳头捣陈涛一拳，都伸出去了，又改了主意，用胳膊揽住了陈涛。之后，两个人又都觉得有些别扭。他拍了拍陈涛的肩。怕自己有些忍不住，一个人先往前走了。

第二天一下班，雷歌就去了医院。牧牧似乎一点儿也不意外，抬起头，安静地冲他笑了笑。倒是雷歌有些不好意思了，眼睛在屋里来回地转悠。牧牧说：

“你别站着，坐吧。”他“哦”了一声。

牧牧的母亲躺在床上，脸上插着横七竖八的管子。因为还处在半昏迷状态，整个人看起来并不十分痛苦。他又看了看牧牧的脸。她还是那么安静，可安静里似乎少了平日里的那份平稳，变得有些没着没落。沉默了一会儿，雷歌说：

“我刚刚才知道。”

牧牧低着头说：

“我知道。”

雷歌舔了舔嘴唇，看着牧牧说：

“你别担心。伯母会好好活着的。”牧牧又点点头。

两个人就这么来来回回用句子拉扯着，好不容易拉近了，就快说到想说的话了。牧牧的妈妈咔咔咔地咳了几声，牧牧忙回过头去看母亲。她母亲只醒了一小会儿，眼神在牧牧的身上逗留了一下，就忽地又回到了她的梦里，呼吸也渐渐变得沉重起来。牧牧习惯性地往里掖了掖被子。然后又把床边的接尿管往空排了排。做完这一切，认真看了雷歌一眼。然后，低下头，缓缓叹了口气。雷歌也不知道该说什么来安慰牧牧。想说一些更贴心的话，又觉得在医院这么压抑的地方谈感情多少有些不妥。见雷歌不说话，牧牧站起身说：

“不早了，你先回吧，我要洗漱了。”听她这么说，雷歌也站了起来。他想，是握个手好呢？还是应该拍拍肩膀呢？

“谢谢你。”这次，牧牧把声音放得很低，似乎努力在压着什么。雷歌看着牧牧的脸，往前跨了一步，这下他们离得很近了，近得都能听到彼此的呼吸声。牧牧的头又低下去了，然后有些急促地说：

“你走吧，真的，你走吧。我要休息了。”说完扭过身子不再理雷歌。雷歌抖了抖喉结说：

“好，那我明天来。”

听着门砰的一声关上，牧牧哭了。声音虽然不是很大，但抽噎还是逐渐变成了呜呜声，她好像又回到了小时候，那种没遮没拦的日子里。她知道，母亲是爱她的，但父亲走后母亲似乎总压抑着，隐忍着。那份隐忍不知不觉地就传递给了她。小的时候，母亲总是说，她为了她不会再嫁，为了她会吃苦，为了她什么都能忍受下来。让她常常觉得是自己拖累了母亲，长大了，母亲开始不停地说男人如何的不可靠，如何的没良心。要她睁大眼睛，要她不要再走母亲的老路。每次，她都忍着不吭一声。但心里却厌烦得要命，整个儿抵触着。她告诉自己，她才不会像母亲那样偏激地想问题。但很奇怪，真的面对男人的时候，母亲的想法和一切的唠叨会突然地覆盖在她身上，赶都赶不走。母亲说过的话也会从她的嘴里汩汩地流出来。这些，都让她觉得越来越害怕。男人带给她的不过是些不安全、不踏实。可母亲，那个和她朝夕相处的女人却让她有了压迫感。母亲发病的那天，从她一回家就开始唠叨着。要她一定要早点儿找对象，早点生孩子，要不就成老姑娘了。接着又唠叨起男人的花花心。这几乎成了她每天回家后的必修课。牧牧突然就变得不可自控了，几乎是喊着说：

“全是你造成的，全是你造成的。你被别人甩了就老说我，全是你……”母亲听见她喊，身子抖了一下。眼睛有些虚晃晃地看着她。其实一喊完她就后悔了，她和母亲一样也被自己的喊声吓了一跳。她不敢再看母亲，折回身子躲进了厨房。后来，母亲“嗵”的一声倒在地上，她才跑出来。母亲先是往外吐东西，后来几乎变成喷了。她不知道发生了什么，吓得连哭都不会了，到了医院，母亲完全昏了过去。

这些天守在母亲床边，她不停给母亲擦着发干的嘴唇，给母亲导尿，给母亲掖被子。时间一点一点又倒了回去。让她想起了母亲的不容易。过去她病了，母亲就总是这样守着她。其实，母亲就只是唠叨而已，从来没有真的干涉过她什么，从来没有。她凭什么把一切都推给母亲呢！是她自己嫉妒别的孩子有父亲，是她自己在恨那个男人，凭什么都怨在母亲身上。她和母亲说了，什么都说了。可母亲似乎深陷在一个绵长而湿冷的梦境里，只是短暂的醒来看她一眼就又沉沉睡了。今天看见雷歌，听着他说话，牧牧突然好想被这个男人紧紧抱着、温暖着。但她怕自己会错意，更怕自己现在这么一个生活的烂摊子拖累别人。总之，她还是怕。

陈涛听雷歌说完，看了雷歌半天，然后呵呵笑了，笑得雷歌有些莫名其妙。

“雷歌呀，你还真是天真啊，过日子可不是演电视，浪漫一下就完了。一天一天地要往下过呢！牧牧的妈以后恢复也还要花一笔钱呢！况且和老人住到一起也会有你想象不到的磕碰和麻烦。你可一定要想好，弄不好，可就连牧牧一起害了。要不，这样，今天呢，你就别去医院了，你好好感觉一下，看自己能不能扔开牧牧。要是能扔开，哥们劝你还是别给自己找麻烦了。” 雷歌抽着烟看了陈涛一眼，在陈涛的头上看到了好几根白头发。说：

“你看，你都有白头发了。”

“废什么话呀，和你说，听明白了吧。”说完看了看表走了。雷歌一直看着陈涛的背影拖成了一条黑线，才把目光收回来。不光陈涛，他知道这几年他自己也老了，对一切变得不再那么热衷，包括女人。这些天去医院，倒是勾起了他久违的热情。牧牧也开始变得爱笑了，一逗就笑，随便他说什么她都会笑。牧牧的母亲醒的时间也开始长了，看见他也总是努力地笑一下。一想起这些他就觉得自己不空了，觉得自己不再是一个可有可无的人，变得重要了。

至少对这个女人来说，他变得重要了。世间的一切归根结底都拗不过时间这个坎去，变老也就是很快的事儿。他突然不想再这么空下去了。

雷歌直直地看着牧牧，他发觉，牧牧笑起来真是好看，哪还淡呢！简直是很浓了。脸红扑扑得像个小姑娘一样！他把头埋在牧牧的脖子里嗅着说：

“我们结婚吧。我会好好照顾她的，让她好好活着。”牧牧从嗓子里嗯了一声。雷歌犹豫了一下又说：

“我保证不多看别的女人，我发誓……”没等他说完，牧牧用嘴堵住了他。

躺在他怀里的时候牧牧闭着眼睛说：

“以后不许和我再发誓了，我只要你好好活着，我们都好好地活着。”

有风从湖面掠过

车开得很快，风急速地往车里灌，风景很快就在倒退中模糊了，有一瞬间，秦默看见向红的脸像水波纹似的抖动着，如同多年以前：那天，失恋的向红也是这样，哭泣过后长久地抽噎着。当时，她就发现，向红的脸像极了水波纹，正以鼻子为中心脸颊为湖面一漾一漾地扩散开。

向红像所有婚姻中人一样过着热闹、混乱却有轨迹可循的生活。秦默每次听向红诉说她家庭里小姑婆婆一干人等复杂烦琐的关系就替向红难过，这样的生活，一点儿自己的空间都没有，过个什么劲呢？或许是在婚姻生活里浸泡久了，向红总是说归说，过归过，每次和秦默说完了，整件事就算落幕了，似乎并不十分难过。倒是秦默，每次听向红唠叨完总需要好几天才可以平复心情。所以向红的婚姻在秦默眼里完全就是个反面教材，有了这一出戏，婚姻对她只剩下打击，再没有任何美好的幻想。秦默和向红相处了近三十年，除了父母没有人比她们待在一起的时间更长；即使后来，和男人有了更亲近的关系，她们仍旧是最亲近的。只有她们才会在洗完澡后温柔、怜惜地给彼此抹身体乳，从脖颈开始，一直推到后腰，虽然那种时刻，她们在对方的身体上更多地看见了自己，仍旧年轻却终将不再年轻的身体。即便如此，秦默依旧是孤独的。那种孤独，像她家里的窗帘，夜深人静拉开了，才可以看见全貌。向红结婚后的某天夜晚，秦默清晰地看到了自己的孤独，像窗帘一样悬挂在卧室。徐徐展开后，有着细腻却无法详尽陈述的纹路和波折。孤独这么坦然地出现在她面前，让她多少有些吃惊，这之前，她一直以为孤独只是一种情绪，只是瞬间的事情，没有来由亦不知所终，从没有想到它们在某个时刻居然可以如此具体地挂在面前，她开始哭泣，那次哭泣持续了很久，这是她自少年时代结束后第一次一个人这么随心所欲地哭。那之后，又有过几次这样的情形出现，她一次比一次熟悉，所以不再惊奇，只是安静地哭泣，然后就是等待。因为她知道，早晨，当第一缕阳光出现的时候，这一切都会消失。生活还会是生活。

关于哭泣的这一幕她从来没有和向红说起过。向红结婚是她们关系的一个分水岭，向红结婚前，她们无话不谈，像连体婴一样有着共同的感受、共同的喜怒，也有着共同的敌人和朋友，她们从来不会对彼此有什么异议和指责，因为她们就是对方的一面镜子，指责对方就等于是指责自己，她们说话总爱用"我们"这个词，以此来表明她们确实是一体的。向红结婚后，她发现向红嘴里的"我们"已经在第一时间更换了内容，换成了她老公张军。对她开始用"你"这个称呼。最初，秦默有过刺心的难过，但很快就过去了，她们仍旧会在一起洗澡、仍旧比别人要亲密，但秦默心里明白她们之间有些关系，是从向红结婚这天起就画上了句号的。

四月下旬，秦默终于顺利告别区二院，来到了期盼已久的市一院，成了呼吸科的一名护士。虽然干的还是和以前一样的工作，但她仍旧有一种重生的快乐。向红对她这次调动一直持反对意见，因为对护士而言，从来就没有大医院更好这样的说法。如果是医生，到更高一级的单位会有更好的手术设备和更好的团队，也会有更好的学习机会，当然也有更好的工资。护士到了哪里都是一样的工资、一样的工作，大医院只能更累。

向红说：你就为了躲一个男人就离开工作了十年的单位，你就是个傻子。

只有秦默自己最清楚，她不是在躲男人，她是在躲自己，在这场感情里放不下的从来就只有她自己，纠缠不清的也只有她自己。她需要对过去的生活有这样一次彻底的告别、这样一个仪式，才能彻底放下，或者说是逼着自己放下这段感情。过去，无数次下决心离开，但只要李勇进入她的身体，她就觉得自己的灵魂被一点点顶了出去，他进得越深，她的灵魂就飘得越远，直到完全看不见自己，也没有了自己。但李勇呢？他有他的家。她已经厌倦了孤独像幽灵似的在屋子里不断出现，更厌倦了自己不停的哭泣。有他在，她只有更孤独。离开才是最好的选择。临走前，他们又见了一次面，想象中亲热的一幕并没有上演，空气里弥散着分手前淡淡的难过和即将成为陌路的尴尬。话说了很久，但彼此都没有说到点上，绕来绕去，最后，李勇问，恨不恨他。

秦默摇着头说："不恨，有什么可恨的……"随即又补充："但也别没事老联系，那样，对谁都不好，大家都好好过吧……"

见面前，秦默以为，自己一定会痛哭，因为分手，对她来说，是如此难过。她以为自己会像过去无数次发生过的情形一样，哭到没有力气，然后他抱着她最后做一次爱。之后，以此为界限从此陌路，他们的爱情会因戛然而止而变得永恒、璀璨，变得与众不同又刻骨铭心。但真实的情形却令她大失所望，连肥皂剧都算不上，连路边摊也算不上。总之，就是平淡极了，也没意思极了。那天他们一直很平静地说话，临出门还客气地互相祝福，和普通同事没有任何的差别。这就是她六年的感情吗？虽然她是这么渴望结束这段让她喘不过气来的感情，但这么平静就结束，让秦默多少有些沮丧甚至是失望，她甚至怀疑他们根本就从未爱过，爱情或许就只是个词语而已，用在相应的句子里就有了着光芒四射的意思，一旦换了句式，它也就立刻不复存在。

分手不是秦默能预料的，生活也不是。一院呼吸科共有十五个病房，其中一个重症监护室、四个特护室、五个大病房、五个小病房。大病房六个床位、小病房三个床位。特护一个人住带着卫生间。科里五十五个床位几乎天天爆满。但科里的护士不连实习的才五个，再加上倒班，科里常在的护士也就三个，有一个还要常在重症室待着。那里算是个清闲活，这样好的差事一开始是绝对轮不到像秦默这样一个初来乍到的新人头上的。秦默平均每天要监护二十多个病人，光换液体来回跑也跑个半死，每天还要挨个做皮护。过去工作的那个医院，规模小、资质低，去的人很少，也就是感冒发烧了去看一看，稍微重一些的病人都会往一院和二院送。有时候她们科里一天也没有一个病人，本来应该是清闲的，但那时有李勇，她的心没有一刻不被感情煎熬着；现在李勇终于不在她眼前晃了，她却开始终日脚不离地在病人中穿梭，有半天假的时候，就只想躺着，再没有心情想任何的事。秦默悲哀地发现，自己就是个困兽，不是被困在感情里就是被困在医院里，总之，是要被困住的。不到一个星期，她就开始怀念过去了。和向红诉苦，向红怪她把一切都看得太重，尤其是男人。向红的经典理论是，男人，是不能简单划分在人里面的，确切地说，男人只是一种尚未转化彻底的动物。一切思考建立在这个基础上，男人的行为，你就会觉得好理解得多。否则，只有自己吃苦头。向红说起理论从来都是一套一套的，但遭遇实际生活也常常是没有任何头绪。最近，向红的老公在竞聘电信部门一个经理的职位，向红一直唠叨着要送礼。但送什么、怎么送向红一直犹豫不决。秦默只要一看向红一副结婚居家过日子的模样就忍不住奚落她：

“又要省钱又要好看还要管用，哪儿有这么好的事儿呢！结个婚变得这样算计。”

“就得算计啊，我们都是自己辛苦攒的，能有多少钱？哪像你，只想想感情就够了，但感情能想一辈子吗？”向红对于年纪一把还不结婚的女人骨子里是既羡慕又鄙视的，就像秦默对结了婚的女人心底老会冒出老妇女这个词一样。对于不相干的人，她们都能把这些话搁在心里，最多也就是背后议论议论，面子上从来都是和气的。但对于彼此，这方面的话题一旦扯开，谁都恨不得一针见血地把对方逼到死角，不见血滴出来绝不罢休。吵了她们也会沉默也会短暂地尴尬，但这对她们而言，真的算不了什么，因为她们比任何人都更清楚她们之间真正的心意。无论说多重的话、吵得多么凶，那种类似血缘的担心和期盼在两个人身体里从来没有停止过，即使关系最冷淡的时候，它们依然存在。

一院科里虽然护士少，但因为是大医院，实习生从来不间断。秦默很少用她们干活，都是自己亲力亲为，干了一段时间，发现别的护士多数时候只负责配药、扎针以及皮护，换液体这些跑腿的活都交给实习生去做，即使这样，她们也不轻松，只是不像她那么累罢了。实习生虽然没有任何经验但有的是新知识和空前高涨的工作热情。工作对于她们来说就像初次谈恋爱，既新鲜又刺激。她们积极地想给任何人留下好印象，所以态度也出奇的好。让她们闲着反倒变成了一种折磨。很快，秦默开始效仿。果然，跟着她的几个实习生跑得乐颠颠的。早晨做皮护，秦默熟练地掀开被子，用镊子裹了棉球给病人的下体消毒，她看见实习生小张把头微微往过偏了偏，尽管戴着口罩，她还是感觉到了小张的不好意思，而且还极力掩盖着。作为护士，大多数都不用训练就能克服“脏”这关，但羞耻心的克服却需要很久，尤其是对性器官直视，无论是同性还是异性，那么私密的一个地方，突然需要你直视和清洗，在心里无疑是一个坎。秦默不记得自己是从什么时候开始克服的，最初，她给病人做完皮护总是不能吃饭，甚至不能想，会恶心，但过了一段时间，某一天，秦默突然就过了那个坎了，觉得它不过是身体上的一个物件，和眼睛、鼻子、口腔没有任何区别。从那天起，秦默再没有过任何恶心的感觉，脑子里看到的想到的就只是消毒两个字。她把镊子递给小张，让小张帮她，小张用手接过镊子迟疑地按在病人大腿根处，眼睛仍是闪躲。从别人身上再一次看到自己过去的影子，秦默突然有了一种老去的感觉，因为那神情无论从形式到内容都已经离她很远了，远到再也无从拾起。这并不是她第一次感慨生活，以往，感慨的时候如果碰巧阳光普照、脸色红润，那她就会生出强烈的想要把握生活并且也能够把握生活的某种冲动；但如果碰巧天气阴郁、脸色晦暗、诸事不顺，那就只会觉得生活不但没有任何意义简直是了无生趣。其实她的现实生活里唯一能把握的也不过是一场恋爱罢了，但真的能把握吗？

这几个月来，秦默偶尔想起李勇，只有失落没有难过，她认为他们的一切已经彻底过去了。直到再次谈恋爱，被另一个男人拥着，那一瞬，李勇居然一下子从她面前穿心而过，她又绞痛了，身体里再一次浮现出了他的手触摸过的痕迹，她又开始想念那个充满消毒水气息的男人了。秦默一腔千折百转的柔情没有办法向任何人陈述，无论是李勇还是向红。李勇自从分手后，就没有再联系过她，虽然是她说过的不联系，但真不联系了，依旧有些怨恨李勇，话是她说得没错，可未必是她的真心意思。别人不打，出于自尊她是绝对不可能再回头的。自尊或许是个无关紧要的甚至是可耻的东西，但毕竟要追随自己一辈子，所以不可能轻易说抛弃就抛弃。向红连日来除了聊家庭的琐碎烦恼就是和她商量送礼的事，虽然知道商量不出任何结果，向红还是忍不住要和她唠叨。与向红老公的前途比起来，秦默的惆怅不但有些微不足道，简直就不值一提。就在一切一筹莫展的时候，向红急匆匆地跑来，告她说，有好消息。

张军直系领导陈总的母亲大腿骨折住院了，向红描述这个消息的时候，整个脸都泛着红光。秦默很快就明白了向红高兴的原因。她也替向红高兴，这的确是个好理由，母亲病了下属正常探望，既不唐突还显得有人情。她们都觉得陈总的母亲病得很及时。向红说，已经买了营养品和花，就等着陈总人在的时候，让张军送进去，要不，看了也是白看，就是不知道陈总什么时候在。秦默说，这简单，我去那儿转转，和护士打个招呼，陈总来了让她们打电话给我，你再去。向红点着头，这是向红自结婚以后，秦默第一次看见向红这么兴奋，几乎都有了待嫁的心情了。

没过几天向红又来找秦默，这次向红已经完全没有了上次的兴奋。原来张军回去说，单位大大小小的人已经都去医院看过了，这都看过了就和没看是一个样的，如同孩子上兴趣班，十年前弹个琴画个画还算特长，如今，所有人都学，你学了，只能说明你没落在大众后面，哪里还再算是特长呢！秦默说，要不你再送点钱？向红看着秦默说：

“昨天也这么想过，但送多少合适拿不定主意。”

“这，不好说，多少都有，每个人情况不同，几百、几千、几万的都有。”向红一听那么多钱眼睛瞬间耷拉了下来。

秦默笑了：

“我觉得你就先给两千吧，这个数，能拿得出了。你们能想到给钱，大家都能想到，但我觉得多数应该就给个五百、一千的。你打出些富余，要不，转眼和别人给的一样，不是又白给了吗？”向红点点头，医院的事还是秦默更懂些，她决定听秦默的。

向红最近频繁地找秦默，不断和她汇报陈总母亲的情况。虽然已经送了两千可向红仍旧不踏实。她和张军总觉得别人也送了不少，没准，比他们还要多。秦默安慰她：

“老太太不在我们科，要在我们科，我天天给你盯着，也帮你孝敬孝敬。你担心她的这劲儿都赶上担心你亲妈了。”向红撇着嘴说：

“亲妈也没这么担心的，该做什么做就是了，心不会这么累，自从他们陈总的母亲住了院，我这心啊，就只在听到消息的那天高兴了一下下，这几天比我生孩子还要担心。”向红瞪大了眼睛比画着，眼睛里逐渐显出赌徒的影子来，仿佛看着赌盘已经下了注，还在观望着随时准备继续下注，似乎人生就此一搏。

老太太住院一星期后，肺感染了，手术只能推后。拍了片子的第二天，陈总协调了医院的关系转到了呼吸科专门治肺。向红高兴的心情全写在脸上，看见秦默还使劲挤了挤眼睛，没人的时候她小声和秦默说，上天太眷顾了，想什么来什么，又双手合十说，她没有咒老太太的意思，只是希望多献殷勤而已，又祝老太太早日康复之类的。秦默还从来没见向红这么虔诚过，作为护士她心里清楚年纪大的人骨折卧床久了，首先就是肺感染，来呼吸科根本用不着上天眷顾完全就在意料之中。老太太一住进来，向红就拉着秦默去见了陈总，向红介绍说，这是她的好朋友，有什么要求尽管提千万别客气。秦默听到向红这么说有些不好意思，她就是个小小的护士，能帮什么忙呢？但医院就是这样一个奇怪的地方，任何人无论身份高低，只要进了医院立刻会觉得自己矮三分，眼前黑茫茫一片，看着穿白大褂的都觉得像救星。陈总也不例外，一直点着头谦和地笑着说谢谢。老太太转到呼吸科的那天，特护病房没有空位，所以老太太只好搬进了三个床位的小病房。说是三人间，加上照顾的人也就成了六人间，这还是人少的时候，人多，简直就是在挤了。来了医院，有时候拼的不光是钱还有关系，有了钱和关系还要有运气，谁也不能把已经躺在床上的病人直接撵下床去。就算你是天大的关系也不能，除非在床位空着的时候提前给你留着，但生病的事又不是生孩子，哪里是有日子可掐算的。所以，来了医院很多时候就只能等。因为向红的缘故，秦默一直留心着几个特护室的情况。特护三室的病人已经完全靠呼吸机呼吸，心衰也很严重，看情形就在一两天了，虽然陈总也找了关系进特护，但大家谁没有点关系呢！这种时候就只有靠护士了，因为只有她们最清楚谁命悬一线，也只有她们能守着看着人从生命的这一端滑向另一端。在秦默努力下，陈总的母亲终于在前任病人跨入阴阳界四个小时后搬进了特护三室。那天，陈总握着向红的手说了好多感谢的话，于是向红又一次看到了曙光，那曙光微红、晶亮，就等着太阳跳出的那一刻了。为了巩固成果，张军又和她商量了一夜，他们决定，让向红请了假专门伺候老太太几天，反正还有老太太的家人，向红来也只是和他们倒倒班，不会太累，也不会太长，医生都说了，要赶紧消炎，赶紧做手术，这赶紧不就是快的意思吗。只要张军提了经理也就有望更进一步往上提拔。想想这些，两个人都觉得前途又光亮又清晰，简直抬手就可以触摸得到。

秦默每天都可以看见向红，中午没空，向红还会打了饭等着她，这让她恍惚有一种回到十几年前的感觉。那时，两个人一起吃饭，一起下学，一起回家，过着单调又简单的日子。那段时光在她们还完全不懂得留恋的岁月里头也不回急匆匆地走了。时间就是这样，一经想念就一定是已经过去了，后来，秦默每每想起那时的美好，总会想起一个梦境：一个类似舞台剧的灯光打下来的光圈，里面有两个小人一直在旋转。她和向红描述这个无数次在梦里出现过的熟悉场景的时候，不知道为什么竟然相当混乱并且词不达意，在她混乱的叙述里向红却眯着眼笑了，因为回忆，那个下午向红脸上一直都浮现着持久而遥远的笑意。但这次在医院里，向红却丝毫也没有秦默那样的心情去感怀什么往昔，她有的只是焦虑。在第一个星期里，向红像所有刚伺候病人的家属一样，表现得又耐心又积极。秦默说，那种一次性的尿不湿全都是化学的，垫久了没有棉布的舒服，向红就跑回家拆了一个旧被套带到医院来给老太太换。老太太的确是舒服了，陈总来了，也一直夸向红细心，唯一麻烦的是，总需要洗，向红只能好事做到底，把洗的活也包了。向红的耐心随着时间的流逝而逐渐消失不见，剩下的只有焦虑，更焦虑。在医院这四个星期，向红觉得比过去十年还要漫长。每天，都窝在病房里，空气不好，她已经习惯了，吃的差，也可以忍耐，主要是伺候人、赔笑脸。她的初衷就是来陪人的，自然一切以别人为主，向红还从来没有这样子围着一个人团团转过。伺候老太太，每天都要擦身体，换尿布，向红脸上笑着，心里却抑制不住地恶心着，这些天，她只有晚上回去才能好好地、痛快地吃饭，平时，只是到了饭点，本能地打饭，吃一口就全部倒掉。她看着秦默麻利地给老太太换尿布也问过秦默，心里恶心不？秦默笑了：

“就算恶心也早恶心过去了，每天干的就是这些，要恶心还活得下去吗？你看哪个护士不是叼个空吃饭，吃，就得往饱了吃，谁知道下一顿在哪儿呢，赶上病人急救，一拖三四个小时是常事，你吧，就是不饿。”

除了忍着恶心，向红还得陪着老太太说话，一个她过去完全不认识的老人能和她聊出什么来，但向红只能赔着笑，装出很感兴趣的样子。老太太只要身体稍好一点儿，就和向红说个不停。这些天，向红觉得自己的耳朵里像放进了几百只蜜蜂，就算回了家，也还是嗡嗡响个不停。第四个星期的周末，陈总的弟弟终于从上海回来了，向红满以为，她终于可以解脱了，谁知老太太主动提出让她留下来，说男人不方便伺候。向红听到这句话的时候，努力地挤才挤出来一个笑容，还是陈总的弟弟陈志谦打了圆场说，可以的，可以的，怎么好老麻烦人家。老太太摇了摇头笑着说，不麻烦，不麻烦，向红最喜欢和我聊天了，向红啊，是不是？老太太这句话让向红脸上的表情彻底失去了方向，再也找不到回去的路径。回到家，向红看见自己的脸上居然还挂着笑意，和张军吵了一架又哭了一通，第二天一早还是回到了医院，为了这个家，她知道她只能忍，她不能让一切在她手里前功尽弃。陈志谦看到她夸了半天，她发现上海人总是好脾气的，陈志谦不止夸她，看见秦默也是笑嘻嘻地夸，说这么有耐心的护士现在不好遇到了。在得知陈志谦没有结婚后，向红开始用力盘算着：如果，秦默和陈总成了亲家，那张军的事岂不是更保险了。况且，陈志谦这样的人也算是才貌两全了。和秦默说，秦默把头摇得快断了，那么远，怎么行呢？向红说：

“远怕什么，护士最好找工作了，你可以去他那边呀。人家可是高工资，养两个你都没有问题。”秦默仍摇着头说：

“你们家张军提拔搭上一个你已经够可以了，怎么还要搭个人嫁过去啊，何况人家也没有要找我啊。”听到秦默最后一句话向红诡异地笑了，不说话起身回了病房。

秦默和陈志谦在向红的拉拢下终于约会了。两个人很正式地坐在西餐厅里，面对面看了一会儿还是忍不住笑了。天天病房见，本来应该算是熟悉，但都是一个工作服，一个睡衣，还从来没有见过彼此穿正装的样子。

陈志谦说：“我穿睡衣除了家里人还没有人见过。”

秦默说：“医患一家亲，我们不是家人，胜似家人呗。”说完都笑了。两个人都清楚他们是不可能成为恋人的，不只因为距离，现在对陈志谦来说，根本就不是谈恋爱的时候。母亲躺在病床上，他哪有心思考虑自己的事。秦默也一样，她从来不期望能和病人家属擦出什么爱的火花，在医院这个特定环境下，一切都会变得有些奇怪，或是感恩或是讨厌，没有中间路可选，她宁愿什么事都不发生。他们就是碍于向红的面子出来罢了。有了这样的心思，反而没什么负担了，自然也不必装什么，聊得倒比平时专门相亲的男女要放得开。这顿饭成了秦默和李勇分手后与异性吃得最开心的一顿。陈志谦也很开心，他们谈到了向红，虽然大家都心知肚明，知道向红是有目的的，但他还是对秦默说，他们一家子很感谢向红，秦默也说了向红许多的好和不容易。说起向红两个人又笑起来，聊了一阵儿向红的原话。陈志谦听到向红说他的工资可以养两个秦默，说：

“不止两个啊，更正一下，可以养你四个，我看出来了，你吃不了多少饭。”说完，自己哈哈笑了。秦默也笑得直拍桌子骂他脸皮厚。那天他们很晚才回到医院。从那之后，再见面两人都没有了之前的客套，像熟识多年的朋友一样，有时间了开开玩笑，没时间了点个头就算。看到这一幕，向红从心里高兴着，这简直成了缓解她烦躁情绪的一味安慰剂。老太太已经住了快一个半月了，拍了三次片，做了若干次化验，肺的感染控制住了，但血凝性差一些，又要输液补血凝因子。面对一个和自己毫无血缘关系的病人，每天都要贴身伺候、笑脸相迎，向红觉得自己快要到极限了。秦默一直安慰她说，快了，快了。但向红没有感觉到任何“快”的脚步，从进医院就听到说快，但眼看见的只是缓慢，更缓慢，哪儿还有“快”的影子。回到家，面对张军，向红也是没有一点儿好脸色。张军赔着笑脸说，主要是老板的妈，要是爹，他就去了。话是这么说，但时间久了，张军心里也生出了许多别扭，自己的老婆去伺候人，脸上到底不是光彩的，只能证明自己没本事，但他什么也不能说，难过也只能在心里难过一下。

又过了一个星期，医院终于说老太太很快就能做手术了，但向红还是担心，她担心做完手术还要让她护理。最近，她就只剩下担心。和张军说，张军也发愁，不知道该怎么办才好。觉得自己完全是拿了个烫手的山芋，拿着烫，可一放手眼看着就摔坏了，自己又实在舍不得。商量了半天，两个人决定手术完再坚持伺候一个星期，之后就说向红单位忙。做到这个程度，应该可以了吧，张军说完看了看向红，向红疲惫地点点头，又摇了摇头。

秦默给向红打电话的时候，向红正拖着沉重的身子准备去医院。

老太太终于还是走了，死于血栓塞。虽然之前，向红听医生说，骨折后容易血栓塞，但从来也没有想过会这么快。昨晚还好好的，早晨她还发愁以后几星期怎么度过，没想到伺候人的日子一下子就走到了尽头。虽然她早就厌倦了伺候，但老太太去世，还是让她有些缓不过劲来。甚至怀疑是自己的厌倦导致了老太太的死亡。接了秦默的电话，有一瞬，她是轻松的，人死了，她终于算是解脱了，但那一瞬太短了，随之而来的是一种钝器戳伤的沉重。张军和单位的同事一起忙碌着，根本顾及不到向红，给秦默打了两次电话，秦默只说过两天再聊就挂了电话。后来，向红的难过简直变得有些虚无了。本来就是有目的地去伺候，一切圆满结束只有高兴，哪儿来的难过。但她的确是难过的，那种难过甚至已经超过了哭泣。但一切又有些无从说起。

陈志谦在秦默怀里哭了很久，秦默一直安静地看着他哭。这中间，她嗅到了熟悉的消毒水的味道，在李勇之外的男人身上，她再一次嗅到了熟悉。在他哭泣的时间里，她甚至故意地想起了李勇，希望找到一些过去的蛛丝马迹，很奇怪，李勇没有像上次一样穿心而过，有的只是遥远和陌生。眼前的男人在她怀里是这样安静，仿佛回到了童年般干净的时间。她用手缓慢地摸着他柔软有些卷曲的头发。后来，秦默听到了水流的声音，再后来清晰地看见自己的灵魂又一次抽离了身体。一对男女的痴缠再一次上演。

陈总给母亲办了隆重的丧事，刚刚办完，就被人告发收受贿赂，据说已经开始审查了。秦默告诉向红这个消息的时候，向红已经从张军嘴里听了好几遍了。那几天，张军一直安慰向红说，只是审查而已也许没事呢！听张军不停重复着说这句话，她就知道，张军更多的时候是在安慰他自己，重复的次数越多，张军的不安就越强烈。

秦默陪着向红吃了饭，又陪着向红说话，直到看见向红开始哭泣，她才稍稍放下了心。以她多年的经验，眼泪其实就是女人身体的另一个出口。女人只要还能哭、还会哭，那么一切就可以随着眼泪的逝去而逐渐烟消云散。

向红一路面无表情，到了车里，在街灯的反射下，她才看见向红的脸像水波纹一样不可控制地抖动着。后来，车速慢了下来，车窗外的树、房子，还有人群，一切模糊的景象重新又清晰了起来，是的，一切还是又变得清晰了。

春暖花开

王湘和李军结婚了。婚礼那天，王厂长没有来，但给上了礼，礼是一块毛巾、一块肥皂。捎礼的人说，老厂长让你们洗一洗思想上的污染。王湘听人这么说，像吃了蜜一样，笑开了；一笑身子就跟着乱抖，身子一抖，长头发也随着身子的频率前后摆动。李军看见王湘这样，心里第一时间蹦出了“花枝乱颤”这个词。很多年以后，她逐渐遗忘了结婚那天的所有细节，唯一清晰的就是这一幕场景。当然，遗忘的过程也相当的漫长，她的婚姻在最初的日子里，和这个世界上的任何东西一样也曾崭新过。

做梦也没有想到他们会结婚的王厂长，在他们婚后很长一段时间里，每天都无数次地回想起自己当初的决定，他常常会在反复的回顾中，试图推翻和重组一些东西，但又有什么用呢，像已经打完的仗一样，一切已经晚了。说实话，当初派李军去帮助王湘清除精神污染，那真是经过认真考虑的。一来，李军是个军人后代，血液里天生就和自己一样流淌着军人的正义。二来，李军一向是个不着脂粉的女孩子，看着就让人又放心又舒坦。他培养和提拔李军当团支书也是这个原因。这样一个让人放心又上进的女孩子，怎么帮着帮着就把自己给同化了进去呢？王湘这么个浪荡子凭他哪一点能配得上李军呢？王厂长实在是想不通。其实李军自己也很想弄清楚这一切发生的来龙去脉。她一直希望在她的婚姻或者说爱情的道路上有个类似分水岭的东西摆在那儿，一眼望过去就能看见哪儿是从前哪儿是现在，像旗帜一样鲜明地迎风飘着，旗子上再标明从讨厌到喜欢王湘这个男人，具体的转变时间究竟发生在哪一刻；如果是这样，那么她和父亲摊牌的那天就不会那么被动。面对父亲的质问，她一句也解释不清，甚至也说不明白喜欢王湘什么，最后，只是要赖似的扔下一句话，就是要结，结定了，否则就永不结婚，然后摔门而去。她能想象到她离开后屋子里父亲挫败的表情，用父亲的话讲，王湘那个男人留的头发比女人还要长，走路都是一副松松垮垮的样子，能好到哪里去。

一年前，李军第一次看着王湘从远处走来就是这样一副松松垮垮的样子。因为逆着光，人又瘦，披着长发的王湘在她眼里没有任何的好印象，甚至都谈不到时髦，那个脑袋倒是让她想起了家里刚洗过倒立在墙角的旧墩布。很快，王湘就走近了，抬眼看了一眼旁边三车间的标牌，又用手看似随意地抖了一下风衣的领子，风衣上的黄色肩章在他抖动的瞬间比阳光还要强烈地晃了一下李军的眼睛。李军挪了一下身体侧过了阳光，面无表情地看了王湘大概十几秒的时间才伸出手做了自我介绍。王湘在李军不说话和他对视的时候，嘴角抹上了一丝懒散的笑意。李军的本意是要在这十几秒里的对视里压一压王湘的傲气，但和王湘对视的过程里，李军丝毫没有占上风，她严肃而认真的目光在王湘懒散的回应里，被瞬间稀释了。之后的几天里，李军和王湘谈话就一直板着脸，她也只能板着脸，因为王湘看见她总是笑嘻嘻的，无论她怎样凶，他总是笑嘻嘻的，一点儿也没有要生气的迹象。一个人笑也就算了，两个人都笑嘻嘻的，那成什么样子了，还像是在纠正错误之风吗？有时候，李军也会不耐烦地敲敲桌子说，你不要嬉皮笑脸行不行？王湘就把嘴咧小一点，但仍旧浮现着笑意说，这行吗？这可是同志间友好的微笑。客观地说王湘长得真是挺不错的，特别是眼睛，深深的，看人的时候，像是一眼就能看到人心里去。和这样男人成天面对着，哪个女人都会受不了，何况是从未恋爱过的李军。偏偏王厂长知道王湘会唱歌后又安排他们搞个节目出来，王厂长本意是希望王湘这个落后分子能在李军的带领下来个彻底转变，变落后为先进。他做梦也没想到，不但没把落后捞上来，先进却在情海里先淹没了。排练的那段日子，李军看着王湘写的谱子，王湘站在旁边给她讲哪里要合唱哪里要领唱，不时地也哼唱几句，他们挨得这样近，她都能听到他的心跳声了，再凑近一些，脸也要碰到一起了。但他却一改往日的调侃变得认真又规矩起来。那次演出很成功，是液压厂成立以来最大型的一次表演。老厂长不但表扬了李军，也表扬了王湘。王湘一直随着大家使劲鼓着掌，不时也扭过头看看她会心地笑一下，那是他们第一次也是最后一次那么默契地一起分享成功带来的喜悦。他们就像不同方向的两条溪流，命中注定般地汇合了，但注定就只能汇合那么一下，然后各自流向远方，如果，他们最初就能清楚这一切，干脆而顺利地分开，那么，对于彼此的这次相遇他们一定会心存感激。

见到艺术院通知书的时候，李军才知道原来过去那一年王湘一面接受着她的改造，一面准备着考大学，什么都没耽误。你都污染成这样了大学还要你吗？王湘没有回答李军的话，刮了刮她的脸，叫了声“小傻瓜”。李军无论白天怎么强硬，怎么利落，怎么雷厉风行，只要王湘叫一句“小傻瓜”，她从里往外立刻就能酥软了。尽管结婚四个月连婚床都没有躺热，她还是同意了王湘去上学。可王湘一走，李军立刻后悔了。晚上和烙大饼似的翻过来翻过去，怎么也睡不着，煎熬的她心里都快起泡了。她开始想他，想看见他，想听他说话，这想念甚至超过了结婚前谈恋爱的时候。从来不喜欢写信的她也开始写信了，一开始，一个星期给王湘写一封信，后来发展成了三四天，王湘有时候是一个月，有时候是几个星期给她回封信，信的开头总是写：我的小傻瓜。看到这样的称呼李军的心总是会先狂跳一阵儿，然后才能静下心看信的内容，王湘的信写得简短却充满了激情，常常用“我恨不得立刻飞回去”这样的字句，不像她，再想念落实到信上也只是记流水账似的告诉他自己每天在干什么，吃什么。王湘走后，李军每天晚上都会像王湘在的时候一样要打开收录机听音乐，当屋子里歌声想起的时候，她也会学着王湘平时的样子，闭上眼睛。过去看见王湘这个样子，她就忍不住要教训他，像什么样子呢？一副资本主义的享乐样子。可现在，一个人了，她也闭上了眼睛，在黑暗里音乐还真是和平时不一样了，仿佛和人贴得更近了，偶尔恍惚间，她会觉得王湘也在这个屋子里，和她一起听着音乐。赶上王湘放假回来的那些天，李军完全没有一点心思再管厂里的那些鸡毛蒜皮。每天晚出早归，一心只想守着王湘。王厂长晚上和老婆说起李军有种恨铁不成钢的感觉，感叹说，真是越来越没有以前的样子了，简直都快成了第二个王湘了。老婆却说，想想也是可怜，没找个军人，到头来还是搞得和军属一样，一年见不了几次。于是，王厂长也点点头，但还是叹着气。

再艰难的日子也总是要放到自己身上才会觉得艰难，在旁人眼里，十年也不过是一瞬，何况才四年。所以液压厂的人总觉得一转眼的时间王湘就毕业了，一转眼又分到了省歌剧院，简直是没有费什么工夫就一步登天了。在王湘分到省歌剧院的当年，他编的一出歌剧的曲子还获了省里的奖。王厂长组织全场的职工分五批看了这场歌剧，这算是那个夏天除了发凉茶和西瓜之外最大一份的福利。按照惯例，每次观摩学习完，厂里都要开个大会，在会上总结所看、所想。以往都是李军主持，然后厂长发言。王厂长讲话总是要把国内、国际形势都说一遍，再结合这些形势把他的感想说一遍，等他说完了会也就开得差不多了。看完歌剧后，李军一直发愁该怎么主持这个会，以她和王湘这样的关系，怎么主持都让她觉得别扭，不夸吧，这毕竟是大会，是群众性的活动，又不是在她家里谦虚客套一下就完了，太谦虚反而显得小家子气，可是夸奖吧，这其中的语气她还真是拿捏不了，一不留神就变成了王婆。那几天把她愁的呀。过了一星期，见还没有动静，她有些忍不住了。再不想主持，这毕竟是件事啊，既然是事儿，以她一贯的作风还是喜欢早完早了，老悬着反而更难受。王厂长见她进屋没等她开口问，先开口说：

“会不开了，歌剧，也不是咱们的传统剧目，如果不是省里让各厂矿组织人看，我本人是不主张职工们看的。那个剧目的名字，你听听，《天堂之路》，一个信仰马克思的人怎么能喜欢天堂之路呢？当然我不是说你们家王湘不好啊。”王厂长见李军不说话，把语气又放慢了半拍说：

“李军啊，我真是不知道该怎么去评价这个剧，得奖是好事，艺术有高度也是好事，可我还是喜欢思想和艺术都有高度的作品。毕竟思想决定一切嘛，我总觉得啊，你们家王湘和我们不是一条路上的人，所以，生活上你该关心关心，但还是不要太受他的影响。”看见李军点头了，王厂长才放心地拿起他的报纸继续看。从屋里出来，李军并没有感到轻松。王湘和她不是一条路上的人，这句话从别人嘴里说出来，听着虽然刺耳，但立刻又有种击中内心的感觉，她何尝不是这样想。他们在一起快六年了，按理说该开始相濡以沫了，可她却觉得离王湘越来越远了，尤其是这两年，她完全不知道他心里在想些什么，到了省歌剧院，好容易能回家了，王湘却老说嫌孩子太吵，打着要创作的旗号常常住在单位，本来她想闹的，但偏偏王湘还真是得了奖。就算是孩子吵吧，可她呢？和结婚前一样，婚后他们之间关系的转变也没有任何标志物可循。可能在一夜间，也可能是几年间，总之是变了。但变得又有些说不清楚。王湘也还是会搂着她，但再也不说“小傻瓜”之类的话了，不只这样，过去这个词曾带给李军所有美好的联想，现在也消逝得无影无踪了，偶尔想起，李军自己都会起一身鸡皮疙瘩。见面他们也聊不了几句，问多了，王湘一句，你又不懂就把她顶了回来，彻底被顶回来的还有她的自尊。怎么就不懂了呢？在厂里，她大小也是个人物，谁碰见都要打个招呼，怎么在王湘眼里，她就那么不入眼呢？于是她也懒得再问他什么。王湘回家看见孩子也会逗一逗，但给李军的感觉这更像是对待邻居的一只小猫的态度，只是好玩而已，孩子一吵，一哭，他立刻就要走。这算什么父亲呢！王湘第一次见孩子，是孩子出生三个月后。王湘一直记得他第一次见孩子的心情，紧张、激动、亢奋又担心。总之复杂极了，他还从未如此紧张过，考试也没有过。但见这个小生命，他却紧张了。那么小的一个东西，居然是他的孩子，真是神奇。这世间任何一样东西能带给你多少憧憬、多少喜悦，那么也就同样地能带给你多少麻烦、多少痛苦。

王湘一直弄不明白，李军的转变究竟是从什么时候开始的。从前那个在阳光里等着她的女孩子，一脸的倔强，一脸的不在乎，那神情像极了唱摇滚的。所以，无论李军怎么说他精神污染，他都不会生气，反而觉得有意思，看着她一本正经地念文件，他就想笑，看见她一本正经地教导他，他也想笑，总之，就是生不起气来。她的认真常常让他有种想抱她的感觉，真是太奇怪了。李军最吸引他的还是她那张严肃的脸，包括结婚后，一看她严肃起来，他就忍不住想笑，那种严肃里天生有一种俊朗和杀气在里面，不是摇滚又是什么。但这都是孩子出生前的事，孩子出生后李军完全变了个人，简直就是婆婆妈妈，什么都和他找碴。他一直以为她能体会到他的心情，能体会到再上大学对于他是多么不容易的一件事，不只为了他还有他死去的母亲。李军第一次见他母亲的照片，发出了赞叹，说，真漂亮啊，还说，他的眼睛像她母亲，那么深，可他母亲的更漂亮也更忧郁，只是看照片就觉得是个绝美的女人，何况是本人。是的，母亲的确是漂亮，但她的漂亮也同时害了她。母亲临死的时候，说，最遗憾的就是她的手不能再弹琴了，要是，能再弹一下该多好啊，母亲的手因为常年在凉水里浸泡再加上鞭打，已经不再是一个女人的手，甚至不再是一双完整的手。这就是关于母亲最后的记忆。李军听他说完这些流下了泪，也是那次，他吻了她，吻了一个肯为了自己流泪的女人。这一切，她明明都是知道的，可为什么一有了孩子，就变得不可理喻呢？孩子八个月的时候李军曾经打电话到学校，几乎是喊着让他找个人来带孩子，他说，让谁带呢。李军说，不管，谁都行，阿猫阿狗都行，再不回来，她和孩子就都要死掉了。这不是不讲理嘛，母亲已经死了，父亲，他提都不想提，那根本就不算是个男人，哪有男人因为别人喜欢自己的老婆，就拱手相送的，而且还是那么恶劣的交换。他只有一个姑姑，也很少来往。他还有什么？最后只有他赶了回来，回到家里，看到李军蓬头垢面地抱着孩子来回忙，他也承认她不容易，可谁让她那么倔呢，就因为父亲的一句话，她就能再也不开口求他们，一副誓死不相往来的架势。何苦呢？李军听到他说这些就忍不住要吵，何苦？还不是因为你吗？要不是因为你，我至于和我爸说那么绝的话吗？男女两个人一旦指责起来，那就没个完的时候，王湘说，谁让你要和我好呢？李军说，我那是在帮助你。王湘说，用你帮助吗？中央都下文件不许乱扣帽子了，你们还说我精神污染，我容忍那是看你是女人一个，要搁在别人身上，我根本就没个完，还帮助我？在孩子刺耳的哭声里，他们吵架常常会暂时告一段落。那段时间，任何事情、任何心情都有可能导致一次争吵。就连给孩子起名字也争吵过，王湘要叫沐牧，沐浴在牧歌里，多诗意的名字啊，李军坚决不同意，名字，这是大事，男孩子自然要起个阳光一些的名字，什么雄啊，光啊，泽啊，都比沐牧要好。在不间断的争吵里王湘和李军一样觉得疲惫极了，回到学校总要缓好一阵子才能恢复精神学习。李军更是觉得自己要崩溃了。孩子一岁生日的时候，一切终于得到了缓解，在老厂长数次的拉线下，她和父亲和解了，其实这几年，父亲一直托王厂长和家里亲戚给她带钱，只是不愿露面罢了。李军从来没有想过，和父亲闹僵会在心里有这么大的阴影，也从来不知道，她原来这么在乎父亲。和父亲和解后，转身而来的居然又变成了父亲和王湘之间的矛盾。本来父亲已经放低姿态了，可老人嘛，总免不了要说教。遇到父亲说得不高兴了，王湘倒是不顶嘴，但也不再搭话，而且脸会立刻挂上一层霜。到后来，除了过年王湘很少再登他们家的门，李军因为这个和王湘吵了好多次，王湘总说，你那个爸呀，早就落伍了，还老以为自己什么都懂。而父亲呢，也总和她说，那个王湘啊，什么都不懂，尾巴却要翘到天上去了。到后来，她懒得再为他们彼此辩解任何的话，爱说什么说什么吧。

王湘一心搞创作，李军一心抓生产，一切看起来是这样的平静，但李军还是感觉出来了不一样的气息。最近王湘回家居然又哼上歌了，什么生活比蜜甜之类的。以李军的经验，王湘只有十分得意了才会哼歌，和她恋爱那阵儿就是这样。整天哼着歌，那时他哼的是《让我们的生活充满阳光》。王湘那么一哼哼，李军果然觉得她的生活就充满了阳光。现在又是为什么呢？李军带着审视的目光看着王湘。只要找问题就没有发现不了的问题，这句话真是太对了，过去，是她李军太马虎了，一找果然是出了大问题了。王湘和一个叫张小娟的好上了，两个人好得没法说，李军知道这个消息的时候，据说，张小娟已经为了王湘刮了四次宫。李军心里说，王湘啊王湘，你还是真是个勤快人啊。王厂长退休后，新来的厂长很快给李军调整了工作，先是在装配上，干了一个月，后来觉得她更适合进料，于是又去了配料车间当主任。总之，再忙都没有以前在团委搞活动忙。现在居然冒出这么个女人来，李军的斗志突然就被激发出来了，这些年，她还从来没有如此精神抖擞过。李军很快找到了张小娟单位，张小娟办公室在三楼，李军人还在一楼的时候，她的气势就已经直逼了上来，张小娟哪里会是李军的对手，只能躲，在厕所里钻了近两个小时，吓得灰头土脸的。但吓归吓，还是铁了心要跟着王湘。李军这么一闹，王湘彻底搬出去和张小娟住在了一起。李军哪受得了这种窝囊气，开始隔三岔五就折腾，有时去王湘单位，有时去张小娟单位。李军还放出了狠话，只要王湘和张小娟结婚，那她是什么事都能做出来，至于做什么事，没说。但想想吧，还能是什么好事呢！王湘的领导犯了愁，王湘可是歌舞团的作曲主创啊，没有他，什么奖也拿不下来，这么个状态哪还能创作呢！找李军单位的领导一起协调，最后，李军退了半步，说只要王湘不和张小娟结婚，什么事都好说。不和张小娟还能和谁，领导没有办法，王湘更没有办法，因为李军不断来突袭，他和张小娟见面也变得很困难，简直就变成了一对逃命的鸳鸯，哪里还敢住在一起。

王湘这个婚一离就离了四年，四年间，王湘和张小娟两个人都很累，累得常常莫名其妙抱头痛哭，在张小娟身心疲惫的时候，李军突然来她单位让单位的人转告她，说王湘又和另一个女人好上了，另一个女人叫刘舒，是大学老师。说来奇怪，自从王湘和李军公开闹离婚以后，关于王湘的消息，李军总是能第一时间知道，仿佛她再也不是当事人，而张小娟变成了当事人。听到这个消息，李军果然一点儿没生气，倒是把张小娟气坏了，她惹不过李军难道也惹不过刘舒吗？就按先来后到她也算是排在前面的。于是她气冲冲地拿着刀子去找刘舒，刘舒文弱书生一个，哪里会是张小娟的对手，只能躲，其实和王湘就只是拉着手压过一两次马路，吃过几次饭，亲过一次脸而已，当然发展下去，也不能说一切就没有可能。听王湘小声哼着歌，她总有种陶醉的感觉。找不到刘舒，张小娟和王湘大闹了一场，朋友们也都看不下去了，纷纷指责王湘，王湘呢，心累、身累。这几年和张小娟每见一次面就加倍累一次，离婚这个话题一提，两个人就要吵，吵完了再哭，但不提，又能提什么呢？倒是和刘舒散步变成了他最轻松的事，一切还停留在风轻云淡的阶段。或许一切事情在它初始状态的时候都是最美妙的吧，他也常常怀念和张小娟最开始的时候，他给她唱歌，她用眼睛柔柔地看着他，把他都看化了，无论他说什么，她都说好，那真是一段美妙的日子啊，不像现在，怎么哄都哄不下。但累归累，王湘对张小娟其实还是有感情的。在酒桌上当着朋友的面，拿烟头烫自己的胳膊发誓，烟头烫进去有一厘米，一毫米一毫米往进烫，周围的人都能闻见一股肉焦味，把大家感动坏了。王湘说，我要是不给张小娟一个交代，我就誓不为人。

时间又过去了半年，王湘还是给不了张小娟任何交代。有个朋友给王湘出了个主意让他软化李军，说，李军是军人家庭出生，是个吃软不吃硬的人，没准，一软化就心软了，一心软就放了你了。王湘觉得有道理，出于软化的目的又搬回家和李军住在了一起。但软化的结果是李军怀了孕。大家都说，你看你这事办的。王湘说，是呀，是呀，没办法，都是女人，都是弱者，硬闹下去都对不起——况且，怀孕期间离婚，也不道德呀！张小娟只能再等。张小娟的朋友都说：小娟啊，你可不能傻等了，看样子王湘没什么指望了，你看着吧，等孩子生出来，王湘又说，孩子还小，孩子小就提离婚，不道德。

歌舞团有一个小伙子，叫奇尔东，内蒙古人。属于内蒙古黄金家族，取成吉思汗第一个字奇渥温·博尔只斤·铁木真的“奇”为姓，小张小娟八岁，平时对张小娟很好。听到人们的议论，在一天夜里，奇尔东狠狠揍了王湘一顿，把王湘的鼻梁骨也给打断了。张小娟很愤怒，去找奇尔东算账，奇尔东这个小她八岁的孩子，见张小娟为王湘抱不平，黑影子里只给她一个脊背，不理她，任她发作。张小娟捶着他的背发作着，到后来越来越底气不足，恍惚间，自己竟在奇尔东怀里躺着。原想奇尔东不过是个孩子，没想到竟是这样庞大的一个男子，在他的怀里自己瞬间像一只猫，乖巧了也柔顺了。从躺在奇尔东怀里的那刻起，五年间和王湘在一起后的各种阴霾和纠缠突然就烟消云散了。

张小娟不久与奇尔东结了婚，还生了个女儿。生女儿那一年，奇尔东作为蒙古长调演奏者被调到了北京民族歌舞团，张小娟也随之到京。在张小娟从这个城市彻底消失的那天，李军平静地和王湘提出了分手。其实，王湘重新回来，她就知道他是来软化她的，好吧，软化吧，看谁能软化得过谁，再次回家的王湘对李军而言，根本就是别人的一个男人，对他，她已经没有了愤怒，也没有了温情，有的只是不甘心。这次怀孩子，完全就是一次不自觉的报复，她只想让别人看看，李军还是有本事的，没本事怎么就能又有了孩子。尤其是要给张小娟看看。让她知道男人不过是迎风摇摆的旗子罢了，哪边风大就会飘向哪边。可张小娟走了，敌人也就消失了，敌人消失后，眼前的这个堡垒就像个废墟。她还有什么必要再留着。这回轮到王湘傻了眼，于是，又托人跟李军说，想好好过日子，两个孩子都小呢，小树桩似的杵在那儿，何苦来着。李军这回决心很大，说他王湘能对不起一个张小娟，就能对不起天下人，人家张晓娟为他刮了四次宫，他的良心让狗吃啦？他还是个男人不是？什么也别说，趁早让他滚蛋。

李军痛痛快快和王湘办了离婚手续，两个孩子自己养了起来，不让王湘见一面。王湘在一天黄昏去找刘舒，刘舒像见了个陌生人，半天才认出是王湘，但那个时候，刘舒正在办出国手续，客客气气请王湘吃了一顿饭，临结账，两个人抢，王湘抢到了，结果身上没带够钱。临出门的时候刘舒笑了一下，那笑，让王湘好几天一想起来就脊背发冷。

王湘还是单身住在单位，有一年，他去内蒙古转了一圈，有一年，他又到张小娟的家乡转了一圈。从此闭门不出，写出来的曲子谁都不能演，团长苦个脸说：王湘的曲子怎么啦，你们不演？乐队的人说：他的曲子，招鬼。

又过了几年，厂子改制新成立了六个子公司，竞聘承包经理，因为有多年当车间主任的经验，几乎没费什么劲儿，李军就竞聘上了。又一个春天的下午，李军走在厂区东面的路上，阳光又像是回到了多年以前，也有微风吹过，抬起头的时候，太阳晃得她有些睁不开眼，李军忽然想起王湘还有过一件带肩章的衣服，在阳光下仿佛比阳光还要刺眼。

王湘听说李军要带孩子来看他，表现得很平静，不过倒是专门买了很多小孩子吃的东西回来。孩子们的表情完全是出门在外的样子，又客气又拘谨。一顿饭过后，小一点的那个就先跑开了，一会儿摸摸琴，一会儿摸摸笛子。大一点的孩子已经有了成长中孩子惯有的羞涩，中午吃饭，只夹了一小块肉啃，米饭也吃了一点就擦了擦嘴说吃饱了。李军让他随便转转，于是他礼貌地起身真是转了一下，然后就坐回原地，两手交叉握着，眼睛不时看着自己的手或者是地。王湘问他，还想吃什么？他摇摇头，很快地说，谢谢，不用了。他并不知道在王湘自己的家里，此刻的王湘也和他一样的拘谨，只是成人更善于掩饰罢了。这次见面，除了小一点的孩子，大家都觉得十分疲惫，尽管他们没说了多少话。那次见面之后，王湘又出了一趟远门，回来给两个孩子带了很多奇奇怪怪的玩意儿，什么驴皮影儿啊，布木偶啊，还带回了几个面具和木皮鼓。有了一堆的东西活跃气氛，大家终于不再尴尬了，王湘和两个孩子讲着那些东西的来历，该怎么用。等孩子出去玩的时候，李军才问，以后呢？有什么打算？还在歌舞团半死不活地待着吗？王湘看着李军，奇怪这张脸是从什么时候开始又有了从前严肃又俊朗的神情。李军又说，去外面吧，去北京，都一辈子了，你既然爱好这个，干脆去外面吧，离开这儿，就不会再有人说你的曲子招鬼了，说完看了看王湘，王湘笑了，说，是招鬼，还真是招鬼呢，李军也跟着笑了。晚一些时候孩子们的爸爸进屋也和王湘客气地打招呼，王湘才发现已经在别人家待了很久了，一家人都留他吃饭，但他还是走了，他身后传出了一家子其乐融融的笑声。外面的夕阳把天色染得通红，虽然天空一点儿也不刺眼，他还是眯起了眼睛，看着遥远的天边。

大声朗读

天刚亮，李小小就被人连拽带拉地弄醒了，迷糊中听见有人说：

“先给他打一针，要是捣乱就先隔离几天，别让其他病人受影响。”他一骨碌下了地，赶紧向说话的白大褂说：

“大夫，我没病。”

“没病？没病怎么到这儿来了？昨晚干吗坐着，不好好躺着睡觉？大家看，这就是典型的妄想症。”大夫边说边推了推自己的眼镜。围着他的一帮小年轻都点点头，有一个很文静的男孩特意往前走近了些问：“王老师，您怎么一眼就能看出他是妄想症啊？”被称作王老师的人，脸上露出了慈祥的微笑。

“问得好，年轻人要善于提问，我敢断定你是个爱学习的人，是不是啊？呵呵……”说着用手拍了他的肩膀。“这个呢主要是工作经验的积累，平时要多学习，多了解，多观察，多研究，只有这样才能做到对病人负责。”大家发出了由衷的赞叹。李小小在说话的间隙赶紧插话说：

“王，王大夫，我真的没有病，不信你可以问你们院长，是他把我送进来的。”

“你放心，我们这里无论是谁送进来都会给病人好好地治疗，这是我们的职业道德。”

“不，王大夫我真的没有病，我是有事，我真的没有病。我……”他的话还没有说完，就被两个人高马大的人架走了。

李小小的脑袋松松垮垮地挂在胸前，完全没有理高院长的意思。高院长本来的名字叫高志强。刚上班的时候，一说到名字他总是习惯和人家说，志强，是立志奋发图强的志，不是自强不息的自。听的人也总是笑笑说，嗯好名字，好记。其实没有几个人真正记得是自还是志，反正念起来都差不多。有的干脆就叫他小高。三十岁那年他当了科长，除了他的领导，大部分人对他的称呼都及时做了调整。有一次，有人找他开医生证明，一进门就叫老高。他自己都惊了一下，回身看了看才确信找的是自己。那么一个苍老的东西一下子就套在了他头上，还真有些不习惯。后来，他听大家说，叫老高啊，就表示尊敬你，因为职务太小了叫了不好听。果真，升了院长后，没有人再叫他老高了，都很顺溜地叫高院长，好像那三个字本来就是连在一起的。他自己也几乎没有经过适应直接就习惯了。看着李小小，他皱了皱眉继续说：

“小李啊，你别这个样子嘛，大半天了，你也说句话，怎么还不如我们的病人呢？我已经说过了，那个针啊，你打了绝对没有问题，以前什么样啊，以后还什么样。别把药都想得那么管用。要都那么管用，还要医院干什么？什么都不是绝对的。”突然他不耐烦地提高了嗓门：“你说吧，活动还搞不搞？不搞就算了。”李小小条件反射似的把头提了起来，咽了口唾沫看着他又把头点了点。高院长瞥了他一眼把拎着的那口气重重地吐了出来，随即又挂上了笑容说：

“这样就对了嘛，你啊，一看就是个负责的好同志，回头，我会向你们领导反映的，对于活动嘛，既然你们还要搞，那就得尽快搞出个方案来，等过了这个月可就迟了，钱批不下来，我们说什么都是白搭。你们这个想法我已经和有关领导说了，都觉得很好。我们要以人为本嘛，疯子也有自己的权利，这不是你和我说的话吗？你要赶快准备，准备得越充分，成功的可能性就越大。”

说到高兴的地方他不由得笑了，还走过去拍了拍李小小的肩膀。李小小的肩被他拍得晃了晃，终于抬起了头，有些茫然地看着他。这个男人即使笑起来也看不见一丝的暖和气儿。自己怎么就被这么个人给忽悠了啊，或者根本就是自己把自己给忽悠了。前天刚接到电话知道能见他的时候，激动得都快跳起来了。还特意换了一身西服，打着领带，搞得跟相亲似的。现在六千多的西服皱得和手纸差不多，裤子上更是不知道粘了些什么，白白的一摊。要知道这身衣服有这样的下场，他一定穿着睡衣就来了。昨天晚上熄灯后，病房里开始陷入一片混乱。原来小声说话的人随着黑暗的降临突然变得高亢起来，唱歌的已经不唱了，而是以更快的速度开始说一些很清晰但李小小根本听不懂的句子。床上也不时发出咚咚的声音。不知道是有人在捣他的床还是有人在他的床上跳来跳去。为了安全，他窝着身子紧靠着墙坐着。真不知道是哪根筋搭错了，居然跑到这么个疯子待的地方，还打算取第一手资料。李小小几乎一进来就开始后悔了。但看着撂在一边还热乎乎的，自己刚说过不久的话，只好硬着头皮待下去。真是奇怪啊，明明是自己说过的话，却像被别人诱导了一样。几个小时前他还拍着胸脯说：

“我一定要先和他们待在一起，体验一下他们的生活，这样才能把上报材料写得更生动。”

高院长不住地点着头说：“好，好，你真是太敬业了，现在像你这么认真的年轻人不多了，那我和医生打一下招呼，你什么时候想出来就告他们。”

本来一切到此已经够离谱的了，谁知李小小在大脑的极具膨胀下居然又说：

“不用了，您就把我当病人送进去就行了，反正就一晚，早晨您再接我就行了，只有和他们在一起我才能更好地了解他们。”

了解个屁啊，李小小算是明白了，以前看电视老觉得那些皇帝个个都和傻子似的，怎么那么糊涂呢，一被人夸就高兴得找不着北。看来，谁都一样，看着别人糊涂的时候，总觉得自己是个明白人。真轮着自己，该糊涂还是会糊涂地掉进沟里去。不知道过了多长时间，李小小居然能看见一些东西了，除了有一个人站在窗户边继续长吁短叹，别的人都躺到了床上。倒是自己还傻傻地坐着，听着不断传出的呼噜声，他把腿往开伸了伸，但，没敢躺下。刚有了的困意，又莫名其妙地被自己赶跑了。一看，窗户边的那个人也没了踪影，估计也睡了。

他发蔫并不完全是因为怕打针打出毛病来，早晨那三四个人就和按猪一样按着他，他感觉不像是打针，而是要杀他，说什么都不管用。不光说，骂也没有任何用处，根本就没人搭理你。就和处在一个噩梦中一样，明明看见了一群人，但就是说不上话，自己喊的也怀疑根本就进不了别人的耳朵里。乱哄哄的，却又好像白茫茫的一片什么也抓不住。某一瞬间他居然还想起了以前电影里见过的英雄就义的场景。但那些场景拍得多豪迈啊，人家都挺着胸，昂着头。即使被敌人按下头去最终还是要抬起来。而他，始终就是在那里乱踢腾，显得毫无章法可言，更别说豪迈了。

看着自己湿漉漉的身体，李小小开始有些担心了。往常这个时候，身体高涨得就和破土而出的笋一样，现在，那家伙灰溜溜的，打不起一点精神。不是打坏了吧，他用手扶着帮它站立了一下，松开手，立刻又倒了。但他还是不肯放弃，又闭着眼睛回想了所有令他激动的片子。看了看，还是老样子，看来真的是扶不起的阿斗了。他第一时间给陈辉平打了电话。陈辉平在电话里笑得很猥琐：

“怎么，你觉得我能帮你？还是我们一起？哈哈，这方面恐怕我没有辛田有经验啊——”

“去你妈的。”

李小小恨不得踹他两脚。李小小在屋子里转了好几圈，瞎想了半宿才昏昏睡过去。事实证明，他纯粹是杞人忧天，那个东西，天还没亮就直挺挺地站在那儿，看起来比过去还要有精神。倒是他，一脸的灰暗。这倒是很符合他的一贯作风，不该操心的事总是放了过多的精力在里面。看着大大的眼袋，他用手往平拉了拉，要是陈辉平看见又该说他纵欲过度了。妈的，也不知道是谁纵欲过度。和陈辉平好过的女人快能搭个台子唱出戏了，在这方面他真是有经验啊。说起陈辉平的长相实在是没什么可说的，别说扔在人堆里了，就是光他自己摆在那里，也能让空气给稀释了。但，就这么个人，只要一开口，立刻就变了一副样子，好像打了蜡的画一样，不但光亮，而且连内容也一并发生了改变。只要见到的人，就没有不被吸引的。不只女人，连男人和他在一起也会觉得很高兴。但李小小对此从来都没有感觉。他和陈辉平在一起纯粹是因为习惯，就和一个只猫、一只狗习惯于往一个地方撒尿一样，和地方的好坏没有丝毫的关系。但时间久了倒也不乏留恋之情。

“话嘛怎么说怎么对，至于理嘛就看你怎么摆了，摆的是地方自然也就能立住脚。”

这句话是李小小二十年来唯一自己总结出的一句话。当时，他和陈辉平已经喝了好几瓶啤酒。这句话一出口，两个人瞬间都有些发愣，接着又都大声地笑了。陈辉平拍着桌子咚咚响：

“哈哈，行啊你，长学问了，编得还挺顺溜。再说，再说，还有什么！”

李小小趁着酒劲又说了一通，但事后，谁也没记起说的是些什么，倒是开头的那句成了他们的经典名言。李小小对辛田重复这句话的时候，窗户外边的阳光好得都有些让人讨厌。辛田一直眯着眼，使本来就不大的眼睛完全不见了踪影。李小小因为看不见他的眼睛，刚进门时还膨胀着的信心立刻瘪了下去。此刻他真希望能吸支烟，但看着桌子上干净得都能照见人影儿的烟灰缸，又忍了。辛田摸了摸袖口又看了他好半天才说：

“话说得挺对。想得也不错，但想得不错不代表做起来就不错。”辛田把目光移到了桌子上，然后又看了看电脑继续说：“就这么大个地方，咱们该跑的都跑遍了吧，你说，搞一个活动，太小了，赚的还不够那点工夫钱呢！大点的单位，包括监狱在内，都跑过吧，没有过硬的关系，别说承办了，连面都不一定见你。而且这些地方早被别人吃得差不多了，哪儿还轮到咱们发挥啊。想法再好找不到地方用就和没想一样。当然，我不是打击你啊。咱们再想想。”

说着开始噼里啪啦地敲键盘。键盘上的手保养得很好，不但白皙纤长，连指甲也留得恰到好处，完全不像是男人的手。辛田每天起床后光刷牙要花二十分钟，一系列的洗漱整整需要一个半小时。一分不多一分不少，那些特定的动作都被他一一放在特定的某个时间里，想跑都跑不了。唯一不足的是他的眼睛小了点，但也很难说，这样一来正好增添了细腻也说不定。李小小探过头看了看电脑说：

“干吗呢，发什么贴啊？”

“烧香火呢！你要烧吗，挺灵的啊。”他头也不回地说。

“管用吗？一般不都是去庙里烧吗？”李小小晃着脑

袋又往跟前凑了凑。

“管用，怎么不管用。你看多少人烧啊，香火旺着呢，”边说边笑了，“庙里多不方便，哪有这样好，想怎么烧就怎么烧。”他从辛田的眼里仿佛看到了某种已经把握住未来的喜悦，又看了看窗外，有些犹豫地说：

“那，我先去再跑跑看？还是……”

辛田抬起头看了一眼李小小，轻微地摇了一下头，好像怕把头发摇乱似的。然后，嘴唇几乎保持不动就说完了话，你再多想想，先去干活吧，最好做出个书面提案给我。

对于辛田这种嘴皮不动就能说话的方式李小小一直都很纳闷。他试过好几次，不但说不清楚话，连头都震得嗡嗡响。和陈辉平说起辛田，他总是不由得会添油加醋，好像他十分讨厌这个人一样。其实真实的情形并没有那样糟。但习惯了这样的说话格局，他们渐渐都乐此不疲。辉平总是边撇嘴边乐，有时还拍拍他的肩问他：

“和他拍的感觉一样吗？”脸上的笑也立刻配合得很猥琐。他也会一起哈哈地大笑。把辛田的话学给陈辉平，陈辉平笑得快岔气了，指着他说：

“行啊你，就跟着疯子撒土吧啊，回头直接变性得了。”

第二天，他和辛田说，疯人院他们还没去跑过。辛田看着他，脸上一下子荡起了一圈又一圈的笑意，搓了搓手念叨着："灵，真灵，刚烧了就显灵了。"又走过来仔细地看了看他，重新笑了笑。对他说：

"好，太好了，我怎么早没想到呢，就你去跑吧，跑成了这次给你提成二十。"辛田又走了几步说："车，公司的车你也带上，这样显得有分量，还有……还有什么，你再想想？"

看着辛田兴奋的样子，李小小突然有些不自信起来。

辛田把材料从左手倒到右手很认真地看了好几遍才开口：

"这个预算……"

"财务上核算过了，听说核算了两三遍呢！"他没等辛田说完就抢着说了。

辛田瞥了他一眼继续说：

"预算要再加十个百分点，你让财务给你往进加吧，别往材料费里加，那都是死的，人家一看就知道多加了。往……再加一个出书的计划，写得具体点。"

"出书？"

"是啊，别大惊小怪的，疯子就不能出书了？搞一个这么大的活动，不出书怎么行？可以搞一个征文活动嘛，有病人写的有社会上的人写的，再搞一个评选，最后再搞一个大的颁奖仪式，这不是更能体现平等嘛，光吃吃喝喝的有什么意思！我们不要搞得那么低俗，你说是不是？这个计划一会儿就给高院长送过去，批不了钱搞什么都是白搞。对了，你最好还是再去和那些疯子打打交道，征文要搞得像样点才好。”

李小小开始有点崇拜辛田了。看着辛田修长的手指和一丝不苟的头发，看出了点新的感觉来。

去疯人院的前一天晚上他和陈辉平喝了一夜的酒。两个人不停地说，一直说到睡过去为止。陈辉平很奇怪他为什么不选和女人待着，而把这前一夜给了他。他说：

“这不是为了节约能源吗，什么都有用尽吃光的那一天。我这不是为了省着点用吗。”

“你不是已经开始锻炼身体了吗？”

“练啊，怎么不练，白天晚上的练，早晨锻炼，晚上夜战，搞得我脚快抽筋了。”

陈辉平笑得前仰后合，喝了一大口，拍了拍他的肩膀说：

“行啊，很有牺牲精神嘛，哈哈……”

“当然，咱们整个就是献身啊……”李小小握酒瓶的手开始有些晃起来。

“对，献身，真他妈的，这几年竟献身了，老子才明白过来，弄了半天原来还亏了。还是你精，你精。这么快就想明白了。不过没用，真的没用，想明白了该献还得献。哈哈。而且是高高兴兴，处心积虑地献。”陈辉平笑得一漾一漾的，和酒一样，不断地往上翻。

医院的气味不是很好闻，但待久了也就习惯了。李小小发现这里医生和病人的脸色都差不多。一看就是那种积蓄很久的白，经过反复的沉淀早就没有了透明的感觉，很像地下室的白墙，从里往外渗着阴冷。一个姓蔡的医生和他说话的时候，从来都是头部保持不动，只是用眼睛斜斜地搭过来，弄得李小小老觉得自己的眼睛也斜斜地往过抽抽。还有一个大夫，身体极度发胖，衣服的扣子永远都扣不上，看着他在病房里艰难地穿梭，李小小总觉得他应该光着膀子再拿把大刀，换个物种去施展他的才华。给他打针的王大夫实际上是病房管理处的主任，见了人倒是总笑眯眯的，就是话太多了，总是不断地说起他的那点经历，反反复复，来来回回地说，而且说到他自己认为的得意处总是来回踱上几步，拖长了腔调像朗诵似的说下去。有时候正好踱到某个人身边也会捎带地拍拍那个人的肩膀。这种时候，大家脸上的表情显得都很模糊，仿佛隔了多日的剩饭又热得冒出了热气。有了几次这样的经历，一看见王大夫来，他早早就躲了，索性在大厅里和疯子们待在一起。他们都叫他22号，说实在的，他不喜欢这个号，除了二还是二，好像他很二一样。他曾经和高院长提过要求换一个号，但高院长明确表示：

“不可能。这里的号都是一个病人一个号，来一个建一个，走一个消一个，哪能凭空地就编一个号出来，有这个号已经不错了，如果没有，要么没有你的饭吃，要么你只能把自己当病人一样重新办理住院手续。”

“那我每天出去吃饭呢？是不是能挑个号啊？

“这里又不是饭店、澡堂，你以为随随便便想进就能进来啊，什么想法！真是荒谬，年轻人最重要的是踏实。”

说完连看也懒得看他一眼。22号据说是一个在家休养的病人，换句话说，虽然李小小现在叫22号，但22号并不是他。他只不过占用了这个号而已。大厅里老有人在打牌，有时候四个人，有时候五个人，好几次他都想加入进去，但总是没人搭理他。他说出的话每次都轻飘飘地稀释在空气里。然后被这个人吸进去，那个人又吐出来。有一个人还老是拍着他的肩膀说话，说和他的关系很不错以后会好好照顾他之类的话，还让他放心。他直想笑，但看到那人一脸诡异的认真，又忍了。旁边的房间据说是阅览室，摆着一些书，有几个人坐在里面小声说着话，看到他进来，还和他笑一笑。这几个人每次到吃饭的时候都会出来叫号吃饭，嗓门扯得很大，有时候也帮着医生维持纪律，看来是属于病人里比较正常的人。他心里盘算着怎么和他们交流，好让他的计划实施得更为顺利，冷不丁地，里面有人开口说：

“你有事就说吧，看你转悠好几回了。”

“啊，哦，呵呵……”

他不由得有些紧张，镇定了一下，又在心里骂自己，紧张个什么劲啊，都是一些不正常的人，难道自己还不如他们？于是找着话说：

“这里书挺多啊？”

“哦，你也过来坐吧，咱们都一样，我看你和医生还挺熟的，以后，你也和我们一起叫饭吧？”说话的人边说边给他搬凳子。他嘴里说着不用，但还是一屁股坐下了。

“哎，你是干什么的？”那个人问他。他愣了一下神说：

“哦，我是搞活动策划的。”

“策划？什么行业啊，我以前是局长。”说的人很自信地笑了。倒是他显得有些不自在。

“以前忙得要死。总是有人找，现在又闲得要命，真是没办法啊，世界变化得这么快，老这么待着，该跟不上形势了。不过，我从来也不放松学习，呵呵。”

说的人笑了，李小小的嘴角也往旁边拉扯了拉扯，但他明显感觉到自己的思绪有些跟不上。那个人接着说：

“做人就要实事求是，有一说一，有二说二，决不能搞虚假的那一套，我自己就从来都不搞那一套，因为——不需要！任何社会都需要德才兼备的人，我就是其中之一，而且是其中最为出色的一个。你知道我为什么在这里待着吗？”

那人突然露出了诡异的笑容，李小小摇了摇头。

“因为形式的需要！工作的需要！”

说完那人把身子往后靠了靠，很满意地舒展开了脸上褶子。李小小没有笑，一点儿也没有笑。虽然事先已经隐约地想过是这样的结果，但真的看见了实际的情形还是令他很吃惊，甚至有些不知所措。旁边的几个人都各自沉浸在自己的世界里，完全没有理会他们的意思，仿佛他们刚才的谈话是在密闭的玻璃瓶里完成的。说来也很奇怪，他刚刚也没有听到他们之间的任何谈话。自己的注意力好像还从来没有如此集中过。那个和他说话的人衣服上写着 18 号，真是个好号啊，他想，于是又说：

“你的号真好。”

但那个人没有再理他，一直坐到吃饭铃响了，才突然地跳起来，说，走，叫饭去。

李小小仔细地罗列了征文的内容、意义及重要性，还给每个病人都发了纸、笔。18 号这几天负责向病友们宣讲这件事。18 号对这件事的热衷程度已经完全超出了他的想象。除了每天下午要宣讲两个小时外，每天饭前、饭后、熄灯前也都要重新说这件事。而且征文已经不断地被 18 号加上了新的意义，甚至连国内外的形势也都加了进去，虽然事件都是几年前的，但 18 号说得很激动。那些病人也很配合，每次说完都会给他鼓掌。看到事情进行得这么顺利，李小小真是高兴啊，心里都开始盘算怎么去花那些奖金了。但五六天过去后，病人们却连一篇征文也没有送上来。发下去的纸有些已经变成了碎片儿，有的倒是涂写了不少，却根本就连贯不起来。医生们的稿子倒是哗哗地往过送。

高院长昨天也拿来了他几年前写的一篇学术论文。李小小有些犹豫地说，这和主题有些不相符吧。高院长呵呵地笑了：

“有什么不相符呢？主题还可以变通嘛，而且，这个在本质上也不矛盾啊，小李，你最近很辛苦，真是不容易啊，晚上就先和我出去吃饭吧，就当是为你辛勤的劳动所做的一点点补偿。”

李小小觉得自己的脸上又笑开了口子，挡也挡不住地往下裂，拉成一条长长的缝隙，直到有东西，“扑通”地掉了下去。

稿子还在随着时间的推移而不断地增多，有些原本不打算写的医生，看到大家都写了也跟着写了。一些开头已经写了的可能觉得还不够，又不断地继续写。看着这些已经远远超出了编一本书的稿子，李小小有些头大了。他和18号说，赶紧催催病人的稿子，最好自己先写一篇。18号很认真地说：

“我哪有空写啊，我每天都在督促大家，在我心里永远是大家更重要。”

说完眼睛定定地看着前方，李小小也顺着看了过去，发现墙皮有些脱落的迹象。那一刻他心里有些东西像草一样，长了起来，一走动就“擦擦”地响。又过去了五天，病人们还是没有任何的动静，李小小彻底地失望了。不管怎么说搞这么一个以“疯子”为主题的征文，总不能一篇疯子的稿子都没有吧。这就和一群人等着看戏一样，可等来等去光听见敲锣，就是不见唱戏的来，谁还看得下去。媒人弄得再好，说得再多，最后总还是要有那么一个对象套上去，这才立得住脚啊。没有见过把媒人直接弄进洞房的。现在配角弄了一大堆，而且还有不断增长下去的势头，主角却连生还没生出来呢。这么想一下他就觉得心里大片的草又蹿起了老高。看着 18 号不厌其烦地继续和病人说征文的事，他突然放大声音说：

“好了，别说了，”18 号吓了一跳，身子抖了一下。其实他自己也吓了一跳，但他继续说，“停下来，这件事别说了，已经结束了，以后也别说了，你该干吗干吗吧。”

18 号显得很茫然，顿了几秒还是说了下去，丝毫没有停下来的意思。李小小转身走了，姓蔡的医生和他打招呼他也完全没有理会。真是疯子，姓蔡的医生心里嘀咕着。

夜里，他做了个好梦，梦到很多的女人和他不停地笑，笑得腰都打颤了。他还从来没见过女人那么能笑过，后来他觉得自己的腰也开始晃，晃。醒了，看见王大夫在摇自己，手里拿着一叠纸。

“呵呵，小李，给我看一下，我刚写的，又提炼出了许多新东西。”

王大夫笑眯眯地看着他。他躺在床上看着王大夫半天没说话。从下往上看，王大夫的脖子松松地耷拉下来，像褪了毛的鸡皮一样，一说话那儿就开始抖。他觉得自己的嗓子里有东西要喷出来了，赶紧坐起来，王大夫以为他还没清醒，又把刚才的话重新说了一遍。李小小机械地点点头，王大夫接着说：

“你去一趟高院长的办公室吧，他让你过去。”

被高院长那么一说，事情虽然还没有解决，但已经变得轻飘了许多。李小小不得不承认自己还是太没经验了，居然还想着要放弃这个活动。和大家说了高院长的想法，果然没有一个同意的，看着医生们急切的表情，不知道为什么他突然很高兴。等他们不吵了安静了他才说：

“我知道你们不愿意，自己写的东西凭空加上别人的名字，谁都会不乐意。但你们要知道，这本书是打着他们的名义才能出的，如果他们连一篇都没有写，你们想，那这本书还能出吗？这样一来你们写的可就彻底不能发了。如果现在你们拿出一部分，署上他们的名字，只要一部分，一小部分，那么你们的文章很快就可以发表了。况且虽然署他们的名字，在末尾同时还能署上你们的名字，就当是指导医生吧。不是还有人写了好几篇吗？你们看怎么样？”

听他说完，有人开始点头了，有的还是撇着嘴。外面不断地传来18号抑扬顿挫的声音，他笑了，心里说，他妈的，真是病人啊。

谁也没想到钱这么快就批下来了，连辛田也没有想到。虽然一直盼着这一天，但真批下来了，却或多或少有些无所适从，好像不经历些周折就不放心似的。辛田又开始在电脑上烧香火。李小小也很高兴，他的奖金总算是彻底地浮出了水面，他想，一切都不用再担心了。高院长和医院的大夫们每天进进出出也破天荒地挂上了笑容。大家一有空也都谈论着这件事，搞得都有些过年的迹象了。

李小小和辛田这些天忙着列活动的单子，不断地添加修改，到最后总共列了一百九十项。活动时间定在六月二十日。这是辛田办公司以来搞活动规模最大的一次，他不时地发挥自己的想象，原来准备请的市台媒体，现在已经改成了省台，原来三星级的酒店也改成了四星级。有时还不停地念叨：

“一切都要弄成最好的，这可是破天荒第一次啊，如果以后每年都办这么一次，那我们这就算首办，就相当于处女秀了。到时候每年都要回放这回的录像，然后鼓掌、回忆，该多感人啊。也许看我们办得好，以后每年都会交给我们办，很有可能是不是，小小？”

李小小含糊地嗯着。他想，如果这件事拖得时间再长一些，假以时日，辛田一定能弄出世界级的标准来。高院长听说要给病人每人做一套衣服，表示没必要。因为病人本来就有，而且还有好几套。但经不住辛田的劝说。当辛田把美好的活动前景描述给他听时，他完全被说服了。试想一下，八十个病人穿着崭新的衣服整齐地站在那里高唱着赞美歌，那是何等的壮观啊。高院长提议给自己也订一套，因为自己那天也要做重要发言。辛田说，行，没问题。最后，医生们觉得自己那天也应该崭新一下，就向领导反映了几次，最终大家全部都做了新衣服。

所有人都兴高采烈的时候，李小小却在往返医院和公司的过程中突然感觉到了从未有过的疲倦，身上好像趴了厚厚的泥，甩也甩不掉。那些病人还和从前一样，打牌的继续打牌，说话的仍旧说话，对于这么大的活动没有一点儿感觉。18 号手里拿着李小小给的稿子每天都念个不停。

那是会上疯子代表的发言稿，辛田一直说要增加互动环节，这只是其中一项，还有做游戏、猜谜之类的。虽然他一直觉得这有些不靠谱，但没有和辛田说，因为和辛田的狂热相比，没有什么会比那更离谱。随着日期的临近，大家都显得有些手忙脚乱，因为无论怎样准备总是会发现一些纰漏，而且越到最后，发现问题越多。文章的评委到最后才找到，评委嫌时间太短，写评语不够充分，但还是给写了。一切都准备好的时候已经是夜里三点多了。李小小长长地嘘口气。虽然还有几个小时才天亮，但他没有打算睡觉。他想等事情彻底完了，远远地把这件事扔出去了，然后轻松地和陈辉平喝喝酒，再睡觉。

李小小对自己找的这四辆车很满意，一样的型号，一样的颜色，连司机也长得差不多。当大轿车开进疯人院时，他觉得阳光都晃了晃。在楼下他吸了支烟，当第一口烟重重地扑出去，他一下子就变得轻松了。他眯着眼看着远处的楼，想起前些日子认识的女人，暧昧地笑了。蔡大夫跑下来叫他的时候，他一下子竟有些反应不过来。走近了才看见蔡大夫的脸上有好几道血印子，蔡大夫气喘吁吁地看着他说：

“小李，快去看吧，乱了，乱成一堆了，全乱了。”

他想，这好像是蔡大夫第一次说话的时候看着自己吧。什么能乱了呢？衣服吗？看着他不慌的样子，蔡大夫急急地揪着他的衣服往楼上跑。一上楼他就傻了，楼道里到处泼的饭汤渣滓，医生和病人混在一起，互相扭抱着，疯子们都凄厉地号叫着。这么久他还是第一次看见他们有那种眼神，好像受了极度的惊吓。蔡大夫断断续续说，想到今天的活动，早晨特意给病人改善了伙食，快吃完的时候，他和病人说，快吃吧，吃好了换新衣服，一会儿送你们上路。谁知道话音刚落就有人哭开了，说不想死，说死人才吃好的穿新的上路。他一哭，大家也都炸开了，乱跑，乱叫，蔡大夫看见病人捣乱，就想去抓起来打针镇定他们。这一来，所有的疯子都开始打他，有的人还搬起了桌子，一下子全乱了，值班大夫都出来也没用。你看，你说怎么办？蔡大夫说完看着李小小。好几个疯子看李小小上来，也用眼睛直直地瞪着他，让他感觉自己像汉奸似的，出卖了在一起的同志。他觉得背蹿上了凉凉的东西，一点一点攀着往脖子那里走。他几乎是喊着说：

“好了，没事了，你们哪儿也不用去，就在这里。”

说完，他看见18号，使了眼色想让他过来。18号好像很惊恐，没有理他。他又叫了一声。18号突然大叫着跑了，速度快得像一只兔子。

大厅里很热闹，一切都和预料的一样好。除了领导，各行各业的精英，八十个穿着病服的人，也都齐齐地站在那里。他们多数人脸上都罩着黝黑的光和零星的泥点，只有前面的几个脸色白皙，泛着终日不见阳光的阴冷。李小小穿着崭新的18号病服站在台上准备宣读疯子感言，他看见辛田穿着66号衣服站在人群里，辛田刚刚为了挑这个号还差点摔了跤。后来又看见了蔡大夫，他穿了22号病服，那个胖子还是穿了件小衣服，连扣子也扣不上。他突然踏实起来，飞快地笑了一下，但很快，那丝笑就不见了，像跑得很快的小动物一样，一下子就不见了。脸上也没有留下任何跑过的踪迹。现在，他的脸像一摊不动的水，波澜不兴，他一字一句大声地念了下去……

等待

一

车行老板递过一支烟，瞟了下前座的包裹，说：

“还带着呢？有五六个月了吧？”

包裹外面的塑料袋还是五个半月前车行老板亲自套上去的，那时，塑料袋崭新、挺括，几个月过去，虽然一直轻拿轻放，而且大部分时间它都待在同一个地方，也还是有了磨损的迹象。透过塑料袋可以看到大片的黄色，是绸缎，但没有绸缎的厚重，仅有的光亮也像是用锉刀粗略锉过，既不平滑又单薄至极。每次与这种黄对视，李耀都会迅速别过头，这次也不例外。虽然别过头并没什么可看的，街上除了忙碌的人群就是房子、电线，还有偶尔飞过的鸟，最后和车行老板一起抽着烟看着远处天空。下午阴沉的云在傍晚竟然溜边滚了一层绯红，像女人脸上的胭脂，眼看着越染越浓。几个月前，李耀第一次从后备厢拿出黄色包裹平放在副驾驶座上，一边放一边嘱咐：别碰，千万别碰，碰坏了可真没法赔。车行老板走过来一看，没说话转身去了隔壁洗衣店，出来时手里拿了个大大的白色塑料袋。

“来，套上，套上，万一溅湿了，不吉利。”

套了塑料袋的黄色包裹看起让人放心了许多，像穿了件大衣似的。这之后的五个多月里李耀一共洗了六次车，每次，他都会重复同一个动作，搬出，然后搬进，每次，老板见他搬出东西都会走过来聊几句，包裹就像他们之间的另一个熟人，老板看看他，再看看包裹，看包裹的时间甚至比看他的时间还要长。随着时间的推移老板不断说，一个月了吧，两个月了吧，快三个月了吧……就像今天老板又说，有五六个月了吧，老板一定以为李耀一直把它带在车上，其实这中间有些时间它也待在医院里，和一些衣服、碗筷挤在一个狭小的柜子里。只不过那时李耀忙得饭都顾不上吃，更别说洗车，等有时间洗车了，它恰好又出现在了车里。和多数男人一样，李耀从来不聊这些细节，聊的都是一两句话就能说明白的事或者干脆是些无影无形的事儿，他说：“预报有雪呢。”车行老板说：“嗯，该下了，腊月二十八下场雪，一切都好了。”又说：“过年也挣不下个钱，往年这个时候洗车最少也八十、一百呢，今年才五十……”说到后来声音明显低了下去自言自语一般，烟快抽完的时候李耀从兜里抽出两支，一支递过去，另一支自己续上。

二

几个月前七七亲手把寿衣放在李耀车里的那个下午，阳光很好，天上不时飘过一只只风筝，再丑的风筝只要兜着风放起来，也一律看着精神抖擞，看久了常常会忽视放风筝的人，似乎风筝自己有了手脚、有了翅膀，也有着单独的生命。那天七七没有心思看太阳更没有心情看风筝，把寿衣交给李耀后，直接陷入对往事杂乱而冗长的叙述里，中间不时夹杂着抽泣，偶尔也停顿下来问李耀一句：“你说我爸没事儿吧？”李耀说：“没事儿。”七七似乎并不在意李耀回答些什么，只是想问而已，问完，停顿一下又接着叙述从前。整个下午的时间都在这样反反复复中度过，天黑到什么都看不见了，七七才停止了哭泣。

两年前，在朋友婚礼上刚认识七七的时候，七七挂着一脸没心没肺的笑说，叫我七七，出生时七斤七两所以叫七七。李耀说，我还九斤九两呢，那该叫舅舅？看着他俩自来熟，朋友纷纷帮着起哄，后来又拉拢着聚了几次会。对七七，他有好感也有心动，这心动的前提竟然不能免俗地是因为外貌。七七够白，白得有些晃眼，在聚会餐厅的灯光下有时候是瓷器般的白，冰凉细滑，有时候是粉糯的白，在他的想象下一切也有着细腻的手感，但他没有想过要走近她，他宁可想象着。因为唯有想象能让他感觉安全，感觉自己还有无限的可能。一直以来，他都对“爱”心存疑惑。从大二谈恋爱开始，陪着女孩儿遛弯、吃饭、逛街、拉手、接吻、抚摸，该做的都做了，就是没有那种所谓的惊心动魄、死去活来的感觉，似乎在一起，挺好，但分开亦没有什么关系。一毕业，大家各奔东西，他回老家考上市档案局的公务员。最初，他们两周打一次电话，然后是两个月、半年，再后来彼此的消息需要从同学那里才能听得到。其实他从来也没有天真到一定要找个真爱结婚，只是，心有不甘罢了，不甘心就这样尘埃落定，不甘心这触手可及的未来竟然有着他最不愿变成的父母亲生活的影子。其实最让他难过和不能容忍的还不是这些，是所有的决定从头到尾竟然没有人真的干涉过，大家顶多只是建议而已，无论是否愿意，一切都由他一手造就，所以他没有可以埋怨的对象，他的难过只能属于他自己，既得不到宣泄更不可能被分享，只有偶尔聚会，听着大家吵吵嚷嚷，生活过得似乎还没有他顺心，那一刻，会有类似安慰般的情绪从他身边闪过。时间并没有因为他的难过而停止了脚步，几年一晃而过，同学结婚的结婚，离婚的离婚，看着同学的小孩儿跑来跑去，他已经没有了最初的感慨。秋天的一个晚上洗漱完，他看见镜子里的脸居然和父亲有些相像，苍老、固执、毫无生气。他知道再过些年大家也会像称呼父亲一样叫他老李。想到“老李”这个词，他突然有些慌乱，有些焦虑，就像快考试了结果书还没背。第二天，他和母亲说：“以后，有合适的就相亲吧。”母亲总以为是父亲的病让他懂事儿了，其实，一切能看得见的理由都不过是借口，是个类似路标一样的东西，有没有它，路一样存在，有了或许会更安心，如此而已。从那时起，近的、远的、高的、矮的、胖的、瘦的，李耀总是好脾气地谈着，然后等着分手、再谈、再分手。大家都是奔着结婚去，没有谁愿意像大学里一样磨叽着浪费时间，他不主动，女方也不主动，结果只能是分手。大家都以为他是挑剔，只有他自己明白，看似有无限机会的相亲，其实不过是又一场无从选择的游戏，这次，他选择等待。

喝了酒的七七脸红到了脖子根，仰着脸问他，挨得那么近，说什么他竟然没有听清楚，只记得接吻、抚摸。那晚的情节，在两个人后来的叙述里有着不同的版本，他记得是七七主动，七七说是他先主动，并且还描述了一大堆铺垫的情节。关于那晚的记忆李耀一直是模糊的，始终只有零星的片段——气味、头发，一帧一帧像电影胶片，然后被剪辑得有些凌乱。一切，有了开始就像是有了结果。那晚的前后顺序还没有讨论清楚，他们已经手挽手开始出双入对。后来他们在一起亲热，李耀的大脑再也没有像第一晚那样凌乱过。那个夜晚，就像是特意准备好的一服药，似乎唯有如此，才能让他确认，这——就是他的等待。

午后，他们面对面坐着，安静地叙述彼此的家庭，不像恋人般而像所有初次相亲的人那样，叙述得很详细、很具体，没有添加、没有渲染，只是叙述。七七说，她有一个姐姐，大她二十岁，现在西安，父亲快五十才生的她，所以，是老生子，所以，父亲很老了，已经痴呆了近十年，但是，到了转折处七七开始一个字一个字地说：

“但是——他有我妈照顾，不会拖累我们。”这句的末尾她特意用了“我们”两个字。七七说话的时候，阳光从她的脸上斜着照下来，浸在阳光里的那半张脸可以看见淡金色的绒毛，显得异常柔软、稚嫩，另一半隐在暗影里有些模糊，有些青绿。七七说完，李耀也说了他的家庭，就他一个，父亲去年生病，脑梗，但是已经不碍事儿了，没有什么，很简单。听他说简单两个字，七七眼睛往上翻了一下说：

“都简单，我们家也简单，没那么复杂。”李耀本来想解释，但解释的话途经喉咙的时候突然被自己的一阵咳嗽打断，咳完，见七七盯着他，瞬间也觉得自己仿佛是故意干咳，于是解释就演变成了掩饰甚至含有一丝讥讽。其实，他没有。又过了几分钟，七七深吸口气说：

“放心，我不会轻易说‘分手’这两个字的。”说完，嘴角牵强地平拉了一下，呈现出一个半途而废的笑。

李耀从大学谈第一个女朋友起就幻想过，女友和他说“分手”这两个字的情景。在他的幻想里，他会笑一笑，心里不会起一丝波澜，有的只能是快意，然后再说一两句祝福的话，或者干脆拍拍女友的肩或是送一个拥抱，一切显得既大度又留有余地。可惜这些从未发生过，从没有人要和他说“分手”，“分手”似乎从来就不是一个词而是一个动作，走了自然就分了。作为男人，在一段感情里最沮丧的不是追不到女人，也不是女人寡然无味，而是你感觉无所谓的时候，对方比你还要无所谓，她的无所谓产生得甚至比你的一切感觉都要早。你来不及厌弃别人，要厌弃也只能厌弃自己。从下午一板一眼聊家庭开始李耀明显感觉到的是七七和他的疏离，就像之前他和大学同学、和父母的关系一样，有关联但绝对不亲近。此刻，当七七忍着难过说，不分手，李耀闲置着的心一下子就热了，他知道，她需要他，于是伸出手贴在七七脸上。手一碰七七的脸，七七立刻泪雨滂沱，仿佛他碰的不是脸而是按了一个哭泣的开关。

七七的父亲从李耀登门的第一天起就老是对着他笑，不仅笑还和他没完没了地说话。尽管七七进门前就嘱咐过他别多搭茬，因为她爸痴呆那么多年根本不知道自己在说什么。但李耀还是不好意思把这样一个大活人完全置之不理，老头儿问，谁啊？他指指七七说，男朋友。又问，干什么？他说，看您。李耀说这句话的时候说得很大声，一边说一边坐到老人身边，后来又握着老人的手。事后连他自己都觉得奇怪，竟然会主动去握着一个素昧平生的成年男人的手，和父亲都没有这样子握过。上大学时偶尔还会和父亲聊天，一次，谈起佛教，父亲说，他本人是纯粹的唯物主义者，不信别的，所有的宗教只不过是心里的安慰剂罢了，说完，不忘提醒他千万别走歪路。父亲总是这样，能把他们之间的任何谈话直接简化为选择题、判断题，从来不会和他往深了讨论。毕业后，连那样的谈话也省掉了，一个屋子里，彼此的生活都看得见，除了让早上班，就是早回来，再没有其他可说。只是，他从来不当着父亲的面抽烟，所以他以为父亲不知道。一次，相亲地点在家里，母亲有些显摆地介绍说：他不抽烟。那句话直接导致了相亲的失败，母亲说话的时候，父亲白了母亲一眼。客人一走，父亲就说，还不抽烟，我看没少抽，指头都快黄了。他抬起右手看了看，心里说，还好，还好。七七父亲的手只有最初的几分钟被他握着，随后的时间里一直是老人紧紧反握着他，很紧，抽都抽不出来，七七拿了一个苹果使劲往她爸手里塞，他才把手抽出来。后来吃饭之前老人就一直紧紧地握着苹果不肯松手。以后，每次他去，七七的父亲都会问这几句话，问的时候，抬着脸，用小孩儿般惊奇又执着的眼神看着他，仿佛他们每次都是初见，永远都新鲜。去的次数多了他发现老头儿也会骂人，一次，尿了裤子，七七母亲压低了声音但还是让他听见了训斥。从厕所出来，老头儿嘴里就一直嘟囔着，仔细听，全是骂人的话。见到这一幕，他会不好意思，一个家、一个人的另一面突然平展开放在他面前，让他多少有些无所适从。见他别扭，七七突然笑了：

“不习惯啊，就这样，平时你不在，他们掐得更厉害。”

“瞎说，谁天天掐呀，他有时间，我也没有那个工夫。”七七母亲认真地说。

七七母亲很瘦，脖子上的锁骨有些吓人地突起着，但说话嗓门响亮，她总叫七七父亲“老王”，叫的时候完全是在喊，一会儿喊，“老王”咱们喝水吧，“老王”，快，快，去厕所啦。就算在厨房也会喊，“老王”听你闺女的话，起来走走。一开始，有他在，老王尿裤子，七七母亲还会压低声音骂，几次后就像平时一样喊着骂。最逗的是，她压低声音，老王也压低声音，她喊，老王也喊。吵急了，老王有时还会“呸呸”吐几口。

李耀去七七家比七七来自己家的次数要稍微多一点。即便是饭点去，七七母亲也不会慌乱，饭够就坐下吃一口，不够直接从冰箱里拿出什么就凑合着吃什么，吃完饭，除了七七母亲洗碗时他们需要看着老王，其他时间都在七七屋里待着。来他们家总是显得有些正式，每次来，母亲一般提前一天就开始准备，会做很多吃的，因为之前的丰盛，吃完饭他们也不好意思自己单独待着，总是在客厅陪着他父母，似乎唯有如此才配得上之前的丰盛。客厅的电视一直都开着，黑匣子里不断传出的人声适时填补着聊天的空缺，播什么倒显得不那么重要。很奇怪，不善言语的父亲在七七眼里居然是个幽默的人，而母亲在冬天也会坐在沙发上拉着七七的手帮她捂着取暖。这一切都让李耀不习惯极了，他不明白为什么有了陌生人的介入，他们家反倒看着越来越融洽了。

三

为了防止七七父亲动手上的监控器，他一直握着老王的手，这次，老王没有像之前一样反握，只有偶尔醒来才会挣扎着扬一扬胳膊，然后用一个指头把另一个指头上的监控器蹭下去。干这个，老王很麻利，丝毫看不出痴呆。不知什么缘故，老王从住进医院的那刻起，就显得比平时瘦弱了许多，印象中老王很重，个子也不低，偶尔扶老王去厕所，他总是要费很大的力气才能把他从凳子上拉起来。但躺在白色病床上的老王却显得瘦瘦的，小小的，脚离床栏杆甚至有很大一截距离。隔壁床的老人输完液开始走来走去，不时咳嗽着，七七母亲放在床边让他们陪护时戴的口罩一边挂在他耳朵上，另一边悬垂着。他很佩服大夫可以一直戴着口罩工作，他不行，戴不了十分钟就闷得浑身出汗，头也感觉大一圈，口罩只能沦为摆设。后来的一段时间出院、又住院来来回回都在呼吸科，住的也都是各种肺病人，他和七七的家人竟然一个也没被感染，他老觉得是概率的缘故，七七母亲说：是自私的老王保佑着哪，都病了谁来伺候他。说完摇晃着床上的老王说：是吧，老王。老王答应着，大张着嘴笑了笑。那时，他们已经是第三次住院，也是第三次接到病危通知书，和第一次不同，这次，医生说完，他们没有细看直接就签了字。第一次医生下病危通知的时候，他们都不信，不相信进来时只是气喘咳嗽的老王一下子就病危了。主治医生没有说更多的话只是告诉他们结果。李耀又托了朋友，找了另一个医生看片子，结果和主治医师说得差不多，只是添加的话更多了一些。医生说："有个现实你们弄混了，不是来医院发展得这么快，是病变早就有了，只是来医院才发现而已，过去吃饭老被呛吧？”见七七母亲点头，指了指片子说：“每呛一次对肺都是一次感染，还有就是年纪，都这么大了，所以，如果好了，就是运气，不好才是正常。”那是李耀第一次听到运气两个字从医生嘴里说出来，之前他一直以为医生这个职业和所有的理科职业一样都是理性的，既然是理性就该丁是丁卯是卯，“运气”倒像江湖术士该讲的。随后的几个月七七爸爸每次感染好些出院他都会听到医生说到运气这个词。很多年后他才明白越是理性的东西就越是存在着混沌的死角，而所有看似感性的东西却往往都有理性在做支撑。

几个月前，第一次下了病危通知书，插上胃管、氧气管、雾化管的老王看起来完全是一副危重病人的模样，身体每挪动一下都显得很费力。七七母亲听医生的话当天回家就找出了寿衣，一层一层解开看了又一层一层包裹好。寿衣十年前就做好了，还是闰月年做的，她和老王一人一套，她的咖啡色缎面绣着金丝牡丹，老王的蓝色缎面绣着金丝的福寿，外加一件斗篷，两人一模一样，都是玫金的缎面绣着龙凤呈祥，当时做好她还披了披，那年老王已经痴呆了，但还是看着她说，好看，好看。每年春天，她都会拿出寿衣晾一晾，拍打拍打，然后再放包樟脑进去，十年，年年如此。刚拿出的寿衣有一股子樟脑味儿，樟脑还是今年春天新放进去的，还没有挥发完，她取出樟脑胡乱塞在柜子里，包好寿衣后，又在外面裹了三层明黄的布，来回看着妥当了才走。医院里，寿衣最初和碗筷杂物放在一起，虽然放在最里面，每次开门也还是能看得见，明晃晃的，那黄色就像是锋利的牙，一口口啃咬着七七，那些天七七总是一副凄惶要哭的样子，几天后见老王的气喘好转些，七七母亲说：

"要不把寿衣放李耀车上吧，在医院老和吃的挤在一起也不好，也省得你看见难受。"把寿衣拿出来又犹豫了很久说，"反正也会结婚，算是叫父亲呢，放车里应该不会不吉利，都说老人的寿衣压寿。"包裹交给七七后又说："别让李耀拿回他家，就放车里……要不，还是问问李耀吧，看他介不介意。"

李耀当然不介意寿衣放车里，只是不能洗车，一洗车他就有点不舒服。起初，他忍着。一个月过去，车脏得只能看见挡风玻璃的时候，他决定把寿衣暂时挪放个地方再洗车。琢磨了一圈才发现除了车里根本没有任何地方可放，七七说过不要放他家里，其实七七不说，他也觉得抱着寿衣回家有些别扭，单位也不能去，那样做不但招骂，还会遭人记恨，七七家和医院也都不能放，人家只托付你一件事，因为洗个车，你就还回去，不仅不像个男人，连说都说不过去。最后没有办法，他只能带着寿衣一起洗车。从那时起，寿衣多数的时间就一直跟着他。老王第一次拔了胃管出院回家休养，寿衣曾短暂地被拿回过家，放了一星期后随着老王的再次住院而住院，后来急救的时候又往医院拿过几次。七七母亲对寿衣看得很重，每次医院急救都会第一时间给他打电话，让把寿衣拿来，而寿衣也真的像是老王的一个护身符，再危险的抢救寿衣拿来了也就平安无事。每次拿回寿衣来七七母亲都会一层层打开，摩挲一阵儿再包上，开始，李耀以为是检查寿衣破损没有，弄得他很紧张，生怕无端地寿衣就破个洞或者扯一条出来，后来发现七七的母亲只是单纯地抚摸衣服而已，他就释然了许多。见他总是盯着寿衣，七七母亲说："来的时候都是光着来，走的时候要穿舒服了再走，自己预备的总比从外面临时买来的强，就是辛苦你老拿着。"听到最后一句李耀摆摆手说没事儿没事儿。每次都是有惊无险，到后来李耀接到电话，虽然还是会尽快往医院赶，但心里早已没有了第一次急救时的慌乱和紧张。不只他，七七也一样，有一晚两人一起守夜，他们竟然在陪护的床上抚摸了很久，那种感觉真是奇怪极了，尽管知道老王不会醒而且已经痴呆的老王也不会懂，他们还是不停地看着老王，七七压抑着笑声，他压抑着汹涌袭来的情欲，虽然最后只是抚摸，他还是感觉到了一种从未有过的压抑的快感。放在几个月前，七七绝对不会这样，那时在医院里，七七除了盯着他爸就是盯检测血压、呼吸之类的仪器。对他，只有需要干活才能想起来，其余时间一律视而不见。不要说抚摸，连拥抱都显得很勉强。七七紧绷着的神经随着老王住院时间的不断延长，还有一次次有惊无险的抢救逐渐松弛了下来。现在，她几乎已经习惯了医院，也习惯了她爸在医院躺着，仿佛生活本来就应该是这个样子。她们雇了一个护工白天和她妈一起照顾她爸，一周有两个晚上她和李耀会一起守夜，妈妈可以回家好好休息。其余时间，和平时一样，按点上下班，只不过，回家改成了回医院而已，生活又和从前一样了，规律得仿佛是墙上悬挂的一块表。在医院没事儿干的时候，他们也谈到了婚事。七七主张暖和的时候结婚，她觉得天冷了穿什么都不好看，鼓鼓囊囊的，结婚对于七七来说似乎要的就是亮相的那一刻，要好看，一定要很好看，一个女人最隆重的时刻怎么能不好看呢？谈到结婚七七能想到的就只有这些。李耀不一样，结婚对他来说除了钱还是钱。这个城市结婚给女方的彩礼钱已经涨到了十五万，这也只是普通水平，还有给更多的，即使七七不攀比，但十五万他肯定得给，除了彩礼还有用车、酒席、烟酒，都是钱，他从来没有考虑过结婚穿什么衣服，这个对他反而是最不重要的一项。一想到结婚的钱全部都是父母出，他的自尊心瞬间就会缩水，不要说更远的抱负、孝顺，就连眼前这十几万他都绕不过去。一个院里玩大的王嘉，还是个女的，开个很小的洗发屋听说一年都能赚二十万，王嘉只是职中毕业，他呢，大学毕业一年工资还没有四万块钱，刨了手机费、吃饭、上礼，每月都所剩无几，他还有什么脸面和父母生气。对于未来，李耀根本不能细想，不想，一切都可以风轻云淡，可以谈着恋爱，可以温存；一细想，整个人如同陷入漫无目的的沙堆里，越挣扎就越乏力，甚至完全没有可以用力的方向。所以谈起结婚，一般只是听七七一个人谈，他的那些想法从来也不说，要说也只是说，随你，怎么都行。七七听他这么说，立刻会很开心。有时马上会翻手机里的日历，然后指给他看：

“这天，还有这天，好不好？”他还是那句话，都行。有一天聊完结婚回家，晚上竟然梦到了结婚，梦里的七七显得很遥远，他走了很久也没有走到她跟前，中间有一堆手伸着要钱，给到后来，他再也掏不出钱，于是开始翻兜，一个一个翻，最后所有兜都翻遍了也没有，站在人群里他窘迫极了，没有人给他解围，他们只是一直看着他……这个梦和所有关于考试的梦一样，只要醒来，李耀就再也不愿意回顾。所有这些都带给了他无限的挫败感。就像考试，李耀不算差，但也绝对不会是第一，初中时，母亲不止一次和他说过，再努力一点点就好了，只要一点点就好，说话的时候母亲极力保持着平和，语调也总是尽量婉转。尽管如此，他也还是感觉到了压力，他们永远不会知道，他比他们更希望自己考好，因为在班里考到前十名是可以随意挑座位的，其实坐哪里是次要的，重要的是挑的那个过程，他只挑过一次，在班里转了一圈后他坐到了第三排的位置。后来，他永远徘徊在十几名，有时是十一有时是十五没有更靠后，也没有更靠前。他甚至后悔自己那次考到前十，那之后，每次考完，老师都会说和他母亲一样的话，只不过没有那么委婉，老师说：李耀，你再努力一下嘛，努力一下不就可以挑座位了嘛。他知道是他给了他们念想，给了他们希望，从那时起，“希望”这个词在李耀的人生字典里就不再是个好词，希望如果注定是渺茫，那就还不如没有。他们永远不知道他们所说的努力一点点，对他来说有多么遥不可及，他在努力，别人也在努力，一天二十四个小时，刨去吃饭、睡觉只有不到十四个小时可以用来学习。除非他更聪明，就像同样是吃饭，吃三顿饭，次数没有变，但有的人胃口大就可以吃到别人的三倍那么多。但可惜他不是那样一个人，他不笨，但也没有更聪明，他不明白，父母生了他，为什么会不明白这些。母亲说得越是婉转他就越是生气，因为婉转从表面上看多少代表了尊重，可实际上从来没有尊重过他，所有的尊重都是他们一厢情愿的认为，从来不问他，累吗？其实即使他们说，别太在意分数，随意点吧，他也并不会因此而随意，但至少会是安慰。没有，一次也没有，他们客气地说着要继续努力的话，他生气地听着，听不下去就直接摔门回屋。和父母牵手的记忆永远停留在了小学，有一两次上街，母亲想拉着走，他立刻甩开，太别扭了。但是他却主动拉七七的父亲——老王的手，而且一点儿也不别扭，他不知道是因为老王已经痴呆的缘故，还是因为他们之间的陌生让他可以表现得更好。就像母亲会拉七七的手，就像父亲会与七七谈电视剧一样，因为陌生反而让彼此没了顾虑。

父亲谈起他的婚事，希望可以早点结，其中主要原因也是因为彩礼，彩礼几乎年年都会涨，有时候一年涨两三万。父亲说，别攒来攒去，越攒反倒越少了，还说，让他别操心房子，早考虑好了，他结婚就住现在的房子，五年的房子也不算旧，他们老两口搬到旧房子去，等旧房子什么时候拆了盖新的，再让他们换回去住，说到那套旧房子，父亲脸上会露出得意的神色，当年很多人一两万就卖了，父亲一直留着，现在，好几十万了。“那可是学区房，值钱着呢。”父亲说什么，他都是点点头，一句感谢的话也说不出口，那个出口仿佛很久以前就被封存了，他只能眼睁睁看着父亲认真在那儿盘算，因为他什么也干不了。很久以前，当他闪过辞职念头的时候就发现其实他什么也干不了，他不会绘画、不会音乐、不会编程，甚至连洗头都不会，就算卖苦力也不是一把好手。

在医院里，老王第一次下病危通知书后，他见到了七七的姐姐和姐夫。七七的姐姐没有她母亲那样瘦，她像多数中年妇女一样有着丰盈、健壮又沉重的背影，已经完全没有了女孩儿般的轻盈。李耀不知道将来七七是否会像她姐姐这样，还是会和母亲一样精瘦。三个女人聚在一起的时候，看着非常相像，一笑颧骨都会高高耸起，声音也都高，都爱喊着说话。七七姐姐刚到医院的时候，一看见躺着的父亲，泪“唰”就下来了，母亲在一边劝着：“危险期过了，过了，别担心，别担心……”三个女人都在屋里的时候，他和七七的姐夫会在楼道里抽烟，他们一起抽着烟、一起谈论着老王，也一起谈论着王家的两个闺女。身份完全一样的他们找了很多话题来聊，他了解到他们竟然是大学同学，毕业后都分到了西安一个和军事有关的科研所，钱挣得不算少，就是不在市区，平时也不让出来，上班下班都在生活区里，生活很单调也枯燥。七七姐夫很羡慕地说：

“不像你们生活在大城市里，每天这么有意思。”李耀本来想解释说，城市里也没意思，又觉得城市没意思这个话题聊起来太费劲了，干脆笑笑带了过去。第二次和第三次急救七七的姐姐姐夫都和第一次一样赶到了医院，虚惊一场后，他们还是站在楼道里抽烟，那次在楼道里他们还听到了隔壁一家人的争吵。每个人声音都很大，说来说去也还是那个字——钱。有的嫌多买了一支药，有的嫌多买了一顿饭，算来算去，都觉得自己又出了力又吃了金钱的亏。本来就拥挤的走廊因为吵闹变得更加拥挤。李耀很讨厌自己目睹了这一切，不是因为嘈杂，而是所有的嘈杂听起来都那么有道理，而现实在所有这些道理之下越发显得有些刻薄无情义。七七姐姐回来的第一天就放了五万块钱。母亲说：

“不用，医保能报。”

“扣来扣去报不了多少，何况马上就用钱呢，我又不能守着。”姐姐说完把钱直接塞进了柜子里。第二次回来又放了五万。如果没有这些钱李耀不知道他们会怎么样，至少不会那么快雇护工，护工一天一百五，一个月就是三千，后来的几个月还加到了一天一百八。如果没有护工，他们三个就必须每天倒着看护老王，那样他和七七只能隔三岔五就请假，而且替老王擦洗身体也必须他们来做，包括洗老王的尿布。他不敢想象如果一切真是那样，他是否有精力在医院一直耗下去，更不能想象两个人还会有心情在夜晚互相抚摸。当钱不是可以闲置着放在口袋、放在银行，而是需要一天天、一个地方一个地方、一寸身体一寸身体去铺陈的时候，钱就比一切的话都来得更有意义。

第三次赶到医院又是虚惊一场后七七姐姐笑着说：

“都快成编瞎话了，老是说抢救、抢救，十万火急，领导都问到底什么医院啊，几个月来，反复急救，每次都救得这么好，太牛了。”说着转向老王：

“爸，咱就好好的行不？不用吓我，我也回来看您。”说完拍着老王的手，老王一直摇头，她们就一直笑。医院俨然成了一个快乐的地方。但医生还是那句话，病人随时有可能感染加重引发其他并发症，让他们随时准备着。好，好，准备着，准备着。这话简直就像是开玩笑才说的话一样。除了看见寿衣能让他想起老王确实是病着，而且还是医生说的重病，其他时间和在家里一样，他还是会握老王的手，尽管多数时间老王都是躺着、睡着。唯一不同的是，老王不再用力地反握，手常常任由他握着。插了胃管的老王只要醒着还是和他有一句没一句地说话，问他是谁，来干吗？和最初见他时一样，完全是一副与他从未谋过面的眼神，有时候说着说着就睡着了。后来，老王越来越像小孩儿，睡的时间比醒的时间明显要长许多。老王有些精神的时候会问怎么不给他吃饭，其实他们每次往胃管推饭，只要他醒着，都会把装食物的针管拿给老王看，边往胃管推饭边说，老王，老王，吃饭了啊，感觉到了吧，推完轻轻拍拍他的肚子问，饱了吧？老王总是摇摇头很无辜地说：没吃呢。对于饭，老王保持着一贯的热情。过去在家里时，只要说去吃饭，从凳子上很容易就能把老王拉起来，要是上厕所就需要拖着使劲拽。老王直到最后也不肯承认从胃管打进去就算吃饭。在医院为了能吃饭老王做过各种努力，李耀父母来医院的时候，老王正好醒着，七七母亲大声给他一一介绍，老王点点头说：

“吃饭，别回了，一起吃饭。”

七七母亲故意说：

“我没钱哎。”老王很嫌弃地瞥一眼说：

“小气，就是小气，吃一顿能怎么样！”出了医院李耀父母还问，痴呆了吗？不那么厉害吧，看着还算清楚。再回到病房七七母亲还在笑着数落：

“老王啊老王，我看你到死都改不了好面子这个毛病，还说请人家吃饭，是自己想吃吧……”

李耀父母来看老王，顺便也说起了他们的婚事，七七母亲的意思，怎么定都行，听大家的。他父亲试探着说：

“过年没几天了，等过了年准备准备，五六月份？”

听见婚期是夏天，七七挎着他的胳膊突然有些羞涩地抿着嘴。父亲又自言自语般说：

“那我先找人选日子？选了你们再看看？”

四

雪并没有如期而至，就算云彩已经滚了绯红的边，不到时候，也还是下不来。大年三十，老王插着胃管出了院。

问起寿衣，七七母亲说：“就放车里吧，过了年还要去医院呢，总是辛苦你。”没等他接话，七七姐姐说：

“太客气了啊，又不是外人，是吧，李耀。”李耀说：是，是。七七的姐姐忙着做各种吃的，肉切了若干份，有的要做排骨，有的要清炖，有的要红烧做酱梅肉，还有一块里脊准备炒过油肉。饺子馅已经拌好放一边煨着入味儿，就等包的时候再往里面加一点儿韭菜。老王坐在他的老位置上看着电视打盹儿。七七和母亲一起套刚洗干净的被罩。见时间不早，没等吃上饺子，李耀先回了家。家里也在张罗吃的，只是没有那边热闹。他洗完手说，我也包饺子吧。见母亲没什么反应又说了一遍。往年这个时候他一般窝在自己屋里，等饺子熟了才出来。母亲迟疑了一下答应着。他包得很慢，一开始还努力要捏个花边出来，后来决定放弃，就只是简单地放好馅对折然后捏紧，就这样也还是包得很慢，父亲擀皮儿，母亲包五六个他才能包一个。那晚，没有聊更多的话，但可以感觉得出母亲很高兴，煮饺子的时候一直哼着小曲儿。母亲年轻时在统计局是文艺骨干，每次单位会演都是她最忙碌的时候，从编舞到指挥、唱歌样样都行，母亲也识谱，小时候，母亲除了自己哼还会教他唱，他不能清晰记忆童年听母亲唱歌时的心情，应该是高兴的吧，至少不会是反感。但上了高二他像完全变了一个人，突然对会演时忙碌的母亲感到厌烦至极，更不能在家里听她唱歌，母亲一唱，他会使劲儿摔着把门关上。其实，他不是怕吵，只是不理解母亲居然会为了单位一个不知名的会演而兴奋地忙碌，他不明白母亲的价值在哪里，即便是需要认可，难道就只需要单位那可怜的有限的几个人去认可？他一直试图通过观察了解父母的人生价值，观察的结果令他失望又难过，他们每天除了关心他的学习、吃、穿，以及单位那些鸡毛蒜皮的事儿，再没有别的。关于人生，他憧憬过很多种，除了不要过父母那样的生活，别的，在他看来都尚可。但是多年后，他还是一步步地靠近了他们，靠近了之前他最看不起的生活。听着母亲唱歌，看着母亲来回走动，他竟然不再有丝毫反感，只觉得安静踏实，他不明白究竟是自己已经衰老到开始习惯一切，还是因为早就沦为了他们中的一员，为了不至于厌弃自己才学会了接受。

大年初一七七很早过来拜年，说昨晚她爸又发烧了，不过，喝了药已经退烧了。李耀母亲催他们早点过去看看老王。七七挽着李耀母亲的胳膊说，没事儿了已经，我爸就这样老是吓人。七七和他母亲的关系看起来比之前还要亲昵，两人偶尔还会一起逛街，但是，说起结婚，说起彩礼，两个女人又立刻都开始打各自的算盘。李耀母亲试探地问了几次七七彩礼给多少合适，七七总会岔开话说别的，就当没有听见一样，七七母亲呢，也不追问，还会附和着七七说别的，就像她真的什么都没有问过一样。女人之间的关系算是这世上最微妙的一种关系，再亲密也不可能像胶那样密合，她们的关系更像缝合在一起的几张颜色不同的毛皮，也许会很结实，历经流年而不破损，但脆弱的时候也许只是轻轻一碰立刻分崩离析，那个力量不但永远需要拿捏着，而且没有人可以准确知道那个量到底是多少，有时一个眼神也会是负重，有时再严厉的骂听来都能暖心。母亲在厨房问七七的话，李耀在外屋都听得清清楚楚，但，七七就是装着听不见。他知道母亲只是心有不甘或者准确地说是心存侥幸，彩礼是肯定要给的，她自己也说只能按着行情给，但还是心存侥幸地以为或许会低一点儿。说到底也还是因为钱，如果他们有更多的钱，如果他可以赚到更多的钱，他相信母亲一定不会这样。偶尔，他也会因为这些迁怒到七七，但很快就发现七七所有的表现也还是因为他没有那么多钱，如果他有，直接给了七七，母亲和她都不用这么绕来绕去。随着婚期的临近，他的难过也越积越多，但一切又和谁都无从说起。有些问题你即便看到了，也只能是看着，因为你解决不了，而问题在你的注视下除了能让你难过外绝不会变小更不会消失，所以，看着七七和母亲挽着胳膊说话，他已经学会把自己变成一个旁观者，只是等着。

初六下午，因为老王大便在裤子里引发了一场激烈的争吵。当时，他和七七还有老王都在客厅看电视，七七母亲过来叫老王上厕所，最先叫嚷了起来，嫌老王拉裤子污染家里的环境，训斥声很大，这次，老王没有像以前一样回嘴，整个人木讷呆滞了许多。听到骂声七七姐姐从里屋跑出来，怪她母亲大惊小怪，说着又看了一眼李耀，言下之意，有外人在呢。母亲没理她继续骂着，边骂边脱了老王的裤子，用布子开始擦老王的身体。

“行了，行了，老是骂，老是骂，大过年的也不怕人笑话。”姐姐这句话说完直接就炸了锅。母亲突然扔下手里的布子，声音高得有些吓人地说：

“行，你们管吧，接到你们家，你们管管试试，十几年了，我反倒怕人笑话了，你们接走吧，今天就走，走，走。”说着推搡着七七姐姐，姐姐一定没有想到母亲会生这样大的气，但还是不肯改口继续说：

“他病着，总不应该这么骂吧。”

“病着，病着你怎么不回来侍候你爸，你倒是回来侍候啊。”

“你讲不讲理，我不是给钱了吗？我那儿走不开，你又不是不知道。”

“给了钱就不用侍候，来，来，我也给你钱，你侍候吧。”说着母亲回到里屋拿出一沓钱摔在了姐姐身上。姐姐哭了，边哭边说：

“我又没说什么，你这么对我，我走，行了吧。”他们吵架的时候，李耀和七七最初只是站着，见姐姐哭了，七七走过去劝她姐，后来卧室又传出了母亲的哭声，姐妹俩顾不上别的一起都去了卧室，然后就传出了三个女人的哭声，边哭边说，声音呜咽着。李耀站在客厅大脑一瞬间有些恍惚，屋子里缠绕着女人持久不停的哭声，还有脱了裤子仍晾在那儿的老王，走不成，也不能老站着，那就只能蹲下给老王擦洗身体。一蹲下，他就开始想吐，忍着恶心，皱着眉用布子开始擦老王腿的外侧，这是沾屎最少的地方，那时，他才发现，再深厚的同情面对屎尿污物瞬间会被涂抹得面目全非。老王不再是平日里那个他喜欢的老人，臭味把一切拉扯到了相反的方向。他尽量拖延着时间，直到她们出来，他也只是擦了两条腿的外侧。七七母亲用手把他挡开，叫七七陪他去里屋坐着，然后和姐姐开始收拾。关上卫生间的门足足洗了五分钟手他的心情才开始平静。这是李耀除了自己之外第一次接触屎尿污物，在医院因为有护工，他从来都是在病房外等着。回到里屋见他半天没有说话，七七解释着：父亲从医院回来已经不如过去那么好侍候了，没有两个人根本拉不起来，晚上睡觉她们三个要一起抬才能挪动他。白天光往胃管里推饭一天就要推八九次还不连推水，每隔两三个小时就要做一次饭，因为都是流质食物，老是大便，今天已经是第二次拉裤子了，在医院的时候有护工在，可以帮着推饭、擦洗，她妈光是做饭就行，现在，她们三个人轮着都感觉累，昨晚她妈一宿没睡。说着七七眼圈又红了，李耀问，那怎么办？七七摇摇头说：不知道，其实过去也不好侍候，痴呆了以后就总往裤子里拉尿，但比现在要强，一星期也就往裤子拉一两次，十几年了妈一次都没有出去玩过。七七情绪里满是刚才母女互诉衷肠的苦楚，说了很久，李耀听得有些心不在焉，但还是抱了抱七七。那天，李耀没有像往常一样留下吃饭，逃离一般，头也不回地出了门，临走也没有再去握老王的手。

一连几天都没有去七七家，他说下了班忙着陪母亲走亲戚，其实不过是幌子罢了，自从给老王擦洗过身体后，有种很奇怪的情绪滋生了出来，让他感觉很难再面对老王。正月十一，小姨夫过来说要用车，见母亲要和他一起下来收拾后备厢，他摆手拒绝了，他不愿意母亲知道寿衣一直就放在他车里，虽然母亲从来也没有说过介意这些，他还是不愿意让他们知道，最后生气似的看着母亲，母亲才说，好，好，那你自己收拾吧。别的东西都拿了下来，只剩包寿衣的塑料袋。李耀把它往里面使劲推了推，犹豫着要不要告诉小姨夫，又怕告了小姨夫，小姨夫再告诉母亲。临走，他只是和小姨夫说后面的东西千万别丢，那个是领导的。小姨夫满口答应着说，不会不会，我用呢又不借给别人，就是谈事儿，送个人，主要是家里的车你小姨要接送鹏鹏学外语，三天就还回来。怕小姨夫多心，他又解释说，他也不知道是什么，领导让他先拿着，说过些时候用。李耀有些惊讶自己竟然连续不断地开始说谎，现在还拉出了他们领导做幌子。看着车远去，心里隐隐生出些不安。

正月十二七七打电话说，母亲叫他去吃饭，见不能再躲，李耀答应了。老王看见他，笑得依旧很开心，丝毫感觉不出他的躲闪，见他坐到最远的那个沙发上，老王招着手叫他，眼神像孩子，简单开心还充满了期待。他迟疑了一下走了过去，在离老王椅子最近的沙发坐下。老王点点头抬起手，在已经痴呆的单纯的老王面前，他突然觉得自己有些猥琐，有些过分了。再握住老王的手，已经是和从前完全不一样的感觉。如果说过去更多的是好奇是示好的心情，那么现在他开始试图了解老王的难过：一个正常人，逐渐开始丢失自己的记忆到最后丢失了原本属于自己的生活，他应该不是不难过，只是连难过最后也丢失了。如果自己有一天也会这样……李耀没有想下去，他不喜欢把自己放在这样的情境里联想，即使联想才只是开个头，也让他心生难过。但那天，李耀必须感激老王的痴呆。因为，如果老王不是笑着就当什么事都没有发生过，如果老王还能记得那天他擦洗身体时厌恶的表情，他一定没有脸再面对老王，更不会再去握他的手。现在，真好，一切都像没有发生过一样，他可以继续握着老王的手，老王也一如既往地笑着回应他，那天的老王在他眼里甚至有些像大学时书里看到的那些得道高僧，拥有了常人永远无法企及的宽广胸怀，从这个角度看，老王似乎又没有那么可怜。那个晚上，多年积压在李耀心底的有些东西开始松动了，虽然那时他还不能看清那些究竟是什么，但还是感觉到了一种从未有过的释然和轻松。七七说，过了十五他爸就去医院，那时他们就不会这么累了，还有三天，再等三天。七七那时不会想到以后为了这句话，她难过了很多年。

五

老王走了。正月十五凌晨一点，老王使劲呼吸着咽下了在阳世的最后一口气，只有七七目睹了这一切，那天，轮她值夜。父亲去世后很久，七七才能回忆起那晚的情景，才能放声地哭泣，当时，她没有哭，有的只是惊吓。接到电话，李耀骑自行车只用了平时一半的时间就到了，放下车子爬楼才发现自己蹬车过猛，腿有些抽筋。大门敞着，七七看见他，眼睛瞪得老大不说话直接带他往里走，七七母亲和姐姐忙着给老王擦身体。只穿着裤衩的老王赤身躺在床上，任由她们摆弄，胳膊软软地耷拉在床边。见他进来，七七母亲说，寿衣呢？他才想起没拿寿衣，给小姨夫打电话关机，又给母亲打电话要了小姨家电话，小姨说小姨夫晚上没回来。李耀打完电话看着七七母亲，心里又沮丧又懊恼，后悔昨天晚上就该给小姨夫打电话把车要回来，也后悔把车借出去，还后悔没有把寿衣拿下来，人世间种种的后悔没有一样不是发生在事后，如果世事都可以随意地拨转流年，那也就没有“错过”这个词了，七七母亲听李耀磕巴地解释完，叹了口气没有说话，转身到里屋打电话。几分钟后出来说：“尹先生一会儿过来会拿一套，先擦洗吧，身子硬了不好擦。”最后脱裤衩的时候李耀帮着抬起脱下，老王身体一点儿也不冰冷，更不僵硬，反而比平时还要柔软，软得有些不像是男人，除了有尿还有一点儿大便，一样的刺鼻，但他已经没有了第一次时的嫌弃，更像是擦一个物件，需要仔细、再仔细，也像擦一个供品，有一丝虔诚又夹杂着些奇怪。躺着的这个人，几小时前还和他说话、握手，现在却毫无征兆地竟然已经去了另一个世界，有了前几次在医院的经验，他甚至一度认为死亡是件很不容易的事，需要长期跋涉才有可能最终到达。看着绵软灰白的老王，李耀总结不出这其中的任何规律。尹先生进门他们已经给老王擦洗完了身体。尹先生个子不高，大约因为太冷戴了一顶棕色的毛线帽子，脱了帽子后，头发像踩踏过的草一样，毫无章法地杂乱着，羽绒衣领子紧紧贴着下巴，领子上面是一张乌青的脸。尹先生进门脱了帽子先看了老王一眼，没脱衣服，又从包里拿出两支白蜡烛点上，嘴里念叨了半天才问：

“老人走了以后，没有搬动过吧？”见大家都摇头，说：“没有搬动好，多过一道门就多受一茬罪。”

“我已经给他念了平安经，点了蜡烛，现在他已经启程了，一会儿你们轮流守着他，不要让这个屋子空了人。”听尹先生说她爸已经启程了，姐姐开始摸着父亲的身体哭泣，刚开始哭，尹先生又说，泪可不能沾到他身上，那样他走得会不安心，不好转世。他这么说，姐姐立刻停止了哭泣，还摸了摸父亲，确定泪没有沾在父亲身上后竟高兴地笑了一下。那天，尹先生说什么就是什么，让他们整夜守着，他们就守着，当尹先生说她爸已经启程的时候，连李耀都确信老王只剩下了躯壳，因为穿寿衣再搬动明显比先前擦洗时轻了许多，阴阳拿来的寿衣明显没有之前的那么厚实，看见寿衣，李耀心里又一阵儿难过。穿上寿衣的老王不像是老王，像画里的人一样，发着不可思议的光，后来李耀回想当时应该是劣质绸缎在灯光下反射的光，但当时，他们确实都感觉到老王变了，就像尹先生说的，灵魂已经走了，剩下的只是躯壳，是没有任何痛苦的躯壳。听说，他们准备好寿衣没拿来，尹先生又说：

“没关系，七天以内烧给他都是一样的，他能感觉得到，现在这里只是个躯壳，他已经飘到了高处，所以你们的心，他都知道。”七七母亲这时才顾及他，也说：

“听见了吧，所以你别自责，回头拿来烧了也是一样的。”李耀感激地点点头，即便那只是一个谎言，也是一个太美好的谎言，至少让他得到了些许解脱。尹先生又给他们布置了许多事情，最后说：

“走了就让他好好走，凌晨一点已经是正月十五了，过了正月十五年也就算过完了，这是老人眷顾你们，你们能做的就是让他好好走完这最后一程。”那晚，后来暖和过来的尹先生脸上没有了先前进门时的乌青，在全部打开的灯光下，反而泛着一层淡黄色的光，让他们有种错觉，似乎尹先生说的全部话都不来自他本人，而来自遥远的神灵。他们能做的就是相信他。

下午，父亲带来了早就准备好却始终没有派上用场的寿衣。塑料袋还是完好地套在外面，还能看到福奈特洗衣店的字样。近半年的时间里，寿衣就像一个待命的士兵一样不断参加各种演练，一次又一次，日夜兼程，每天他都睁大眼睛就是等不到战争来，只是稍稍打个盹儿，结果一切就在它打盹儿的工夫彻底结束了。他以为再看见寿衣一定会比昨晚还要难过还要歉疚，很奇怪，一切的情绪都还在但已经没有昨晚那么强烈，看见寿衣最终和刚剪好的黄纸、元宝堆在一起，他甚至还替寿衣松了口气，总算是有了结果，即使这个结果并非它所愿，但至少它再也不用等待了。父亲穿着他的蓝黑棉夹克，见他看衣服，父亲低声说：这几年买的棉服都是偏红的，穿红的来不合适。上完礼，父亲又回到灵堂，拿出烟给大家散，也递给他一支。他用打火机先给父亲点上，然后才点自己的，这是父亲长这么大头一次递烟给他，和一群帮忙葬礼的人坐在一起的父亲更像是他的一个兄弟，这让他反而有些不习惯，连抽烟都有些找不到感觉。父亲走，他对屋里人说，我送一下我爸，说话的时候手搭在了父亲肩上，那天遇见熟人他都是这么搭着肩。陪着父亲下了楼，父亲走几步就摆摆手让他回去，像个小孩儿一样，走很远了还是回头看，父亲的头发在寒风里激烈地左右来回摇摆，紧缩着的肩让他看起来有些瘦小，用瘦小来形容父亲，他有些不习惯，但越走越远的父亲真的是瘦小了。

老王下葬前一天，中午出门飘起了雪，尽管只是飘了一小会儿，连地皮都没有淋湿，饭桌上尹先生也还是说：

“雪扫墓，必定富，好兆头啊。”李耀发现尹先生对世间发生的一切总有一套很完善很吉利的话来解释，有了他的解释所有东西仿佛又刷了一层新漆，东西还是原来的东西，但看起来，尤其是远看，油光锃亮。虽然这世上没有几样东西经得起在阳光下仔细推敲，但人们显然还是很喜欢这短暂的光亮。吃饭的时候，尹先生喝着酒，抽着烟侃侃而谈，不时接接电话，脸和他说的话一样，泛着一层腻腻的油光。最初，老王去世的那个凌晨，灯光下，尹先生说的每个字李耀都相信极了，如果从那之后，他再没出现过，李耀一定还会相信，并且心怀敬意。但一起吃吃喝喝，听着他喝了酒后比世俗的人还要世俗地吹嘘自己，李耀已经很难再把他的话与神灵之类挂起钩来。有些东西一旦不信，就会感觉很可笑。可是李耀想起寿衣的时候，又总会一厢情愿地相信老王真的可以接收到。

三天了，七七母亲一拨接一拨地接受大家的安慰，有的人一来就拉着她的手不放，劝慰、难过、感同身受，说起老王比她显得还要难过。除了上厕所、吃饭，每天她都躺着，到了晚上还有人轮着陪睡，这么多年，她已经习惯了一个人睡，一个人呼吸，她推辞过，但推辞在别人看来更像是一种客气，不由她分辩，别人自觉地强行地开始了对她的贴身陪伴。七七后来发现母亲总是去厕所，一待就半小时。后来，她自己在厕所也会待很久，因为家里除了厕所，任何一个角落都人满为患。这么多年，她们家还从没有这样热闹过，母亲那屋的人多半会哭着劝慰，另一个上礼的屋子晚上通宵打着麻将，她们则轮流守在父亲的屋子，屋里弥漫着浓郁的香火味把烟味冲得很淡。尹先生第二天拿来很多东西，光香就长的短的拿了一堆，最长的香有两三米那么长，还说，点不完更好，那样最后一天能烧给老王。家里任何地方都能看见尹先生的身影，他就像父亲的替身似的。从第二天把父亲送到殡仪馆冷冻室后，屋里就只有桌前的遗像还能感觉有父亲的影子，别的，七七一点儿也感觉不到，期间还和姐夫一起去给父亲送了饭，尽管一路上，她自己也不能相信这样送去的饭父亲能吃得到，也还是在冷冻箱前认真念叨着，一边念叨，泪一边哗哗地落，她只是想：这样就死了，这样就算是死了，真的就死了……

火化前让家属最后确认遗体，李耀和姐夫一起打开布子看了看老王，老王的脸缩得只剩下平时的二分之一，下巴使劲向下紧贴着喉咙，脸色变得有些像块玉石，透明又坚硬。在尹先生的指挥下，当天的所有的仪式一直有条不紊地进行着，需要哭的环节，尹先生会像一些晚会主持人一样说一些很煽情的话，虽然他的话夹杂着浓郁的东北方言远没有主持人那么动听，但效果是一样的，该落泪的落泪，该难过的难过。在他的述说下，老王的一生俨然是大家的一生：工作、生活、生子、生病、死亡，无一例外，是人就很难不感同身受。只有尹先生不时在旁边抽烟，打打电话，也看看表，当大家难过到拖延时间的时候，他会及时制止说，晚了时辰下葬不吉利。只需一句话，所有人就会停止下来，再次听他的指挥顺利进入到下一个程序。在公墓把老王安葬完，尹先生一拿到属于他的八千块钱，就打电话：马上就到，马上。打完电话，和大家象征性招招手头也不回地走了。他走后不久，大家坐着车陆续离开，这次，不是老王离开，而是大家一起离开了老王。

六

小姨夫借车去谈的那笔生意没有谈成，尽管是很小的一笔生意，尽管他常常都是谈不成的状态，但回来知道车里放着寿衣，小姨还是埋怨了母亲很久。父亲也说，这样做的确不太妥，那毕竟是寿衣，母亲始终没有说什么，只是一连好多天都阴着脸。李耀不知道该怎么解释，索性不太说话，家里又和从前一样，恢复了沉默。七七家里，某些东西也随着老王的离去而永远消逝了。吃完饭，七七不再和他单独待着，会陪母亲一起在客厅看电视，坐在沙发上，他们很久都找不到一句话说，就那么干看着。老王没去世前，完全不是现在的样子，过去不管谁看电视，都会隔一会儿就问问老王，七七母亲会说，嗨，老王，你看，那是谁？你认识吧？对于她们的问话，老王有时候没有任何反应，有时候会把上身往前探一探认真盯电视一会儿，无论里面演什么都说，认识、认识。这时，如果七七母亲心情好，就会和他南辕北辙地瞎聊一会儿，遇着不开心就奚落他一顿。过去，只要在房间里用不了多久就能听见七七母亲喊：老王……老王……过去没有现在这样安静，也没有现在这样拘谨；过去也看不出七七母亲的苍老，虽然干瘦，却似乎有着无尽的精力，在家里走路永远像一阵儿风一样快，一个人把老王从凳子上“噌”地就拉起来了，骂老王也从来都底气充沛，现在，不要说骂人，从说话、走路，包括吃饭都突然变得迟缓起来，虽然脸上并没有时时都挂着悲伤的神情，但是迟缓让她看起来有些无助，也加速了衰老，在过去漫长的岁月里一直是她在照顾老王，谁也没想到老王走后，她会突然像断线的风筝一样陷入无所依托的状态里。七七很少哭只是一味地沉默，没有了老王，李耀在七七家也再找不到过去那种久违的孩童般从容、放松的感觉。就这样，老王在离世后用另一种方式表达了他曾经的存在，直到半年后七七成功转换成这个家的主心骨。

七七母亲在李耀父母上门拜访时说：希望他们结婚后住家里，还说，这也是七七的意思，说话时神情看起来既落寞又可怜。七七没有说话，她的沉默让人误以为是一种认可，其实在七七心里对一切只有茫然，如果说，过去母亲是和父亲如影随形，那么现在就是和她，她不能推托只能接受。那天的谈话最后以客气的告别作为结束，对于中间的冷场大家都努力视而不见。李耀发现母亲和七七之间也不再像过去那么亲密，尽管七七和过去一样拉了母亲的手，但还是让人感觉到了牵强、弥合的感觉，很多时候，人们的关系就像杯子上隐秘的裂纹，裂得恰当就是冰裂杯，日子越久越会生出别样的美丽来，但更多时候，裂纹就只是裂纹，深一点直接可以导致破碎。

李耀的父亲一回家就拍了桌子，声音高得都有些颤抖，说“上门女婿”几个字的时候神情都恨恨的。李耀说：“放心，我不去。”他说得很淡，就像说不吃饭一样的随便，听着仿佛赌气似的。在确定他没有说反话之后母亲扭身进了厨房。李耀其实完全理解父母，如果换作是他，也会这么想。他发觉自己活得越久，越感觉谁都有无尽的道理，包括七七母亲，对她而言，那应该是她全部的愿望吧，希望有人可以像老王一样重新把她再握在手里，这样想也无可厚非。晚上，已经平复了心情的父亲说："已经谈了那么久，总不能散吧？散了再谈一个，婚期又不知要拖到什么时候，彩礼听说最近又涨了一万。"说完看着他停了停又说："她母亲实在想住，可以偶尔去你们的房子住，结婚总归是要住咱们的房子，咱们又不是没有。"李耀摸出烟抽出一支递给父亲，父亲迟疑了一两秒接过烟，在父亲眼神的示意下他也抽出一根，像在七七家一样先给父亲点上，又点了自己的开始吸。那晚，谈了很久，父亲始终没有谈到他自己。经过那晚，李耀正式开始在父亲面前吸烟，他吸也会递一支给父亲。吸烟像某种仪式也像某种渠道，反正从那天起，和父亲尽管没有深聊，却还是开始了真正的沟通——一种男人之间的沟通。

老王去世后，他换了一个地方洗车。或许是害怕面对车行老板的询问，又或者是懒于解释。总之，他再也没有见过那个不断询问他寿衣下落的车行老板。再路过那里他也总是开得飞快，匆匆而过，生怕有人叫住他。七七说，母亲不知道再过多久才能不这么依赖她？李耀说：

“不急，等等吧。”

蹲在黑夜里的男人

1

畅卫国认真扣着衬衣上的扣子。一个晚上的时间比他想象的要短得多。稍稍一晃，嗖的一下就过去了。昨晚在儿子小屋里一直待到儿子把他推出来。儿子说，要睡了，有他在别扭。儿子确实已经长大了，比他高出半头还多。两个大男人在狭小的屋子里待着是有些别扭。平时，他很少去儿子住的屋子，有话总是选择在客厅沙发上谈。儿子半开玩笑往出推他的时候，他一直忍着自己的情绪，怕自己失控，只是呵呵笑着。那么一个小不点儿，居然一下子就长大了，眉宇间似乎还有他的影子。他从来没有想过，会这样离开他们。不只是舍不得，还有不甘心。可儿子并不知道他的这一腔心思，只是一股脑儿地把他推了出来。

张琴和平时一样，在厨房准备明天的早餐。因为儿子，他们的早餐一向做得很丰盛。炒一个热菜，两个凉菜，主食一般总是两三样地摆在那儿。每天晚上临睡前，张琴都会把第二天早上要炒的菜切好，然后，用保鲜膜包住。一排排整齐地码在灶台上，为的是节约时间，同时还能保证质量。就这样细致，她还是怕孩子吃不好影响了学习。平时，断不了还会买一些补品回来给儿子进补。对于张琴来说，没有比儿子更重要的事了。儿子的一举一动就是她的一举一动。畅卫国走到厨房问了句，切菜呢？张琴头也不抬地嗯了一声。过了一会儿，见他还站在那儿。张琴有些生气了：

“干吗呢！快去睡吧。老站那儿干吗？”又盯着案板看了看，他才慢吞吞地回到卧室。卧室的窗帘上印着大团大团的金花，被灯光那么一晃金色就很有些四溢的味道，好像屋子里到处都镶着金。他喜欢这种富丽堂皇的颜色，不光喜气，还贵气。人活一辈子图什么，不就图个喜气和贵气嘛。可现在，一切都谈不上了。他叹了口气，已经有很久没有这么认真地看过他住的屋子了。刚装潢的那会儿，还满脑子想法。真的住进来，才发现也就是一个睡觉的地方。每天，躺下就只想尽快睡着，闹铃一响又只能飞快地起来。能像今天这样细致耐心地坐在床上，在他的记忆里还是头一遭。

“唉，怎么了？还不睡啊，明天还要早起呢！”张琴打着哈欠，往后撑了撑胳膊。畅卫国眼里带了些柔情出来。看着张琴，想说，又把话咽了回去。老了，他和她都有些老了。这么快，还没觉着好好过呢就开始老了。平时，他们一个月也难得亲热一次。他们的时间早被琐事摊薄了，然后再一份一份割开等着人来分，到了他们手里只剩下少得可怜的一小块儿，再被疲惫那么一拉扯，薄得都快要透明了。有些时间，只想多睡会儿。唉，他叹了口气，摸着张琴的肩膀，一把搂了过来。还没等他说话，张琴先说了：

“快睡吧，啊……快睡吧，今天整理档案累了一天了。”

他的手仍抱着不肯松开，还是张琴婉转地推开了，又拍了拍他的手，似乎是安慰又像睡前的告别仪式。没有人能明白他今晚上的心思。过了今晚，什么都不会再有了。他已经下决心了。虽然决心并不是那么好下的。这一年来他所受的煎熬已经足以让他下任何的决心。但就是下不了。在高速上他演练过几次，不用说下决心，只要稍稍地想一下结果，就会被一种撕裂的恐惧所吓倒。从泰山庙小学的校长被抓的那天起，他就再没有安心过。他知道，他也迟早是那样的下场。如果副校长不是张忠，而是别人，或许他还能稍稍地喘息口气，凭着侥幸继续活着。但偏偏张忠就是他的副校长。没事儿还想着生事，何况自己还真的就有这么一摊子见不得人的事。什么都不重要，重要的是儿子。他一被查，儿子出国一定泡汤了。出不成国就意味着人生一迈脚就比别人差了一步，这让儿子以后还怎么和别人比啊。还有张琴，还有他的父母。想的人越多就越觉得难过。决心总是要下的。好几次他都想，趁着还没查，一死百了吧。凭着他四十三年有限的人生经验知道：人总是会对死去的人网开一面的。半年前泰山庙小学新建的校舍塌陷了，伤了五名学生，导致四个年级停课达两个星期之久。一下子惊动了上面，决定全面盘查市里所有学校的工程建设。从那时候起他的心就一直悬在嗓子那儿。上星期一学校开会，他只讲了例行工作的几点要求，十分钟不到就讲完了。张忠和他不一样，滔滔不绝地讲了半天，又是教学又是改革，最后，说到了泰山庙小学塌房的事。他不停拍着胸脯，言辞开始变得十分激烈。畅卫国一直保持着镇定。张忠说那些话，他知道都是在暗指他。他明白，张忠对于十几年前那件事一直耿耿于怀。

当初，他们一起毕业分到三中。大家都羡慕他们。好歹有个做伴的，而且还能互相照顾。从每晚的色情笑话到最后参谋着互相搞定现在的另一半。他们曾经好得像一个人一样。整天，除了希望四处搞点吃的东西，就是谈论女人。从他们掌握的有限的生理知识里，判断学校的女老师孰优孰劣。不能不说那是一段快乐的时光。后来，为了入党，张忠写了一份教学整改意见。当时，他也准备入党。看着张忠拿给他看的那几张稿纸，突然就蹦出来一个念头，他开始上上下下地反复看了好几遍。张忠一直问他有什么意见。他支吾着。因为他在用心把那些大段大段的话记下来。说起来，这也是他唯一的长处。他的记忆力惊人的好。只要看过几次就能过目不忘。当晚回到家，他靠着记忆把张忠的教改方案默写了一遍。第二天一大早，就递到了党支部王书记手里。中午的时候，王书记找他谈话。书记拿着大茶杯笑眯眯地看着他不断点头，连说了好几个“好”字。畅卫国心里虽然一直有几只兔子忐忑不安地跳着，但听见党委书记夸自己还是由衷地高兴着。张忠比他晚了整整一天才交到王书记手里。很快，这就变成一件大事了。两个人交一样的东西，明摆着是抄袭嘛，这也太不把书记放在眼里了，还怎么给学生起好的带头作用啊。书记把他们两个叫进去的时候，张忠还不知道发生了什么事，一路笑着打趣他，还说，也许他们会在同一天入党呢。他没有说话，因为他知道发生了什么事。书记铁青着脸，背着手不停地走来走去，见他俩进来，把他们写的东西一下子摔了过去，几乎是在吼：

“说，谁抄谁的，给我说清楚，要不都开除。”他镇定地站在那里。张忠有点犯傻，一脸的茫然。

“快说啊。”书记用脚把稿纸往开踢了一脚。张忠弯腰捡起来看看稿纸又看看畅卫国，仍旧没有明白到底发生了什么事。畅卫国也沉默着。屋里只能听见书记啪啦啪啦的走步声。

“告诉你们，这是一件很严重的事。咱们学校的老师没有发生过抄袭的事。你们居然在这么一件严肃的事情上搞这一套。真是恶劣！给你们十分钟。不说清楚，马上开除。”

“谁抄袭啊？书记，你说清楚话嘛。”张忠改不了一贯的急脾气，看着书记问。

书记使劲往空中挥了一下手，脸变得更铁青了，气鼓鼓地点着头看张忠：

“行啊你，真行啊，你还反问我？”见书记的声音一下子提高了好几度。畅卫国说话了，声音明显有些打战：

“书记，我错了，是我的疏忽。但我们绝对没有欺骗您的意思。星期三上完课我随手把教改材料放在张忠那儿，我并没有说清楚是我写的。他完全不知道是怎么一回事，可能看见好吧，所以，顺手抄了一份。但是，书记请你相信我们没有要骗您的意思。他完全不知情。”听他这么说，张忠终于反应过来了，眼睛和头上的青筋都开始往外爆。

“谁抄谁的啊，王八蛋，你抄我的。你说清楚！”

“他完全不知情，书记。真的，他完全不知情。”他一边说，一边往外拉张忠。两个人就那么拉扯着，已经和打架差不多了。看见他们火气这么大，书记反倒觉得自己的气消了些了，摆了摆手说：

“好了，好了，拉拉扯扯像什么样子啊。这样吧，既然是自己写的你们给我背一下吧。来，谁先背啊，要不，畅卫国先来背吧。张忠，你先在外边那个屋子等一会儿。”

张忠嘴里嘟囔着往外走，临走还狠狠地瞪了他一眼。畅卫国心里清楚，这件事已经定性了。不就是背嘛，他从来就不发愁背。从上小学开始，只要是背诵的章节，他永远是班里背得最好的那一个。书记看看稿子又看看畅卫国，不住地点头，背得好啊，连标点都不差的。他真是从心里开始喜欢这个年轻人。又好学、又沉稳，还大气。听他刚才为别人辩护的那几句话。真是大气啊。背完了，他又和书记强调张忠的不知情，而且，还说，张忠是容易冲动的人，可心眼儿很好。这几句话是他由衷说的。说实话，他从心里并不想害张忠，而且，对于他们的友谊也并不是不看重。这么多年来，他没有再深交过任何一个好一些的朋友。一想起张忠看他的眼神，他就害怕，觉得身上的肉被一片片地削下来，最后露出了白森森的骨头，不碰都觉得生疼。当时，因为书记的赏识，他很快入了党。第二年就调到市二中去当团支部书记了。这些年一步步往上升着，对于张忠也慢慢健忘了。 其实，也不是忘，是根本就不愿意去想。没想到最后升校长的时候又转回到了三中。

任职的时候，他又看到张忠的眼睛。他能明显感觉到自己抖了一下，好像一下子又回到了十几年前。他很想对张忠说，他本意并不想害他。他不是那个意思。可他到底是什么意思呢？他发现连自己都说不下去。张忠当时背得磕磕巴巴，少了很多章节不说，连意思也背错很多。张忠那个急啊，明明是自己写的，可就是背不下来。事实已经很明显了。不用谁再说什么，连张忠自己都有些怯意露了出来。最后，还是畅卫国一再地求情，一再地说好话才保住了张忠教师的铁饭碗。虽然，做这些他并不是想做给别人看，是真的想帮张忠。可张忠没有再说一句话。看见他就往地上“呸”地吐一口，然后远远离去。这些内情连张琴也不知道。他不愿意提更不愿意去想。这是他的一块心病。

三年前，他和张忠一样也是副校长。说起来，张忠还是要感谢王书记。畅卫国走后，王书记渐渐地发现了张忠写东西的才能。一样是教案，他写得总是比别的老师要细，要充分，教学的花样、点子也总比别的老师多。回想起之前的一些事，王书记隐约觉得是自己弄错了。其实张忠对王书记并不十分记恨。当时的事明白着，连自己都觉得有口难辩，何况别人。他只怪自己瞎了眼，不该交畅卫国这个狼心狗肺的朋友。王书记本来就是个热心肠的人。既然已经认识到自己错了，也就马不停蹄地赶紧张罗着帮张忠入党，很快，在他的举荐下张忠当上了教导处主任。后来，张忠又升成了副校长。可以说，没有王书记就没有畅卫国和张忠的今天。这些，畅卫国也都是知道的。小城市永远有小城市的好处：一转身、一抬手都能碰见熟人。在这个城市开车很流行一句话：碰见撞车，不开骂，骂来骂去，都认识，不光认识还很熟，仔细一查是本家。熟人多了虽然有时也难免麻烦，但到底还是热乎、贴心。总比举目无亲的凄凉来得要好。不管谁有个风吹草动，很快大家就全知道了。所以，畅卫国人虽然不在三中，但三中的事他还是很清楚的。回来当校长，王书记见了他表现得很淡，似乎就是一个不太熟悉的人。他很热心地和王书记请教一些学校的事情，王书记总是以自己快要退休了来推脱。还说，他应该多去问问张忠副校长。畅卫国知道他走后，书记一直很提携张忠。但没想到对张忠的感情会比对自己还要深。难道是张忠和书记又说了他什么吗？有可能。他们同在一个学校有的是时间说话。看来，他看错张忠了，张忠并没有他想的那么老实。难怪三年前提他当校长的时候，有人告诉他竞争名额里有张忠的名字，估计也是王书记力荐的。真是世事难料啊。

2

在办公室下了决心最初的那几分钟里，他确实感受到了从所未有的轻松。终于不用再担惊受怕了，他的心又舒展了。他甚至迫不及待地长长吁出一口气。一切看来并不难，只要你想好了往前迈那一步。一切真的就不难了。还有什么好担心的。连死都不怕，你还怕什么！但那种轻松也就持续了短短的几秒。接下来，另一种类似于忧伤又比忧伤更没着没落的东西铺天盖地把他淹没了。他开始哭，手完全摊开了掩在脸上。一开始还能压住声音，只是肩一耸一耸地抽噎，后来，声音在手缝里恣意地溅开了。他听到自己的哭声吓了一大跳，赶紧看了看表，又屏住呼吸听了听周围的动静。确信没有人之后，才又接着哭下去。哭够了，和所有快要死去的人一样开始回顾起自己的一生。

台灯发出的蓝光，打在他脸上，很明显地可以看到眼袋。其实，他从很早就有眼袋了。他是少年老成的那一类人。在别人还每天顾着玩，他已经想着将来要干什么。他一直都算是好学生,是那种用尽了全部力气在学习上的人。不得不承认，人的脑子就和人的长相一样，从一生下来就存在某种差异。有的人，只要稍稍用一些功就会有不错的成绩，而有的人即使用了全部的力气也最终还是成绩平平，他属于中间的那种人。用了最大的力气还是能勉强够得着树上苹果的那种人。一个勉强就把一切都概括了。他的吃力、他的力不从心渗透在身上的每一寸肌肤里。每每学到深夜睡觉的时候，他都希望那是最后一个夜晚。报志愿的时候，他也想过报清华、北大之类的好学校。但总是犹豫着。报志愿前，班主任和他进行过一次长谈，老师说，你是个好学生不假，但不属于那种创造型的人才。你的优势是记忆。只要有关记忆的课程，你都学得非常好。而别的需要动脑子的课程则差一些。你学习好靠的是勤奋，而不是脑子好。一个记忆好的人最适合当老师，而不是去搞科研或者去创新什么。老师说完还拍了拍他的肩膀。他其实是受了打击的。但以他的个性，向来就不是那种张扬的人。他发泄的唯一渠道就是回家躺在床上蒙着被子哭一通，哭够了再想想老师说的话，其实是不错的。可人往往就是这样，当别人真的说中你的要害，一时间深刻打击到你的时候，自己常常都不会承认；而且越是被击中，就越不肯承认。虽然他知道老师的话是对的，但他报的第一志愿还是固执地写上了北大，第二志愿才是师范院校。

分数下来，一切都和意料中的一样。如果他能听老师的话第一志愿报师范，那么他能走一个很好的师范学校，而不是最后屈就上市里这么一个名不见经传的小师范学校。父亲问过他，是否补习。他很肯定地摇了摇头。老师和他谈话的那个晚上，他已经把自己给否决了。“资质平平”这四个字他用自己的方式刻到了身体里，经血液再带到身体的各个部位。他懂。他懂自己资质平平。所以他第一眼看见张忠写的教改方案就开始羡慕不已。那本来应该是他的，属于他的才气却落到了别人头上。他是那么一个雄心万丈的人，到头来却被“资质平平”四个字一下子就轻描淡写了。从来没有人能了解他的痛苦，没有人。

这几年，他的有些同学明显是发达了，常常张罗着要聚会。虽然聚会无非是吃一吃、喝一喝、侃一侃、唱个歌什么的。这些说起来简单但做起来却无一例外都要和红红的钞票挂钩的。一说起钱，那就永远都不是件简单的事了。兜里不鼓，你个子再高也撑不起那个台面来。他发现，这年头只有怀揣钞票你才能真正像个爷爷似的抖起来，才能从容不迫、谈笑风生，以至于笑着面对一切。那气魄可不是需要一点儿两点儿的钱来做支撑的。他没有钱所以也就没有气魄。轮到他请客，他总是提前一星期就开始做准备。准备什么呢？当然是钱。钱是可以从财务上拿，但总是需要履行一下手续，打个条子什么的。打了条子就要销条子吧，那就需要一系列的票据。学校报销的票据是有要求的，不是什么都可以报。每次，饭还没吃完他就要早早跑出去结账要发票，还要嘱咐开发票的别开错。名目写错了，不好平账啊。另外还要再找一些发票来报唱歌的钱。这么一来，和同学在一起吃饭就变成了他的一种负担。但，人总是很奇怪，即使是负担有时候你也并不想完全地卸下，仿佛它能刺激你另外的神经，能让你难过得亢奋。对于他的这种心情，连他自己也不能理解。每次看大家聊得满面春风他总是笑着，而且还总是笑得很大声。看着别人挥金如土、看着别人膀子一挥来一句“找贵的、好的随便上”点菜的架势，他总是会有一种类似压抑的快感涌出来。会想象一下说那句话的人是他，挥膀子的人也是他。妈的，什么发票，统统滚蛋，老子有的就是钱。

包工程的王老板第一次拿出那些钱，他连看都没敢多看，他怕自己把持不住，那些钱像一堆火似的，不用往近靠，光火苗都能把你烤热、烤化。所以，他表现得很生气，不光生气，他还拍了桌子。可，当天晚上，回到家里，畅卫国脑子里来回转的都是那些钱。那些红红的钞票一晚上烤得他翻来覆去的睡不着。好不容易，自己不想了，那个老板又过来找他。他连办公室都没敢让老板进，直接就拒绝了。可老板不灰心，仍赔着笑说，没关系，没关系，等您有空再见吧。当那些钱第三次摆在他面前的时候，他明显感觉到自己的体温随之升高了。真的把钱一摞摞搂在怀里的时候，他才知道什么叫充实。再灰暗的人生，一瞬间也被照亮了。他没有再犹豫，很痛快地下了决心。工程包给哪个人不是包啊，他又没做违法的事。他很严厉地和老板表明了自己的态度：一定不要偷工减料，一定要盖质量上乘的教学楼。

张琴看见那些钱嘴一直呵呵笑着。可到底是女人，笑够了就开始害怕，不断问他有事没事。

“唉，拿都拿了，还问有事没事？有事怎么样？没事又怎么样？安心收起来吧。”他说这几句话的时候并不像表面看上去那么平静。张琴并没有注意他的神情，笑呵呵地看着钱说：

“唉，我可不想让你做违法的事啊。”又扳着手指算了算，“嗯，这下，不光小鹏出国的学费够了，还能余出不少钱呢！唉，你别愣着啊，就和受审似的，发什么蔫啊。”

“胡说八道，什么受审。满嘴没一句吉利话。”畅卫国突然提高声音把张琴吓了一跳。刚想反驳，见他铁青的脸还是忍了。反正没有人能看见钱不高兴。张琴不再管他，自顾自地看着钱高兴着。

唉，他又叹了口气。墙上的影子无限度地把他放大了，厚厚地成了一尊泥胎。当初他也想过的，知道拿了钱总是不妥，可总还是存着侥幸。那么多的人拿了钱还不照样都没事儿，倒霉事儿就能偏偏落到他头上。他不信这个邪。可偏偏邪门的东西就能拐个弯找着他。居然有那么寸的事，泰山庙小学早不出晚不出，偏偏在这个时候出了事。什么事能经得起查啊。再加上张忠帮衬着，让他倒霉那简直就是迟早的事。平时忙来忙去，都为忙个面子，可事到临头再看看面子，才值几个钱啊。也许还要坐牢，那样儿子可就全完了。还谈什么将来，他把儿子通往将来的路给堵死了。只有他死了，才能让一切通畅。儿子啊，你知道爸爸有多爱你吗？他自言自语地说出这些平日不屑说出的肉麻话，自己先把自己感动了，又呜呜地哭了一阵儿。最让他遗憾的是不能给儿子留封遗书。人这一辈子临死都不能把要说的话说明白，是最冤的了。可他有什么办法呢？虽然是死，他却不能让别人看出来是自己找的死。他反复地想过，自杀是不明智的。一个大男人好端端地自杀，那还用别人查吗？自己就已经把一切都透露出来了。最好是意外死亡。可怎么才能自己制造意外死亡呢？跳楼肯定不行，吃药也不行，想来想去，只有车祸最安全了。在这个城市里每天有多少车祸啊。为了能让自己死亡的成功率更大一些，他选择了高速路。只有在那里才能让车速保持在一百三十迈，再主动撞向防护栏。他见过这类的报道，醉酒的、瞌睡的，只要那么一撞没有一个能活下来。好几次在高速路上开车，他都试着让自己想象死亡的情景，还有撞向栏杆的那一刹那该有的勇气。毫无例外，每次只要一想，他就会全身虚脱。现在，他已经下了决心了。不能再怕了。听说调查组再有半个月就要到他们学校了。等人家来了，你再死，明摆着要多一层怀疑。不能再等了，等来等去等成害啊。其实，自杀也不全是为了儿子，真的坐了牢，那样的人生不是他能接受的人生。还不如一死呢。畅卫国把烟灰缸冲着墙上硕大的泥胎一样的影子砸了过去。死吧、死吧，你去死吧。

给张琴还是要留一封遗书的，要不那个傻女人一定要求公安局好好查。也是真可怜，没了自己她就等于没了主心骨。想起这些，他就一个字也写不下去。可张琴啊，你要知道，我也是为了你好啊，你最疼宝贝儿子了，只有他好了，你才能高兴。我这么体面地走了，有那笔钱，你总是有了依靠。再过个几年等儿子结婚了，你也重新找一个，我不怪你。畅卫国又开始呜呜地哭泣。泪把稿子打湿了，他重新又换了一张纸，可不久又打湿了。好容易控制住了眼泪，他有些发抖地写完了这封信：

张琴：

看到这封信的时候，我已经不在了。先不要哭，一定不要哭。这次一定要听我的话。

1. 我的死是我反复想过的，只有这样儿子才能顺利地出国。因为下一步有人就要查咱们了。只有我死了才能一了百了。

2. 钱你放到你妈那里。最好能放到她的地下室，用塑料袋包好。

3. 我父母麻烦你常去看看他们。我拜谢。

4. 等儿子结婚后你就找个人结婚吧。我不怨你。

5. 最重要的一条，你看完信后把信烧掉。就当什么都没有发生过。要镇定。要不我可就白死了。我们的涛涛也就没有将来了。现在看完了就立刻烧掉。等着别人来通知你。快烧吧。就现在！

畅卫国

他要说的话并没有写完。写得太长，他怕他的那个傻女人只顾着哭，连要紧的事没有看完就哭倒了。他要在最简短的话里把事情都安排好。他是男人，他要冷静，他要理智。信上字很大，而且一个字也不潦草。这可不是潦草的时候。他不能再给她解释什么。写信的目的就是让她一遍就能看懂，而且懂他的这份苦心。写完信，缓了缓情绪。开始整理自己的抽屉。一页一页的纸认真看着，没用的放在一边，有问题的放在另一边。整理好了，把有问题的一些纸全部粉碎作废。另一些不重要却也不适合留下的东西整理好了，准备下去的时候扔到学校外面的垃圾箱里。别的不重要的文件材料仍旧码整齐了放在抽屉里。最后又反复地看了看，确定再没有什么是可疑的了，才锁上办公室出来。已经很晚了，他决定去父母那儿转一圈。他也想过，明天白天去，可那样，实在是太不通情理了。他白天一贯都很忙。父母又没有生病，贸然白天跑过去，被父母起了疑，那就麻烦了。任何剧里主角越多就越乱，越不好配合。有一个张琴已经让他有些不放心了，再把两个老人拉进来，那几乎立刻就会穿帮。那可就真成了闹剧了。

去了父母那儿，两个老人已经准备睡了。见他进门母亲还是着急得想帮他张罗吃的。不管什么时候回来，他母亲永远觉得他没吃饱。父亲很平淡地问了他几句忙不忙之类的客套话。他发现，男人总是容易客套的，就是心里再有你，也绝不肯像女人一样表现在脸上、嘴上。他的泪又有些忍不住了，赶紧用眼睛拼命看着墙角的柜子。父亲见他不说话开始提高嗓门问母亲饭热好了没有。他说，我不饿。父亲像以往一样没有再说什么。母亲把饭已经给他端过来了。要搁在平时，他一定不会吃。现在，谁缺那几顿饭啊。他不止一次和母亲说过这样的话。可他说他的，母亲仍旧坚持自己的。每次都要忙着给他弄吃的。坐在老式沙发上，吃着母亲做的饭。他的眼睛红红的。为了不让母亲看见，他端起碗呼噜呼噜地大口吃着。母亲满意地笑了。他走的时候给母亲留了一些钱。母亲推托了半天才收起来。他知道他们还想着帮他攒着。多亏他还有个哥哥。父母跟前总还是有个人照料着。要不他再怎么也下不了决心去走死那条绝路。临出门父亲想起来什么又把他叫住说：

“你妈刚才还说，明天要下雨。你记得告涛涛带伞啊。”

他嗯了一声答应着出了门。初夏的晚上还是有些凉意。他往起耸了耸肩，把衬衣领儿也立了起来。还有明天一晚了。明晚他要留给妻子和儿子。过了明天，秋天的风再也不是他的，什么也不是他的了。看着天空中零碎的几颗星星，他不可抑制地竟呵呵地笑了起来。想想自己刚当校长的时候，还炫耀似的去看过劝他报师范的那位班主任。他买了鲜花和水果很隆重地去拜见老师，老师显得很高兴，点着头欣慰地笑着，觉得自己培养出了人才。但他心里却仍旧隐隐恨她。是她点破了迷局，是她最后破灭了他的理想和抱负。他的恨意只有通过这种方式才能枝枝蔓蔓地释放出来。他要让她看看她认为没有创造力的学生居然这么年轻就可以当校长。谁能说一个校长没有创造力。他赌着气希望她能后悔。老师一直笑着，看起来是真的很高兴。她没笑错，真是可笑啊。自己一辈子居然是这样一个结局。也许她早就看透了。巫婆！他踢了一脚路上的石子，诅咒着，心里像扬了把沙子似的更凌乱了。

听着妻子均匀的呼吸，畅卫国一挺身坐了起来。就剩这最后一夜了，可除了他自己满腹心事，谁都不当回事。也不怪他们，他很轻微地叹了口气。他不说，谁能知道这就是他的最后一夜，都以为长着呢。不管是好的坏的都以为长着呢。屋子里黑黝黝地透着亮，竹子地板隔一阵儿就咔吧咔吧响几声。刚搬进来，这响声还把他们吓了一跳。后来，习惯了也就好了，知道是竹节在伸展呢。也许是太累的缘故，张琴慢悠悠地打起了呼噜。他把被子给妻子掖了掖，又用手把她额前的头发往耳后抿了抿。张琴动了一下，可翻个身又睡了。他有些怕吵醒她，可又希望能吵醒她。

醒了两个人好说说话，半辈子一晃就过去了，到最后连个贴心话也不能敞开了说。他又有些抽噎了。从下了决心的那刻起，他的眼泪就总有些控制不住。流吧，也就今晚了。过了今晚你想流也流不出来了。他用手摸了摸自己的脸，松弛却并不十分粗糙的脸。他很少这么耐心细致地摸自己，摸到最后，都有些上瘾了。使劲地搓了搓，觉得自己的脸就和塑胶面具差不多，好像一用劲就能顺利地扒扯下来。真是松了。他揪了揪脸颊上的皮，一拉老长呢。就只剩一张皮，能和血肉分离开的一张皮。其实连手也开始松了。有一天打字的时候，他低头发现一双干涩松弛的手在键盘上敲着，完全不像自己的。他不能肯定到底从哪天起自己变成这个样子的，不再饱满、激昂，像一碗隔夜的面条又垮又坨成了一团。不用说解开，连多看一眼都觉得费劲。

昨晚，以为自己一直醒着，天亮张琴一边叫一边推他，才知道自己还是睡着了。

“快起吧，不早了，你睡得真死，闹铃一直响都没叫醒你。再晚就要迟到了。”他起得很慢。不用再急了，都想好了还有什么好急的。一会儿去学校转一圈，然后就往那条路上走。衬衣上的扣子他系得也很缓慢。张琴已经催了几次了，见他还磨着，于是自己先出门走了。临走告他关好门，中午要是不回来记得打电话回家，要不老吃剩饭。他苦笑了一下，很想说一句再也不用给我做饭了，再也不用了。听着门砰地响了一声，他才放心地走到厨房四处看了看，最后把写给张琴的信贴到冰箱上。又退后看了看，觉得真是没什么问题了。张琴一回家肯定先去厨房，冰箱是一定要开的。一定能看到他写的信，比放到床头要保险。那个时候恐怕他们已经阴阳相隔了。畅卫国在自己家里又挨个儿地每个屋转了转，最后盯着儿子的照片反复地看了看。心口疼的他都有些站立不住。临出门，他把钥匙也放下了。用不着了，再也用不着了。

3

张琴没有听清楚儿子在电话里到底说了些什么，但听到了儿子的哭声。一下子她的方寸就乱了。从上初三开始她就再没见儿子哭过。有时候，看电视剧她抹泪，儿子还总是笑她。说，女人就是爱哭。可今天电话里儿子的哭声就没有断过。中午，刚退休的老领导临时过来说要请大家吃饭。她不好拒绝，就同意了。打畅卫国的电话一直无法接通，就忍不住有些气恼。平时都是她管儿子，一年总共也就那么几次她有事，都指不上他，还能指望他干什么。儿子也许是烫了手了。唉，也怨自己在外面吃什么饭呢，弄得儿子一个人在家煮方便面。

“涛涛，怎么了？快给妈看看。”一进门张琴连包都没有来得及放，听到厨房儿子的哭声直接跑了过去。儿子半坐在地上，仍抽噎着。张琴不清楚儿子究竟是伤到了哪里，开始抱儿子。儿子被她一抱又哇地哭起来，边哭边说：

“妈，爸没了。妈，爸没了。”

张琴被儿子的哭闹弄得有些手忙脚乱。

“说什么呢？什么你爸没了。涛涛怎么了？”儿子把抓在手里皱巴巴的一块纸递到张琴面前。张琴的心没来由地立刻开始咚咚乱跳。虽然还不知道发生了什么事，但已经有某种恐怖的东西掐紧了她的喉咙。看完了信，张琴松开了抱儿子的手，一屁股坐到地上。

过了很长时间，她发现自己在床上坐着，涛涛手里端着一杯水可怜巴巴地望着自己，脸上挂着小时候才有的无助神情。自己刚才怎么了？张琴开始用力地想，又低下头看了看儿子。儿子脸上一片一片的像个大花猫。她笑了一下。儿子赶紧抓着她的手摇她。

“妈，妈，你别这样。你别吓我。妈，你别吓我。”

看着儿子呜呜地哭。张琴震了一下。这是怎么了？吓着孩子了。她赶紧摸着儿子的头说，没事儿，没事儿。儿子说，她刚才晕倒了。她左手还攥着那张纸，定了定神，又重新打开看，泪唰的一串串掉下来。后来电话铃响，他们母子互相看看，都没敢接。电话铃固执地又响了几声才作罢。张琴想站起来，却又“扑通”地坐了下去，才发现自己已经没有任何力气了。看着儿子突然觉得自己是在一场梦里，叫了两声“涛涛，涛涛”，听见儿子的答应声还是很远。又叫了儿子两声。儿子又哭了，眼睛里流露出很深的恐惧。她又吓着儿子了。她赶紧摸了摸儿子。她得醒醒，就算是梦也得醒醒。家里的电话铃又响了。这次，她还是看了看，犹豫着，电话很快就不响了。她松了口气有些清醒了，展开手里的纸重新看了几遍，然后拿起桌子上畅卫国抽烟用的打火机噗地把纸点了。儿子的脸在火苗里变得有些模糊。终于一了百了了。不一会儿张琴的手机又响起来。彩铃一直唱着《两只蝴蝶》，蝴蝶飞到最后张琴犹豫了半天还是接了。

4

畅卫国坐在床上看着张琴。他发现，自己的平安归来并没有令家里人高兴得跳起来。虽然已经先给张琴打过电话，但张琴见到他还是显得有些不安甚至是慌乱。儿子满脸都是干了的泪道儿，见他进门像大人似的深深叹了口气就先回屋了。畅卫国和张琴说起上午的事情，她先是愣了一会儿，然后开始哭。哭得很绵长，像水管里流的很细的水，断断续续一直流着。畅卫国闭上了眼。今天上午上高速的时候，他在远处犹豫了很久，快中午一点了，才最后下决心上去。一开始，他开得很慢，后来终于是加速了。八十、九十、一百二十，开到一百四十迈的时候，他看着旁边的防护栏，准备一下子撞过去。他是真的鼓足了勇气。可就在方向盘刚刚打歪一点儿的时候，很突然地，他又开始害怕了。那种害怕很快变成了恐惧，恐惧由脑子又延伸到了身体，他能感觉到自己瞪大了眼睛，身体绷得直直的像一根快要折断的弦。在最后一刻，在恐惧就要炸掉他的那一刻，他毫不犹豫地踩下了刹车。车滑了一小段距离“哧”的一声停下了。他的头和手死死压在方向盘上，身体继续抖着。过了很长时间，畅卫国才抬起头，看了看周围，然后长长出了口气。虽然没有死，但已经把自己吓得半死了。摸了摸头，全是汗。图什么呢？这么吓自己。又没有人真的逼他，干吗自己和自己较劲呢？再想想儿子和张琴没有了他可怜的样子。他开始懊悔了，同时也庆幸自己在最后的关头还是做了正确的选择。一切都有惊无险。还是活着好啊。等情绪和身体平稳了，他赶紧往家里打了电话。见没有人接，他又急了一下。张琴该不会是晕倒了吧，或者已经傻傻地跑去了医院。这么一想，就觉得自己很对不起他们。真是荒谬，他居然想要离开他们。自己撕心裂肺地难受不说还要让他们变成孤儿寡母。后来手机终于还是打通了。畅卫国听着话筒里传来张琴的声音，心一下子就舒展了、踏实了。在车里，畅卫国想起了自己写的遗书，又想象张琴拿在手里难过的样子。想想自己为了家人居然能做出牺牲，他被自己彻底感动了。他能想象出他们见到他平安回来高兴的样子。他要抱着他们，一家人高兴地哭，再也不分开了。

张琴的眼泪虽然还在继续流着，但情绪已经进入了尾声。

“睡会儿吧，别乱想了。没事儿。”畅卫国拍了拍她的手。自从看了畅卫国写给她的那封信，她的心就再也放不到肚子里了。最初见到畅卫国活着回来，她高兴过，也庆幸过，觉得自己又有了希望。但那种高兴只持续了短短几分钟，很快就被恐惧和担忧代替了。她知道，还有更大的煎熬等着他们。还谈什么希望。她明白，事情才刚刚被牵出了一个线头，千丝万缕、绕来绕去的东西在后面呢。想着涛涛出国的事也要泡汤了，她更是一点儿也高兴不起来。本来想埋怨几句，但看着畅卫国一脸的灰，她又有些心疼他：

“你也躺会儿吧。”她把脸上的泪往干抹了抹说。

畅卫国点点头躺下了。刚躺下又腾地坐起来，问：

“纸呢？我给你写的纸呢？”

“烧了。涛涛也看了。”

“干吗让涛涛看啊？”他有些急。

“今天我有事，他先回来的。”看了他一眼，她继续说：

“没事的，看了也好，让他知道你对他的一片心。既然没死成你就不要瞎想了。”

畅卫国没有说话，又躺下了。重新躺在自己床上他突然有了一种恍然隔世的错觉。刚才在厕所看看镜子里自己的脸，觉得有些陌生，但同时又亲切着。还是活着好啊，难怪有那句话：好死不如赖活着。说得精辟啊。他闭起眼睛眯了一小会儿，也踏实了一小会儿。但很快又不安起来。他的心里就像有虫子在爬，窸窸窣窣的，声音细小却繁杂、绵长。

5

快散会的时候教育局局长又说起了学校建筑工程调查的事，希望还没有检查到的学校好好地准备，一定要好好配合调查组的工作。畅卫国第一个站起来表了态，他说：一定好好配合调查组，学校的建筑事关祖国的未来，不能掉以轻心。大家都点着头。教育科的小马顺嘴说：

“有你这样的校长真是学生之幸啊。”

刚才表态的时候，畅卫国并没有脸红，甚至连感情都没动一下，只是照本宣科而已。可小马的这一句夸奖却让他的心突然抖了一下，脸也随即红了。他在心里骂小马多事。好在小马没有继续说下去。大家又转移了话题，要不他还真害怕自己一失态露出什么马脚。调查组还有几天就要入住三中，不能再有闪失了。这些天他也密切注意着张忠。前几天，张忠代他参加了个会，说教育局接下来准备抽查市里学校的财务情况，让他们做好准备。张忠说话的口气仍然很激昂。说，学校确实应该严格财务上报销制度，还说应该好好地把这几年的账都理一理，不该总那么稀里糊涂的。又说他们学校的会计和出纳实际上是不分的，缺少相互的制约。这在财务制度上是不允许的。后来又很肯定地说，三中几年来都是市里先进，这次抽查肯定有我们，我们应该提前做好工作。畅卫国压着心中的不快，只是点了点头，什么也没有说。事情明摆着呢，市里只说了个抽查，张忠就能肯定地说要查他们学校，而且还说了那么多的毛病。能说明什么？说明张忠一直就记恨他呢，就等着有了机会好扑上来咬他一口。查账的事情估计张忠也和教育局的人没说什么好话。他知道他针对的就是他。过了这些年，两个人话倒是说开了。但明显的不亲近。不用说亲近了，屋里如果只剩下他们两个，立刻，就会有尴尬的气氛冒出来，挡都挡不住。话本来就是干巴巴，就事论事地说，不会带有任何的感情色彩。再一尴尬，明显地又生涩了许多。那种时候，时间会一段段地跑出来横在他们面前。都能看得见，但又都知道他们走不过去。平时，无论男的女的，老的少的，他总能找到适当的话题聊下去，但和张忠就是不行。话总是很简短，几句就说完了。他也想过，和张忠敞开心扉谈一次，说一说他这些年的苦衷。可无论说什么，谈话氛围总是第一位的，没有一个氛围让你扒肝掏肺地激动，不用说敞开心扉了，就连一般的信任恐怕也谈不到。大家在一起吃饭的时候，张忠总是避免和他坐在一起。虽然在饭桌上该说的客套话还是会说，但一个“远”字把什么都隔开了。这样一个人，在这样的时候，天天转悠在他身边能不让他担心吗？看着张忠说起调查组一脸高兴的样子，他就和出热疹子一样，浑身的不舒服。要说关键时候，还是女人行，一句看似没道理的话结果是大道理呢。昨晚，张琴洗了脸正往脸上抹她的那一堆瓶瓶罐罐，见畅卫国长吁短叹的，就说：

“你别老担心了。担心也要一天一天过。碰运气吧。”

畅卫国摇了摇头：

“碰运气，怎么碰运气？有张忠老在那儿盯着，早晚得出事。”

张忠的事张琴也是知道一些的，只是不知道细节罢了。畅卫国告她的版本是：张忠嫉妒他，但畅卫国也说，其实他的方案是张忠先想出来的，资料也是张忠的，但写还是畅卫国他自己写的。总之，故事里，给了张忠一半的版权，但好人最终还是自己。张琴对于张忠很不屑，觉得那样一个嫉妒心强的人，真不算是男人。这样的话，每次她一说就被畅卫国立马挡回去，甚至还很生气。张琴瞥了一眼丈夫：

“告你说，他那么小心眼，不算个男人，你还老替他辩！”

“你看你，又说这些，破事儿了老提，有什么意思你。”畅卫国开始觉得烦躁了。他最不喜欢听老婆说这件事用不算男人来概括。

“提不提，都是你每天见他，又不是我。要是我早把他弄得远远的了，眼不见心不烦。”说完张琴不再理他，继续揉搓着那张已经开始有些松弛的脸。

是啊，他怎么没有想到呢？挪开不就行了吗？他嘿嘿地笑了几声。张琴瞥了他几眼，嘟囔声“有病”。

是的，他是有病，是心病。不把张忠这个心病除了，他安宁不了。一个月前就有通知让学校派人去省里交流学习，为期半个月。当时，他只想着怎么去死，完全没有考虑这回事。但他的记忆力是惊人的，他记得学习报道的日期就是这个星期四，也就是后天。现在看来，还是上天在帮他啊。这么好的机会，又能把张忠支开，又能卖个人情。半个月，调查组应该就要离开了。他嘿嘿地又笑了，都快要哼小曲儿了。

张忠听说要派自己去学习，很不相信地看了看他。要知道去省里学习，这样的机会并不是年年都有的，而且一般都是校长自己去，又能长见识、又能认识一批人。这样的好机会怎么能轮到他呢？畅卫国挥了一下手继续说：

“张忠同志的业务水平是大家有目共睹的。我相信张忠同志通过学习一定能给我们带回更新的知识、更新的管理经验、更新的学习方法。大家有什么不同意见请发言。”

谁还能有不同意见呢？张忠的确像他说的，业务水平是学校数一数二的，平时为人也不错。至于说到出去学习这么好的机会，教导处的这几个人其实都想去。怎么说也是镀金啊。谁不愿意把自己抹得光滑顺溜呢？说白了，好东西谁都想往自己头上戴。可是自己提自己总归不合适，提别人又没商量好，谁也不欠谁的。既然轮不到自己，那校长提议谁就是谁吧。于是，大家的意见很快就一致了。轮到张忠发言，他显然有些激动，反而不像平时那么自信、那么激昂了。一直说，谢谢大家、谢谢大家，我会好好把握这次学习机会的。说完又看了一眼畅卫国，眼睛里有些东西似乎开始融化了。畅卫国点点头，他和他一样也很高兴。这就好，大家都高兴就对了。他开始佩服自己，谁说他没有创造力呢？这样的事自己都能解决还没有创造力吗？

张忠的问题虽然已经解决了，可畅卫国的觉还是睡不踏实。他常常半夜惊醒，恐惧和黑暗始终困扰着他。在睡梦里一次又一次重复着车祸的场面，在实际中没有完成的事在梦里无数次地演练着。场面无一例外都很惨烈，让他疼痛而窒息。每次醒来，都要出一身汗。也看过医生，医生检查后摇摇头说，身体没有问题，最好是看看心理医生。张琴拿眼睛询问他是否看心理医生，他使劲地看了张琴一眼。张琴立刻懂了，同时为自己的粗心变得有些不好意思。是啊，哪能看心理医生呢，他们的那点儿事本来就怕人知道，医生一催眠还不立刻就全知道了。为了不做噩梦，畅卫国常常要熬到很晚才睡，希望弄累了，能一觉睡过去。但很多时候熬了夜，噩梦还是照来不误，就和熟门熟路走惯了似的，轻易地忘不掉他，而他只能在那儿被动地等着、看着，存着侥幸。谁都能看出他瘦了。有人关心地让他回去休息，他总是点点头，笑笑说，没事儿，我本来就瘦，身体好着呢。只有他自己知道他有多害怕晚上，害怕睡觉。可又不能不睡觉。不睡觉的时候他也常常琢磨怎么对付调查组。他明白，只要查迟早是要查出些事来的，要不怎么能叫调查呢？他们学校的工程本来也就问题重重。学校的工程本来他是包给王老板的，他头一天拿了钱，第二天就签了约。俗话说，拿人钱财替人消灾啊。可开工的时候，他才发现根本就不是王老板的红旗工程队，而是第三工程队。给王老板打电话，王老板倒是一贯的客气，一直赔着笑说，没关系，没关系，那也是自己人，一样的。畅卫国最不喜欢听这样的话。什么自己人，好像他们是一条绳上的蚂蚱。他和他们怎么能一样呢？他有些生气地说，这可是违约的。王老板仍旧是好脾气，哎呀，都是自己人，怎么会违约呢？工程他做和我做都是一样的，都是兄弟。你还信不过我吗？有事好商量，以后，我们还要好好合作呢，大家一起发财，一起干事业。这也是畅卫国最不愿意听到的话，什么一起发财，真是满身铜臭气。畅卫国并不傻，上面拨下来的钱是死的，这么来回转租，真正落到工程上的款子自然就少了。谁都要赚钱，那自然就只有原材料上动手脚。他什么都知道。可知道有什么用呢？一迈脚就已经迈歪了，只能装着什么都不知道继续歪下去。所以他清楚，自己经不起查的。可又不能明着不让人家查，那不是不打自招嘛。最好是让调查的人能闭着眼睛过去。他想了好几宿，脑子把调查组的每个人来回都过了过，决定还是找和自己年纪差不多大的卫主任入手。同年把岁的话题自然多一些，烦恼估计也都差不多。那样一来，话题也容易拉近。只要一交心就什么都好办了。

畅卫国一回家就躺到了床上。

“哎呀，脱了外边的衣服再躺，脏死了。”张琴边说边往起拉他。他不耐烦地甩开了张琴。张琴站在床边气鼓鼓地看着他，他索性把头扭到了另一边。张琴又过来拉他。畅卫国终于有些火了。

“脱什么脱，就知道假干净，都火烧屁股了还假干净。”说完，他把身子背了过去。

“行，就你行，你就冲我凶吧。你真有本事啊，就会和老婆凶。”

畅卫国听了这句话一下子坐了起来冲着张琴几乎就是吼了：

“还要怎么样？你还要怎么样？老子都想去死了，你还要我怎么样？你是不是嫌我没死成啊？”

“你……胡说。”张琴哇地哭了起来。看着张琴委屈地抖动着肩膀，畅卫国开始后悔了。自己究竟是怎么了？就和关在笼子里的野兽一样，一逗就急。他揽过张琴往怀里搂，张琴往开挣脱了几下，最后还是被他搂住了。这一搂张琴哭声反而更大了。这么多天的害怕、委屈、担心仿佛一下子找到了突破口。天快暗的时候张琴总算停止了哭泣。女人的泪就是多啊。畅卫国发现自己衣服前襟上已经湿了一大片了。他真羡慕女人，永远能无所顾忌地痛哭。不像他，只能一个人压抑着哭，哭完了一回头，事情还是追在屁股后头眼巴巴地看着你，躲不开啊。

调查组的事要应付，财务上的账也得规整规整。财务上规整起来可不是说说那么简单。没人查，怎么都好说。大面儿的东西似乎都是按着规定来的。一出一入又有票据，又有单据，好像没什么问题，可只要是稍稍懂财务的人，一查，肯定会出事。不用说别的，就光他请同学吃饭这几年下来也吃了有几万了。学校招待经费每年就那么一点儿，要报销只能从图书经费和办公耗材里走账。反正是他签字，财务上从来都是睁一只眼闭一只眼，只要有票据就行。但畅卫国清楚里面好些票都是他买来的。说起来，现在也真是干什么的都有。卖发票的就和卖冰棍一样，哪儿都有。平时，你不细看还真发现不了。他们的眼都特别尖，而且还特别灵，一对眼就能知道你是想买还是不想买。看准了，会缠着你到街道的拐角和你交易。买了几次后，一上街他远远一扫就能发现他们。就和特务接头一样，准着呢。那些假票，一查肯定都是问题。他不信他们说的话，什么和真票一样，和真票一样还用偷偷摸摸地卖吗？他清楚，那也就是用来糊弄的。糊弄的东西历来是不能当真的，可细数起来无论哪儿也总还是糊弄的东西多。过去他并不是不清楚这些，是知道没人会详细地查学校的账。在学校那么多年，没试过，也见过了。过去，他当教导处主任的时候就常常从买的办公用品里自己抽些油水出来。当时他就想，他要是校长就好了。就能一个人说了算，就能大笔一挥批钱了。那么多年也没见有谁认真查过学校的账，只要有票就都齐全了。谁知道轮到他就会变成这样。他叹了口气，要是没有张忠在那儿积极跳着脚要求查，兴许不一定能轮到他们。这个张忠啊，都那么多年了还记恨。

假票的事情其实他还是可以解决的。可以抽出来，再去买些真票放进去。这不是件难事。去买办公用品的时候多开些就什么都有了。可是即使换了票，细查起来，账还是对不上。他家里这几年买的几个大件东西走的也都是学校的账。张琴都有些习惯了，一买东西就问他能不能报啊。那些东西仔细算算也是一笔不少的钱啊。

畅卫国决定和教导主任好好谈谈。平时，他也算优待他。只要是他拿过来报的条子，他基本上都批，从来不细问什么。他还不清楚那里面有多少油水？是该报答他的时候了。能顶的替他稍微顶一顶。能怎么样呢？查完了他还是个教导主任，而且有校长庇护着还能升得更快。他说得很含蓄，只说，自己是个大大咧咧的人，财务上的事，没有很细致地管过，可能有些报销的单据不太合乎规定。让主任帮着看一看，然后能补救的就补救一下，不合理的就拿过来弄得合理一些。教导主任一直点着头。畅卫国也点点头继续很和蔼地说：

“还是年轻好啊，趁着年轻能上就赶紧上吧，现在落一步就是一步啊。”说着拍了拍教导主任的肩。教导主任笑得很开，一直点头说，是啊，是啊。看着他的背影消失在门口，畅卫国有些拿不准了，原以为和他说起这些，教导主任会顺嘴说，让他帮忙提拔的话。那样就什么都好说了，也就好办了。可现在眼看着自己该说的话已经全说了，却并没有换来别人的那句话，有的只是礼貌和客套。这怎么能让他踏实呢？

最近，畅卫国有事儿没事儿总要拿着自己签的合同看一看。学校已经有人在议论了。说逸群小学的校舍也出问题了，听说也是第三工程队盖的。当初盖楼签约的时候教导处的几个人都在，都知道是和红旗签的约。开工改了包工队，他只能和大家说，第三工程队是红旗工程队的分队。好在，盖的是学生教室，不是职工宿舍，所以也没有人总盯着工程查什么。怕张忠添乱，工程还没开始，他就让张忠着手准备学校的教学改革方案。那可是个复杂又繁重的活儿，为的就是让张忠腾不出时间来管工程。为了万无一失，他还特意开了个会：会上宣布工程由他亲自来督促、监察。说，那样才能保证盖楼的进度，保证让学生在明年冬天住上新楼。他没有说保证质量之类的话，他还是底虚。不过，光前面说的话就已经很冠冕堂皇了。还有什么比学生过冬前住进崭新、暖和的新教室更好的事呢？从他拿了钱的那刻起，他就一直小心着、担心着。可还是躲不过这一劫。前几天，人们都说泰山庙小学的校长在监狱里，头发突然秃了一大块。不少人都笑着说那是报应，做了亏心事，鬼来叫人了。听人这么说，他只能笑一笑，可心里却像吞了块玻璃似的，一扎一扎地疼。现在，出门只要看见穿警服的他都无端地有些心惊。张琴也明显觉得畅卫国越来越胆小了。稍大一点儿的声音都能突然把他吓一跳。脾气也变得很暴躁，一丁点的小事都能激怒他。张琴知道他烦，可谁又不烦呢？眼看着儿子出国的日期越来越近了，这可是她弄了一年才弄好的事，要是真的因为丈夫的事泡汤了，她可连死的心都有了。本来忙来忙去就是为儿子，到头来，却害了儿子。早知道这样就不如不拿那些钱。宁愿借呢！晚上，见畅卫国又拿着合同在那儿看，她有些没好气地说：

“就知道看这破合同，你都看几天了。能看出花来？你也是，当初也不和我说清楚，早知道还不如借钱呢？真耽误了儿子出国可怎么办？”

“哼，说得好听。借？你给我借一个试试。现在钱这么紧，有两个还不够自己用呢，还会借给你。和你说清楚管什么用？管屁用！”畅卫国把合同折了折放到衬衣口袋里说。

“你怎么骂人啊？就你明白，明白你现在赶紧让儿子出国啊？告诉你，儿子出不了国，我，我和你没完。”

“滚，都滚，老子已经为你们快死了，还在这儿闹，闹个屎！”畅卫国红着眼睛冲张琴喊着。

他们已经不是第一次这么吵了，最后的结果总是张琴在那儿嘤嘤地哭，一开始，吵完了畅卫国还哄一哄张琴，后来，吵完干脆摔门去外面躲清净，留着张琴一个人在那儿哭。和往常一样，张琴一听畅卫国吼就忍不住哭，见畅卫国坐在床边丝毫没有要劝自己的意思，她就气不打一处来。过去，一直都是畅卫国让着她，现在居然见自己哭成那样连哄都不哄自己。看来，单位的人说得还真对，女人一老就注定会变得悲哀，因为男人永远喜欢的都是漂亮、光鲜的东西。这么一想，张琴开始觉得不值起来。哼，说不定把钱给了几个女人呢！于是，边哭边说：

“少在这儿装可怜，谁知道你的钱给了几个女人呢？你说清楚，你到底把钱给了谁了。你说清楚……”畅卫国没料到张琴会说这些，女人真是不可理喻。你说东，她能完全地往西想，而且，还越想越深入。他不耐烦地起身，穿衣服准备出去透透气。见他不说话，张琴更来气了。不说话代表什么，心虚才会不说话。她把他的衣服一把抓住：

“你给我说清楚，你是不是真有相好的，你个没良心的，我一辈子全为你们姓畅的搭上了，到头来，你，倒想走，门儿也没有！你究竟给了别人多少钱啊？你给我说清楚。”看着张琴还在胡搅蛮缠，畅卫国的耐心一下子降到了极限，使劲往开甩了一下，谁知道张琴居然就势倒在了地上，一下子号啕大哭起来。畅卫国闭着眼睛喘着粗气，眉头打上了死结。他站在原地正要发作，张琴的哭声被砰的一声门响打断了。见儿子涛涛站在他们面前，她赶紧收敛了哭声，但仍旧坐地上。涛涛带着不耐烦瞥了他们一眼别过头用很平静的声音说：

“够了，你们别吵了，烦不烦啊？整天地吵，你们不烦，楼上楼下也早烦了。谁说我要出国的，告诉你们办了我也不出。别老以为你们为我好，你们是为你们自己好。你们再吵我就搬出去住。”说完也不等他们说话又砰的一声关上了门。

张琴和畅卫国互相看了看，一下子就没了火气，转而变成了伤心和无奈。

“没良心的，忙来忙去还不是为你吗？要不你爸哪至于急成这样！”张琴冲着门嚷嚷了一句，也不知道儿子听见了没有，可畅卫国是听见了。他拉起老婆，撸了把老婆的头发，一句话也说不出来。张琴反过来开始安慰他：

“别和孩子一般计较，他懂什么？你最近脾气是越来越不好了，是不是身体不舒服啊？”

畅卫国摇了摇头，很深地把张琴揽在了怀里。人就是这样，一让就让出一片天地来，天地宽敞了，心也就宽敞了。亲热完，张琴还是绕到老话题上，又问有没有别的女人。现在问，就有些撒娇的味道了。畅卫国笑着不说话，张琴也笑着，手却往他腿上掐了一把。

“说，到底有没有？”

“喂你还喂不过来呢？还到处喂？”

“去你的。”一句去你的，又把畅卫国的身体勾起了欲望，虽然还有些力不从心，但已经有些跃跃欲试的架势了。

6

畅卫国一面扳算着调查组来的日子，一面忙着找关系，想约出调查组的卫主任吃饭，托了好几次都被拒绝了。他没有死心，最后又托了他们的班主任去说，卫主任比他早三届，当年可是班主任的得意门生，这个面子应该给吧。他都想好了，就在班主任家里搞个家宴，多叫几个他们那届的同学。这样卫主任应该不会拒绝。他也不打算多说什么，那么多人也不是说话的场合。先混个脸熟就行。只要认识了，以后再请就好说了。一切都按计划进行着。班主任听畅卫国说要把学生带到她家里聚会，显得很高兴。一定要自己去买菜亲自做。畅卫国的意思是他从外面定菜，那样方便。两个人推托了半天，最后决定菜还是老师亲自做，酒水畅卫国负责。他想，这样也好，自己做菜更有气氛一些。请客那天，从早晨起，天就有些阴阴的。他一直担心下雨。下了雨，泥泞不堪的总是让人心情不爽，心情不爽了看什么自然都不容易顺眼。一切还算不错，雨并没有下起来。吃饭的时候，他把自己安排在卫主任旁边，一直和卫主任套着近乎。卫主任显得很客气，一直不停点头、寒暄，礼貌到了极致。见他这么礼貌，畅卫国的心有些凉了。礼貌代表什么，礼貌除了代表涵养，更多的时候代表的是距离。一和你有礼貌了，也就意味着和你有距离了。这年头，有时候，越骂才越亲呢！畅卫国压着心里的担心，仍是笑着不断和卫主任找话题说，可说来说去也还是很有礼貌。说起孩子，以为能多有些话题。卫主任的一句“儿孙自有儿孙福”一下子就带过去了。他知道不能谈学校建房的事，那种敏感的话题最好还是单独谈比较好。可看卫主任和他的礼貌程度，不大可能再单独见面了。他强压着落寞吃完了那顿饭。临走，本来还想送送卫主任，最后努力一把。但被卫主任的老同学抢着先拉走了。他知道自己又白忙乎了一场。

雨在晚上快睡觉的时候，终于“哗”地下了起来，啪啦啪啦地打着玻璃。张琴没有受任何影响，不一会儿就睡着了，均匀地打着呼噜。畅卫国盯着天花板，脑子毫无秩序地运转着，转了一个多小时后，终于又转到了他自己的事上。看来，他只能碰运气了。那就碰吧，只希望新盖的教学楼不要出现什么问题。再怎么也是用事实说话，楼出了问题那可就是铁的事实了。听着杂乱的雨声，他的心也被敲打得杂乱起来。

雨一连下了三天，畅卫国的心被雨泡得都快起皮了。他每天去学校，连办公室都不进直接要先去新楼那儿看一下。在周围转一圈后，还要去楼里看一看。楼只剩下最后的扫尾工程，只留着一两个工人。这两天下雨，没法开工，工人干脆不来了。整幢楼就听见他一个人的脚步声。倒霉的雨居然也和他过不去，一下起来就没完没了。雨再这么下下去，地基一塌陷楼可就完了。楼里忽地吹来一股阴森森的冷气，他往起缩了缩脖子。出了楼门，也没往开撑伞，就那么缩着脖子往办公室走去。到了办公室，一屁股坐进转椅里，畅卫国有些蔫了。正发愣，教导主任把新补开的发票给他拿过来了，等着他签字。畅卫国假装随意地看了看说，你先签吧。你不是一直管这些吗？你签了我再签。说完又补充说，这也不是什么大事，查也就是走个过场。教导主任几乎一下都没有犹豫，很慢却很肯定地说：

“畅校长，这几笔钱，我没经手过，数目这么大，我看光我签不太合适吧，要不你再找张校长商量商量？”一听那语气就是经过深思熟虑的。畅卫国抬起头一声不吭地看着教导主任。教导主任也客气地沉默着，丝毫没有要妥协的意思。最后，他只好把手摆了摆让教导主任出去了。畅卫国烦躁地在屋里走了好几圈，又看了看窗户外面。天仍旧阴得很浓稠，没有丝毫要放晴的意思。办公室像晚上一样，显得有些昏暗。他走过去开了台灯，看着墙上自己硕大的影子，终于忍不住骂了一句。

张忠从省里赶到三中的时候，警察已经用白色的隔离带把人群隔开了。一部分人开始清理楼门口倒塌下来的水泥和石块。张忠发现教学楼的左侧像柔软的面包一样有了很大的弯曲弧度。还没走到楼跟前，教导处的小李先把他的胳膊拉住了。

“张校长，畅校长现在还没找到呢！他爱人说昨晚他就没回家。”见张忠没有明白过来，小李又压低声音说：

“最近，畅校长每天都要去新楼看好几遍。他们说……可能是埋在下面了。”听他这么说，张忠有点紧张了。难怪，刚才电话那么急地叫他回来。到了楼跟前，人群嗡嗡地嚷嚷着，多数都是骂声。其中，还有警察的喊话声。警察不时要往后赶一赶群众。可没过一会儿，有人又往前拥着到了隔离带那儿。张琴半跪着趴在一边像凉了的面条般软瘫着，没了往日的形状。张忠上前问了几句，张琴看了他一眼没有理他，别过头继续哭自己的。小李向清理组的王队长简单介绍了张忠。王队长点点头，告诉张忠让各班的老师中午放学的时候看管好学生，千万不能让学生到清理现场，要尽快地疏散学生。张忠转身告诉小李去安排。他和王队长一起往已经清理开的楼门口走。刚走到门口就听清理队员喊，发现人了，发现人了。张琴听见喊，也起身往里就跑。

昨晚，畅卫国一直到十点还没回家，张琴就有些急。打电话一直无法接通，问了他父母也说没回去。想问学校的人，又怕被别人笑话。雨一直也没有停。她就那么一直等着。熬到天亮，等涛涛吃了早饭，赶紧就往三中赶。远远地，见学校那儿围着一大堆人，她还觉得挺奇怪，又不是六一，按理说早晨不会有活动啊。学校的老师见她过来，有认识她的，还和她打了招呼，顺便问，畅校长呢？张琴矜持地笑了笑没有说话，心想，她可得沉住气，不能随随便便地和谁都说畅卫国晚上没回家，那样影响可不好。教导处的几个人见她过来，也赶紧上来问她，畅校长呢？她还是笑了笑，笑完了把小李拉过一边去悄声问：

“你没见你们校长啊？”

小李摇摇头。

“畅校长昨晚没回去吗？”张琴刚要点头，抬了一下眼，透过围着的人群才看见新教学楼有一角塌陷了，一下子她也塌了。这些天畅卫国每天都和她念叨学校的新楼，她知道他每天都要去新楼看好几遍。小李说楼是晚上塌陷的，大概八九点左右。门房最早听到了声音，还以为是打雷呢，早晨才看见已经塌了。他们一直给校长打电话打不通。小李最后的半句话淹没在了嘈杂的人声里。其实看见张琴木然的脸，大家也隐约地清楚了是怎么回事。只能叫副校长回来了，这么大的事单位领导不能不在啊。小李给张忠打电话的时候，只是说找不到畅校长了，没敢说人已经埋在了下面。见抬出了人，早就准备好的医务队赶紧把担架抬了过去。又一阵儿的乱哄哄。畅卫国身上、脸上都是灰。整个人好像失去知觉一样，没有任何动静。张琴使劲叫着他的名字，一样还是没有任何反应。医生让人把哭哭啼啼的张琴从畅卫国身上拉开。对张琴说，伤者只是昏迷了，伤者还要去医院做进一步的诊断。张琴使劲点点头。这时候，张忠走了过来，本来是想安慰她几句的。但张琴一看到他，就拉下了脸。没等他说完扭身走了。

张忠虽然恨畅卫国，但绝不至于希望他死。看见他这样，心里积压多年的恨也似乎一下子找到了出口，汩汩地开始流走了，剩下的只是些年华历尽无奈罢了。他和清理队的王队长一起在医院等着畅卫国的检查结果。张琴也在。但张琴的眼睛连看都不愿意往他这儿看一眼。过了一会儿医生出来了，话说得很平静，有些像自言自语：

“病人头部受到撞击，初步诊断有脑震荡，可能出现脑震荡的功能性精神障碍。左腿，大腿处软组织多处损伤，胳膊以及脸上六处皮外伤。再过几分钟病人就会醒了。”医生说完，把手揣在白大褂里，往病房走去。张琴赶紧跟上，想问得更清楚些。见她跟在身边，医生停下来说：

“有什么不明白您可以看病例报告。”张琴讨好地笑着：

“大夫，那他有事儿吗？”医生仍用很平静的语调说：

“我和您已经说过了，你有什么不清楚一会儿可以详细地看病例。我还有工作，不能一直和您重复地说这些。”说完，往前欠了一下身子，很礼貌地离开了。张琴周围的空气像医生的脸一样冷静得不能再冷。

张琴、张忠和清理组的王队长几乎同时出现在了病房门口。畅卫国的眼睛慢慢睁开了，首先看到了张忠，接着看到了穿着警服的王队长。谁都没有反应过来，他突然大叫了一声，然后就呵呵地笑起来，声音大极了；而且一下子从床上跳了下来，嘻嘻笑着走到张忠跟前说：

“嘻嘻，你没抄我的，你没抄我的。我是骗他们的。嘘，别告诉他们。你看我儿子考上哈佛了。”说着从口袋里拿出了一张纸放在张忠手上。张忠还没看清楚，畅卫国又拿了过去，放在张琴手上。

“你也看看，嘻嘻，好吧。儿子考上了。”说着居然扭秧歌似的扭了起来。张琴看了一眼就知道畅卫国拿的是他自己签的那张合同。张琴用手捂着脸哭了。张忠见张琴哭了，把身子往后缩了缩，正好碰到了王队长身上。一回身，吓得脸一下子白了，摆了摆手说：

“不要抓我，我儿子考上了。等他走了再抓我。就等几天他就走了。求求你……”说着像孩子一样坐到地上开始呜呜大哭。

九月的太阳缓缓照在屋子里。畅卫国眯着眼睛看着手里的纸，纸已经有些破烂了。见有人过来，他赶紧把人拉过来看他的纸：

“快看，我儿子的通知书，哈佛的。嘻嘻。”那个人拿起来仔细地看了看很认真地说：

“没盖章啊好像。别怕，我最有钱了，回头我给你买一个。你看我有多少钱。”说着那个人从兜里掏出一叠卫生纸，小心地放在了畅卫国手里。

开始熟睡

1

到了星期四晚上十点，电视里开始准时播放每周一次的《犯罪实录》。莉香和母亲像以往一样坐在沙发上看着电视。随着情节发展，母亲王兰的身体开始不断前倾，神情也变得紧张起来。后来，电视上出现了当事人家属痛哭的画面。莉香转过头看母亲。母亲的眼睛果然又变得湿润了，莉香心里“哼”地笑出了声。真是不可思议。母亲的感情仿佛是一扇大开着的门，无论什么都能轻易地跑进来，顺利击中她。画面里的人继续哭诉着不幸。莉香抬头看了看墙上的表，感觉晚上的时间就快要过去了。

回到自己房间，莉香开始脱衣服。她没有裸睡的习惯。虽然时下许多媒体不断宣传裸睡是最健康的睡觉方式。虽然，她也试过裸睡。但，实际情形并不像电视里说得那么舒服。真的一丝不挂，并没有让她觉得轻松、亲近自然。反而有一种紧张和不踏实的情绪紧揪着她。试了一晚就再也不想那么睡了。她一直都明白潮流是不可靠的，但很多时候，还是身不由己，总要试一试才真的甘心。

离婚后，莉香每星期都会在母亲这里住一夜。傍晚过来，然后一起吃晚饭，一起看电视，最后各自回房间睡觉。她的房间还和十年前一样——放着一张写字台、一个单人床。她并没有变胖，但睡在床上明显觉得有些拥挤了，好像一翻身就会翻到地上去。母亲说过几次，要给她重新买个大床，都被她断然拒绝了。母亲这个人虽然爱唠叨，但说归说，做起事情来倒是很少勉强别人。对和错仿佛只是用来说说而已。因为她的反对，所以，床一直也没有换成。不只换床这些小事是这样，对于她离婚这件事母亲的态度也是一样的。发表了很多意见，不希望她离。反反复复地和她说，离了婚的女人如何的可怜。但最后她真的决定了，母亲也只是闭着嘴，用一整天不说话来表示自己的一点不满而已。每次来母亲这里吃饭，都少不了要听母亲唠叨。反正要唠叨，那么话题离自己越远就越歇心。适当转移母亲的注意力对她只有好处，没有坏处，所以莉香常常会选择星期四来这里。一边看节目，一边听母亲发表一些对节目里的人和事热心而烦琐的评论。退休在家的王兰最喜欢看和时事有关的栏目。其中，最爱看的要数《犯罪实录》。反正和犯罪沾点边儿的节目，王兰总能津津有味地看下去。偶尔王兰唠叨的话也能把莉香给逗乐了。比如有一次看韩剧，王兰慢悠悠地说：

"香儿，你说韩剧怎么这么磨叽啊？这人死了已经又演了八天了，还对着死人哭呢，怎么就不埋啊？坏不了吗？电视里演吃顿饭比我吃的时间还长呢！你说说……"

看着母亲一本正经的较真模样，莉香忍不住哈哈笑起来。这些话后来被莉香在一些场合转述的时候，听的人也像莉香一样笑得很大声。大家都说，你母亲可真有意思、真逗。虽然莉香心里并不这么想，但她很乐意听到别人这么说。

2

对于刚刚结束的那段婚姻，她偶尔还是会生出些留恋来。和韩俊结婚的时候，莉香以为他们会一直过下去。和所有她周围的人一样，生孩子，教育孩子，然后等孩子长大了，再给孩子看孩子。就一直这么循环下去。这样的生活虽然枯燥，却也有疲惫的乐趣。她一直都是这么想的。刚结婚他们确实也过了一段吵吵闹闹、亲亲热热的日子。和所有的人一样盼着天黑，盼着黏在一起。过了半年，他们决定生个孩子。从那时起，许多东西开始一点一点儿地变了。不过，事后莉香也想过，没有那些事其实也会有别的东西来改变他们。一个月、两个月、一年半过去了，没有一点儿动静。他们用了各种适合怀孕的姿势，但就是等不来那个小人儿。虽然不知道问题出在哪里，但他们都知道自己不会有问题。之前，还没结婚的时候，他们小心翼翼地试着接触身体，结果只有一次就怀孕了。最后她蒙着头巾戴着眼镜跟在韩俊后面去医院悄悄做了人流，搞得和做贼一样。这次担惊受怕的经历让他们相信，生命是很容易制造的。那些小人儿一排排站在那儿傻等着，只要伸出手就一定能抓得住一个。谁都没料到会有现在这样的局面。别说把这个小人抓在手里了，就连小人儿的影子都眼看着越走越远了。

韩俊的母亲从他们结婚那天起，就开始耐心地为他们做祈祷，希望能尽快生一个孩子。那个女人有一个很好听的名字——梅晚晴。因为她信天主教，所以莉香的婚礼举行了两次。一次是在教堂，一次是在她家旧院子里。梅晚晴说只有在主的面前接受主的祝福才能幸福地过一辈子。尽管莉香压根不信这些，也还是跟着韩俊站在了教堂里。当天，神父操着当地的土话说了一大通主啊、神啊之类很神圣的话。莉香却一直忍着不让自己笑出来。那么一个无论穿着还是内容都极其西化的场面，回响在耳边的却是土得不能再土的方言。长这么大，莉香头一次觉得她的家乡话的确有些登不了大雅之堂。去教堂的时候，她母亲没有去。王兰是个老党员，能同意他们去教堂结婚已经是下了很大决心了。所以莉香第二天又在自己家的院子里重新结了一次婚。婚礼比第一天在教堂还要热闹得多。一群孩子跑来跑去，鞭炮的碎末儿，飘得哪儿都是。结婚那几天是她一生中最迷糊的几天。整个人像穿了线的木偶，穿着光鲜的衣服带着光鲜的笑容，脑子却一点儿都不是自己的。就觉得乱哄哄的，总是被一堆人拥着转来转去。无论什么，繁复到一定程度到最后剩下的就只有一张皮了。莉香对结婚的细节只记得在教堂笑场的那一幕。别的，更为重大的事则完全不记得，仿佛她根本不是当事人。

梅晚晴说话前总要轻微地闭合一下眼睛。这个动作让她很多时候看起来都很语重心长。那天吃完饭，梅晚晴把他们叫在一起，照例先闭合了一下眼睛，才匀出一口气慢吞吞地说：

“我看你们还是先去医院检查一下吧，主会保佑你们的。一切灾难都会在主的庇护下消失的。”

莉香和韩俊愣愣地都点着头，直到出了门，莉香才边笑边摇着韩俊的胳膊说：

“你妈真够逗的啊，一面说去医院检查，一面又说主保佑。真信主就让主替我们查好了。是不是？”

说完继续笑着。看韩俊没有说话，又用力拽了拽他的胳膊。韩俊仍旧不说话。到最后，莉香有些不耐烦地甩开了韩俊的手，心里想着韩俊一定会上来拉她，那么一来，她就再使性子磨一磨他。但韩俊并没有追上来。两个人自顾自走着，回到家，莉香把门“哐”地一摔，回卧室去了。谁都没有再多说一句话，都生着气，但又搞不清楚具体在生什么气。虽然结婚后因为琐碎的事情不断地吵架，但那晚是莉香第一次感觉到婚姻的沉闷。

到底还是决定了去检查。两个人在医院门口又磨蹭了一会儿。主要是韩俊觉得有些脸上抹不开。本来挺正常的人，这么一检查传出去多难听啊，好像他真的不行似的。莉香半拉半推的才把他弄进了医院。听他们说了情况，医生面无表情地问：

“月经干净几天了？同房没有？”

都说大夫不要脸，还真是。问这样的问题眼都不眨一下。莉香心里想着，又扭过脸去看了看韩俊。他也有些尴尬地僵在那儿，好像两个人突然不知道该怎么说话了。大夫等得有些不耐烦，用油笔敲了敲桌子说：

“唉，说话啊，看不见一堆病人都等着呢？你们看还是不看啊？”

大夫这么一说，同诊室的另外几个病人马上骚动起来，眼睛直勾勾地看着他们，好像他们真的耽误了大家的时间。莉香翻着眼睛刚想说话，被韩俊用手拽住了。韩俊脸上带来讨好的笑低声说：

“完了七八天了……有过、有过一两次。”

大夫抬起眼斜斜地扫了他们一眼，一边接下一位病人的病例本，一边用平缓冷静的声音说：

“月经干净三到七天不要同房，过五天再过来检查。好了，下一个……”

检查的过程对两个人来说都有些不堪回首。身体的不适导致了心情的不爽。尤其是韩俊，总觉得像是受了屈辱，回到家一声不吭，掉头就倒在床上。莉香也一样不高兴。本来还指望着韩俊哄她呢，可看情形，不吵就不错了。检查结果出来的那天，莉香站在阳台上眯着眼睛看韩俊从远处一点一点变大走过来。韩俊身后被阳光拖出了很长的影子。快到楼下的时候，韩俊抬头看了一眼自家的窗户。不过，他好像没有看见莉香，进门后冲了澡，才说：

“结果出来了。”

莉香坐在床上等着他说结果，他却把纸递给了莉香让她自己看。莉香低着头看了半天也没大弄懂。这个时候，韩俊开始用手拍着莉香的背，用有些游离的语气说：

“没什么，大夫说，这种情况也能怀孕，就是概率小了点儿。”

“概率小了点儿？”莉香瞪着韩俊。韩俊知道莉香的意思，头一次怀孕的迅速和自然，让人不得不对医生的诊断打个问号。他摇了摇头，又叹了口气。手从莉香背上拿开，开始揉搓自己湿漉漉的头发。莉香看着他，等着他继续说下去。

“子宫后倾所以不容易怀孕，而且输卵管有些狭窄。

大夫说，这种情况也能怀孕，但怀孕概率有些低。”

莉香婆婆知道这件事的时候，嘴巴张了很大，好半天才重新合上。莉香的公公每天中午都有看报纸的习惯，那天也破例没有看报纸，早早地就回到屋里睡了。虽然都没有再说什么，但一种无形的压力还是拐弯抹角地朝着莉香压过来。从婆婆家出来，莉香才想起刚才韩俊连一句宽慰的话也没有说过。莉香用眼睛狠狠地瞪着韩俊，韩俊一脸茫然地问她：

“瞪着我干吗？”

莉香深吸了一口气，转过身子头也不回地走了。那天，莉香觉得她连吵架的力气都没有了。晚上，背着身子听韩俊的呼噜声，心里突然有一些厌恶的枝枝蔓蔓爬了上来。后来，莉香才知道，有些东西一旦露了头脚就永远都缩不回去了。

倒是莉香的母亲王兰听了这个消息，很不以为然。

“没事儿，你没见隔壁张成家吗？五六年了不能生，要了个闺女，第二年就怀上了。这不是又有闺女又有小子的，比一般人还好呢！”看莉香不说话，王兰又说，“别怕，妈能给你找偏方，这些偏方妈多着呢！多大的事儿啊，看把你愁的。老这么愁着，生的小孩儿不好看，丑不拉叽的将来找谁结婚去啊？实在不行咱们就先要个孩子，这叫一个拖一个，拖着就全来了。”

王兰并不是随便说说，第二天就给莉香找来了好多方子，有吃的，有贴的。莉香这一回很顺从母亲，母亲说什么是什么，让怎么做就怎么做。闺女长这么大还是头一次这么听话，王兰也忙得很开心。莉香的婆婆梅晚晴从不管上帝是否有时间顾得上她，仍旧每天按时向上帝做祈祷，遇着他们回来吃饭，也总是习惯性地会往莉香碗里多加一些菜。一切看起来和平时没有什么两样，甚至是更好了。人越多气氛就越融洽。只有单独剩下他们两个，一切才变得有些微妙、滑稽。两个人坐在沙发上紧挨着却常常连手都不碰。现在对他们而言，做爱已经不再是身体的享受，而只是制造生命一个不可缺少的步骤。谁都怕多余的身体接触给对方发去不恰当的信号，从而导致一次效率不高的做爱。每次做爱都要事先安排，测温，准备妥当才会开始。时间长了，在这件事上，两个人都觉得有些索然无味。但又都不肯承认。都在尽量配合，却又无法竭尽全力，总有一些什么东西刺刺啦啦地在中间横亘着。到后来连表情都有些勉强了。莉香觉得两个人做爱的时候像在工作，枯燥，乏味，了无新意。和她白天在单位一个样，不知道谁在应付谁。

莉香到现在也不愿意承认是因为这档子事儿才离的婚。当初，她提出离婚的时候，虽然韩俊嘴里说着，别胡闹，眼里却分明是松了一口气的神情。这在很大程度上刺伤了莉香的自尊心。每个人在自己感到无趣的同时，总还是侥幸希望别人觉得有趣些，尤其是对待身体这件事上。说不在乎不过是托词罢了。不过，就算是在乎，也是对自己在乎得更多些。离婚的时候，韩俊没有要房子。至于存款，因为少得可怜，要也没有什么意思。所以韩俊等于什么都没有要就和莉香离了婚。说起来，他其实也算是个不错的男人。莉香也这么想。她母亲和她婆婆一直都是劝着不要离，但也只是劝。没有人跳出来说：不许离！死都不许离。没有人说那样的话。没有人会反对到那种程度。一切都显得很含蓄，像他们一贯的做派和习惯。莉香事后一直想，如果有人强烈地反对，反对到说那样一句“要死要活”的话，她就一定不会离。或者韩俊咬死了不离，她也不会离。但大家好像都一门心思地成全了她。对于她离婚的本意却没有一个人深究过。王兰和梅晚晴以为是怀不上孩子的缘故，所以梅晚晴对她还有些愧疚在里面，以为她是不想耽误他们要孙子而主动地腾开了位置。而韩俊大概以为她是真的厌倦了。其实对于她，厌倦虽然也是真的，但从提出离婚的那天起，更像一个小孩儿不小心爬到高烟囱上一样，完全不知道该怎么下来。惊动的人越多就越慌，越不知道该怎么下来。心里盼着有人能抱着自己下来，就当什么都没发生过一样。但好像一切都有些太迟了。她从来没有和王兰说过这些。和母亲之间最好的状态，也就是母亲不停唠叨着，而她却一声不吭。

3

门开了一条缝儿，莉香那张像猫一样的短脸突兀地贴在那儿。从这个角度看起来，她的脸似乎比平时显得要长一些。谁都不清楚，莉香为什么会有这样一张面孔。额头显得过于饱满了些，像一大片无人居住的空地。相对于额头的开阔，从眼睛开始脸上的距离一节一节开始短下去，到了下巴，简直是草草地就收了场。整张脸像一张没有计算好尺寸却偏要勉强画完的画儿，显得有些头重脚轻。不过，这样的一张脸倒也不见得就多难看。尤其是笑起来的时候，很有些妩媚乖巧的意思。

王兰躺床上听见门响，抬起眼皮往门口扫了一眼。莉香犹豫了一下推开了门。王兰把手里的书放下，等着莉香说话。莉香把嘴抿了抿，说：

“最近我单位有点事儿，下礼拜就不回来啦。”

“有事儿？什么事儿啊，再有事儿能不吃不喝吗？还是回来吃饭吧。”

王兰把花镜摘了，仔细看着女儿。莉香没有再说话，脸朝墙角看过去，这就意味着，就这么定了。王兰继续唠叨着，莉香已经走了出去。外面的太阳白得像漂过的墙一样，一点儿不透气。想起晚上还有一个要约会的男人，莉香拐进了一家发廊。两个小男孩儿很尽力地在她头上摆弄来，摆弄去，为了让她觉得她的钱没有白花，首先在时间上是保证了。后来，她觉得自己打了会儿盹。不知道自己嘴巴是不是一直张着。那样的丑态虽然被两个毛孩子看到了也无所谓，但她还是觉得应该保持一个良好的形象。做完造型的时候已经快六点了。看着镜子里的自己，觉得和之前几乎没有什么变化，要说有变化，那就是比之前还要显得没精神。听她这么说，发廊的人说：

“大姐，现在流行这个。就流行这种随意、松散的发型。这个最适合您了。您看多好看，显得您多年轻。”

听到最后一句莉香皱起了眉头。她最不愿意听什么显年轻之类的话，本来就年轻着呢，显什么啊。显年轻那是中年人才该干的事。看看表，觉得改发型时间已经来不及了，莉香一声不吭地付了钱。临出门，小男孩一脸的笑，看不清是真的还是假的，他很殷勤地说：

“很高兴为您服务，欢迎再次光临，记得点我，我是十二号发型助理。”

街上各种各样的灯光陆续亮起来的时候，整个城市一改白天的灰塌、黯淡，突然变得有些容光焕发了。到了约会的咖啡厅，她找了一个不起眼的位置坐下。这里没有想象中那么幽暗。事实上太幽暗了莉香觉得也不妥，好像头一次见面就要开始暧昧似的。两个人都看过彼此的照片，应该能认得出。尽管如此，莉香还是告介绍人，说自己会穿米色的连衣裙来。等了一会儿，有个男人朝她走过来。虽然不能确定是否就是约会的那个人，莉香还是有些紧张，身子慢慢往起坐了坐，她希望这样能显得她更修长、更端庄。男人到了她面前微微笑了一下，问：

“您是常莉香吗？”

莉香很矜持地点点头，也笑了一下。男人坐下后直接介绍自己：

“我是何健雄，很高兴认识你。”

莉香再一次笑了。因为何健雄长得比照片要好看很多，整个人看起来既健康又随和。她庆幸自己刚才进来位置选对了。他们坐在咖啡厅的拐角，如果不叫服务生，几乎没有人再过来打扰他们。很方便谈话，当然也方便更进一步的了解。当然，如果是个长相讨厌的人，莉香一定就不这么想了。不过，心里暗喜的情绪并没有直接表现在脸上。她要先矜持着。其实，矜持有时候什么也说明不了，一切只是时间早晚的问题，心动了再把持着也就是一会儿的工夫。何健雄又点了些零食、饮料，点的时候一直问莉香喜欢什么。莉香只是笑着，她一笑就会显得特别妩媚，短小的猫脸上眼睛斜斜地飞上了鬓角，看着都快有些勾引的意思了。两个人边吃边聊着。莉香说起自己的工作，眉头微微皱了起来：

“没意思，没有一点儿意思，每天就是整理档案，要么就是干坐着。看会儿书吧还得躲着领导。领导来了赶紧整理档案，我的桌子上每天一上班就放一大摞档案，就等着领导来检查。”

“其实也一样，我们也就那样。不过，我们那个不好糊弄倒是真的。”

“你在刑警队具体干什么啊？每天都逮杀人犯吗？”

莉香说话的时候突然变得有些像小姑娘，又天真、又冒傻气。何健雄呵呵地笑了。看着莉香这么无知，他显然很受用。

“没有，我从来就没抓过杀人犯。我在那儿专门做犯罪的分析，画罪犯的素描。”

莉香睁大了眼睛，不过，她的长眼睛再睁也还是往上吊着，像戏子还没卸完妆。

“画素描？你到底是学什么的？你不是在刑警队上班吗？”

何健雄喝了一口水，脸上的笑一直那么挂着，继续说：

“是在刑警队上班啊，但不是直接逮捕罪犯。我学了四年的心理学、两年的犯罪心理学、两年的素描。很多时候只有案发现场，没有罪犯的真人记录。只能通过分析、画素描，然后根据这个再展开一系列的排查，最后确定谁是凶手。”

“就和《犯罪实录》里演的一样？”

“比那个要复杂多了，那个只是演了一下案子的简单过程，更注重犯罪的社会效应，怎么审的啊，最后犯人怎么悔过啊，家属怎么难过啊之类的。”

听着何健雄这么透彻地分析这个节目，莉香有些类似崇拜的感觉升了上来。平时，母亲每次看完，总是喋喋不休地唠叨好久，但从来都只是在剧情里来回绕。这个人怎么了，那个人怎么了，应该这么做不应该那么做。末了还要告诉她少出门、出门危险之类的话。莉香本身并不爱看这类节目。纯粹是为了陪母亲。今天听何健雄这么说倒是突然对这个节目生出了许多兴趣。分手的时候两个人都有些意犹未尽。但都忍着没有提出更进一步的要求。莉香是不方便提，而何健雄是怕莉香不同意。其实莉香很希望他能一直陪着她再说下去，就只是说说话。打车把莉香送到了楼下，约好了下次见面的时间。莉香在车里仍踌躇着，想说一起到楼上坐坐这样的话，又怕对方误会她，从而看轻她。何健雄一样也等着，莉香最后还是什么也没有说，一直笑着看车走远她才上了楼。

后来两个人在莉香家里重新回忆起了这一幕。莉香说：

“我就想你能上来陪我再说会儿话。”

“只说会儿话吗？”何健雄一脸坏笑看着莉香。莉香也觉得无法完全相信自己，但还是说：“就是啊，只说会儿话。”何健雄摸着她的头发说：“我可不想只说说话就走，那么长的时间只说话太浪费了。”上次两个人分手后，莉香先后又见了三个男人。在认识何健雄之前，她还见过更多的男人。不能说他们不好，因为，就外在条件来说，离婚后，她见的都是条件差不多的人。都有工作，有的结过婚，有的没有。如果没有结过婚，那么家庭条件一定很一般。反之，一切又会好一些。但，也只是稍好一些。莉香也明白自己的情况，所以从来不会过高地奢望什么。但那些人似乎都不像何健雄那样，能让她心跳加快。所以几乎不用做什么比较，很自然就选择了他。何健雄摸着她的胸，她把头低下来，开始亲他的身体。

又到了星期四，莉香和母亲一起开始盼望着这个节目。节目果然是何健雄说的那样，莉香不由得笑了。王兰扭过身子有些奇怪地看着她。因为电视里的人死得很惨，而莉香居然笑了。莉香立刻收起了笑容继续看电视。为了见面能聊更多关于犯罪的话题，莉香认真地看完了《犯罪实录》。看完了，母亲开始说话。

"你说，以前都说后妈虐待孩子，那不奇怪啊，谁身上掉下来的肉谁心疼。可现在亲妈能把孩子给打死了。都是些什么人啊？你看看，一下子死一家人，父亲能气得跳了楼。你说说你，居然还笑得出来，怎么受的教育，怎么念的书，怎么工作了这么多年？”

刚才莉香笑的时候电视画面正好是跳楼的人惨死的样子。其实莉香只是想起了何健雄才笑了那么一下。莉香看着母亲，机械地点着头。王兰继续说：

“别老这么嬉皮笑脸的，每天什么都不当回事儿，看看年轻人都沦落成什么了，搞得社会乱七八糟的。赶紧再找个人结婚，结婚了就踏实了，再生个小孩儿。唉，我给你的药你还吃不吃了，记得一定要吃啊，别等着要怀的时候才吃，书要早点儿读才管用，到用的时候哪还来得及啊。”

莉香有些想笑。最近心情好，听什么都顺耳。不过，母亲说话也的确有些逗。自顾自地说，零七碎八还都能联系到一块儿。

睡在她的单人床上，一会儿就传来了隔壁母亲有节奏的呼噜声。母亲总是躺下很快就睡着了。莉香却无法做到。刚离婚的时候，一切还没有那么糟。离婚一年后，她发现自己总是需要小心翼翼地对待睡眠，才能在巨大的黑夜中适当地得到一丁点儿回报。一不留神，睡眠就溜走了。没有人明白她这两年是怎么过来的。睡眠这种东西，既不能使劲抓着，也不能不管不顾。临睡觉前使劲想着，要睡觉，快点睡着，那一定睡不着。但如果临睡时完全不把它当回事儿，该干吗干吗兴奋过度也还是睡不着。每次她都听医生的临睡前喝一杯热牛奶。然后躺在床上，不要想睡觉这回事只是放松身体，飘起来，那样就会很快睡过去。也就是说心里不把睡觉当回事，但身体要把睡觉当回事儿。她是这么理解医生的话的。但实际上医生说的一样也不太管用。有时候怎么放松都睡不踏实。睡不踏实是最不舒服的，总处在半睡半醒间。从时间上看是睡了，但从质量上看永远属于残次品。她渴望熟睡，就像那天何健雄搂着她一样，说着话就睡过去了。醒来都不知道是怎么说的话，怎么睡的觉。父亲死后母亲也是一个人睡觉，她怎么就能睡着呢？莉香没有问过母亲。母亲也不说这些。清明去给父亲上坟，母亲总记得给父亲带点儿酒。最后把那杯酒洒下去的时候，母亲常常自言自语地说，没人管着你了，你就喝吧，多喝点儿。父亲活着时，母亲和父亲唠叨，父亲死了母亲和她唠叨。也许有话说总是有好处的。她有时候也会想起父亲，有一次，想起父亲临走前还记得给她留蛋糕吃，就忍不住“哇哇”大哭起来。她明白那也许是她生命里对她最好的一个男人。父亲死的时候，一直在她面前用手比画着，很像描绘一些枝枝蔓蔓的花。他们都不知道父亲要说什么。母亲说：

“他让你找个好男人。”

不知道父亲是不是这个意思。反正母亲说完，父亲就放下手咽了气。莉香趴在父亲身上一直摇着，就像一个人在快速地划船。这是几年以后，她同何健雄在湖上才想起的情景。那时，父亲已经死了好多年了。

4

莉香并没有打算把何健雄介绍给她母亲。但常常会和他谈起她母亲。在她的叙述里王兰变成了另外一个人，有时候夸张，有时候含蓄，变得十分戏剧性。说多了，他偶尔也会说：

“你母亲真是有个性啊？她是做什么工作的？”

“统计师。”莉香说得很平淡。

“哦，那数学一定很好。她的性格有些多重性。如果照我们专业的分析，你母亲应该长在单亲家庭，或者从小受过什么心灵创伤。”

“去你的。你才受过创伤呢！怎么好好地分析到我妈头上了？”

“那分析你吧。从哪儿开始呢？嘴、脖子？还是这儿？”何健雄说着把手放在莉香身体上开始抚摸。

何健雄曾经画过一张莉香母亲的素描。虽然和王兰的长相有些出入，但还是很像的。尤其是给一个素未谋面的人能画到那种程度算很不错了。莉香盯着母亲的像看了很久。要不是何健雄画出来，说实话，她都不太清楚她妈到底长什么样儿，好像她从来都没有细想看过，更没有仔细想过。看着画像，觉得母亲真是挺好看，她随口问：

“我妈好看吗？”

何健雄亲了莉香一口说：

“说实话？”

莉香点点头。

“说实话，你妈比你长得好看，”莉香噘起了嘴，“但你长得更妩媚，我更喜欢你这种妖里妖气的女人。”

“去你的，谁妖了？”

虽然嘴里不肯承认，但被喜欢的男人夸心里还是有些喜滋滋的。每次亲热完，何健雄都会讲一些有趣的事，虽然多半数都和犯罪有关，但都掺杂着些心理小常识。再加上他有意识的发挥，到最后往往会演变成两个人下一轮亲热的前戏。所以莉香很享受这种气氛。那天，无意中说起市里去年的一桩杀人案，何健雄突然很兴奋地说：

“那个案子是我亲自参加破的，而且全靠我才能那么快抓到犯人。”她躺在何健雄怀里准备听他详细地讲给她听，一边继续摸着他的前胸。“我们去现场的时候，人已经死了。血流了一大摊。肩膀和手腕上都有刀剜过的痕迹。少了一大块肉，但并没有性侵犯的痕迹。至于钱，因为一开始确认不了死者的身份，所以也不能确定她身上到底带了多少钱。半夜的案件当然一般也没有目击者。回来后，我和老何一起分析。一开始只能确定，杀人犯是男人，年龄二十八到三十五岁之间。脸色比较黑，手很大，而且是左撇子。”

“光看现场就能知道这么多吗？是你蒙的吧！”

“傻孩子，哪能什么都蒙啊。好好听着。”那天何健雄讲了很长时间。中途莉香几次插话，希望能把他的注意力重新引回到自己的身体上，但都失败了。每次他都固执地说了下去，情绪显得相当高涨。莉香中间听了一部分，后来，像陪母亲看电视一样开始有些心不在焉起来。何健雄终于讲完的时候，外面的阳光已经有些落下去了。

“睡着了吗？”何健雄拍了拍莉香的脸。莉香摇摇头慢吞吞地说：

“没有。”

“是不是有些烦了？”

“怎么会？挺好的，你真行。”莉香自己也觉得说话的内容和语气明显地有些衔接不起来，所以边说边伸了个懒腰，补充道，“今天又整理了一天档案真是烦啊。”

那天两个人都努力地试了半天，但，最终还是冷了场。摸来摸去都没有再嗅到一点儿情欲的影子。莉香更为懊恼一些。对于她来说，做爱不仅仅是身体的愉悦那么简单，同时还是通往熟睡最好的一条道路。

周末母亲打来电话让她回去吃翅尖。莉香没有找任何理由很痛快地就回去了。虽然常常会觉得母亲麻烦、啰唆，但不得不承认，母亲从来没有带给过她真正的困扰。那些唠叨说到底不过是门口刮风时“沙沙”作响的树叶罢了。心情好的时候甚至可以当成是一种享受，心情不好，也不过是一会儿的心情。只要走开了绝对没有人会再为一棵树而产生任何的烦恼。如此而已。一进门就闻到了麻辣的香气。莉香使劲吸了吸鼻子。这道菜母亲做了有二十年了。父亲活着的时候这道菜是每星期天必备的下酒菜。他总是先小抿一口酒，再叭咂一下嘴，然后很舒服地呼出一口气，带着声音，带着动作，似乎那口酒喝到嘴里直接就进到了心里。然后开始慢慢地吸鸡翅的汁。总是吸一会儿才开始嚼，就是嚼也总是像吃瓜子似的一点儿一点儿地往下磕。

“你母亲做的翅尖啊，真是谁都学不来的。好吃。”

他父亲不止一次说过这样的话。好像做了一辈子饭的母亲就只有这个才做得像个样子。平时没有翅尖的时候，父亲照样也喝酒。但只有就着翅尖喝，父亲才会喝得缓慢，才会显出无比享受的样子来。小时候莉香并不喜欢这种没肉光骨头的东西，长大后每每跟着父亲一起吃，还总是嘀咕着说，还是翅根、鸡腿更好吃。这个算什么？穷酸。谁知道后来吃着吃着居然也上了瘾。那以后，常常两个人就和抢似的，比着吃。她爸在那儿“滋溜滋溜”喝着酒，她在一边嘎吱嘎吱地啃着鸡骨。一会儿工夫半盆就没了。父亲死后，有一年多她没碰过这东西。别说吃了，就连想都不愿意想起。倒不是因为她时刻都在怀念父亲，她是受不了那种感觉。父亲死后，她常常会无端地生出许多内疚来。比如有很多次父亲让她去买烟，她都找理由推了。还有一次父亲头皮有些痒，让他买一瓶去屑的洗发水回来，她也忘了买了。还有很多。父亲死后她突然想起了很多他生前让她去做而她没有做的事。那些东西让她不断内疚着，包括吃鸡翅。总觉得自己白白地多占了他那份。一直到父亲的周年祭后，一切才突然淡了。好像死去的人总是要在熟悉的地方再停留一段才能离去似的。过了周年，一切突然就走远了。和父亲有关的一切都随着父亲的离去真的走远了，包括内疚。

听见她进门母亲在厨房就开始唠叨：

“说了多少回了，让你学学，老不学。等我不在了，谁再教你做啊。这可不是简单的事儿。头一天就要先过了水，一定要用麻椒煮过的水过，捞出来再用酱料腌……腌好了再……”

母亲说了不止一次了。但说归说，每次总是她进门母亲早就把翅尖做好了。莉香今天能痛快地回来还有一层原因，她想把和何健雄的事告诉母亲。虽然母亲的意见，对她来说，一向无足轻重，但既然决定了总还是应该通知她一声。莉香一直寻找着说话的最佳时机，她可不想反复地听母亲就这件事再没完没了地唠叨。吃完饭，又坐了一会儿。准备走的时候，莉香才说：

“最近有人给我介绍了个男的。我们正处着呢。”

听女儿这么说，王兰的眼睛一下子变亮了，她笑眯眯地问：

“哦，好。家是哪儿的呀？在哪儿工作呢？多大了？

长什么样儿？怎么今天不带过来看看啊？”

“刑警队的。比我小一岁。我走了啊，还有事。改天再说吧。”说完也不等王兰再说话一转身出了门。

她走以后，王兰对着门又嘟囔了几句，然后美滋滋地笑开了。姑娘不能留，留来留去留成愁。怎么着也得有个归宿，有了归宿她也就放心了。这么想着开始哼着小曲儿，去厨房洗碗了。

莉香正庆幸母亲没有继续追问，没想到母亲的电话就打来了。电话里母亲有些焦急地说：

“唉，香儿。不行啊。怎么是刑警队的呢。这种工作每天和坏人打交道，多危险啊。而且，你不知道，这些人打犯人打惯了，回来也打人怎么办啊。”

“不会的，别瞎想了。你不知道，他搞的是别的。和你说你也不懂，反正不是抓坏人的。”

“哦，那你说没说那件事啊？”

“哪件事啊？”莉香有些不耐烦了。

“怀孕那件事！”

“没有。好了，我忙着哪。”

挂了电话，莉香觉得更热了。没有同何健雄说这些，倒不是她打算隐瞒什么。两个人在一起这几个月，从来就没有谈起过和结婚有关的话题，似乎就只有性而已。既然连结婚都没有谈到，又怎么会谈孩子。莉香也清楚那不过是早晚要面临的事情，总是要说的。孩子——想到那么个并不存在的小玩意儿，迟早要站在他们中间离间他们，莉香就希望那一天来得越晚越好。但有时候，也会希望那一天早点儿到来。也许来了一切就踏实了。

莉香清楚，自己从来就不是一个出众的人，更不特别。既没有值得人不断回眸的长相，也没有让人起敬的智商。她之所以能考上大学只能用勤奋来形容。但就连勤奋也并不是她身体里固有的东西，它们一有机会就自动溜走了。说到性格，也是一样的。没有时下所流行的抑郁慵懒，但也不像她母亲那样热情豁达，有的只是平常人都有的心机和态度。现在的工作虽然枯燥、乏味，却让她觉得踏实。也许只有踏实才是她真正想要的东西，包括婚姻。何健雄是个有固定工作、长相还不错的人，加上偶尔的小幽默，应该算是结婚的最佳人选。很多个睡不着的夜晚莉香都这么盘算着。当然，肯定还有别的。但她从来不愿意承认。身体，一贯都被她归在另一类里，另一类不能明说也不能明确思考的东西里。即使这样，某些时候，她对于身体的热衷仍旧超过了别的东西。很显然，她在这方面是有优势的。那些优势还并不仅仅是表面的、轮廓性的，而是内在的、很饱满的一种情绪。所以，也难怪她会想离婚。自己唯一可以炫耀的东西突然没有了光芒，放在谁身上都会觉得有些失落。但，她真的就只是想想而已，让离婚变成现实这绝对不是她想要的。那会让她觉得不踏实。离婚后，在何健雄到来之前，她没有安稳地睡过一天。不踏实、空洞的感觉总是和影子一样，到哪儿都跟着她。前不久，看见韩俊骑车带着一个女的，让她想起了他们在一起的时光，没有什么区别。真的没有一点儿区别。她想，他们的日子完全可以过下去。

5

最近，楼上换了新房客。装修的声音很大，搞得好像重新盖房一样。他们说话常常需要很大声，才能听清楚。亲热完，何健雄的手还搭在她身上。见她不说话，他问：

“想什么呢？”

刚说完，楼上的电钻又“嗡”地响了起来。何健雄摇了摇头无奈地笑了，手开始在莉香的乳房上无意识地抚摸着。它们并不太大，但很结实。不过，这并不是他见过的最漂亮的乳房。他有过很多女人。这点很像他父亲。她母亲说过，他父亲就和园丁一样，只要看见花就巴不得立刻上去浇水施肥。他不能确定母亲说这句话时的心情，因为母亲一说起他父亲总像是在逗乐子，仿佛他父亲是个很幽默或很搞笑的人。但实际情形似乎完全不是这样子。记忆里父亲很少笑，至少很少对他笑。和母亲离婚后，父亲每星期会来看他两次。虽然很少说话，但总是会给他买一些好吃的、好玩的。出车祸的前一天父亲还说，考完试就给他买一套好的篮球服，说话的时候仍旧板着脸。在父亲的葬礼上，除了他后来娶的那个女人，还有好多女人都落泪伤心着。他想，也许其中就有父亲的相好。结果，仔细地看了一圈，也没有发现一个是特别好看的。于是，他知道了父亲的品位很一般。其实，对于父亲的死，他也很伤心。但还是无法克制地在父亲的葬礼上不断地环顾着，希望体会父亲的另一种心情，顺便再了解一些他的秘密。那样一个场合，大家看起来似乎很齐心。但他心里清楚，他们每个人都另怀着心思。比如他父亲的情人们一定会想起他们欢愉的场面，身体的某个动作、某个部分。而多数人一定忍着时间，希望早点结束以便及时回去吃饭或者上床。只有极少数的人大概是真的想起了他父亲的某些好，哭他死得有些早。他是个喜欢洞察一切的人。所以，大学一年级时开始改修心理学。事实证明他的选择是对的。他比别人花更多的时间查资料、做记录、做分析。他一点儿感觉不到疲惫。而班主任也认为他是少有的勤奋认真的学生。毕业的时候主动为他介绍了博士导师。他的导师研究了十年犯罪心理学。在第一堂课上导师用手撑在讲台边上很动情地说：

“这是个比较新的学科，在我国算是刚刚起步。所有的理论还不是很完善。一切都有待于你们去进一步地研究和发现。只有更加深入地了解犯罪心理我们才能尽可能地避免犯罪。你们肩负着拯救的使命，你们是最有希望的，好好努力吧。”

何健雄听得很激动，像所有的大夫喜欢真正的重病人一样，他也喜欢复杂疑难的病症。普通人的心理即使有些病态，也无非是不能更好地生活而已。但对于一个犯罪的人，他的心理往往已经到了溃烂的程度，稍不留意就是一场对别人的灾难。如果发现得早，那么就能避免一场血腥的场面。想到这些，他觉得自己有些伟大了。“拯救”是一个多好的词啊。

他走的每一步路都是为了做研究，所以他也热衷于研究。他平时有做记录的习惯，日常的事情、生活都被做了记录。他记得老师说过的每一句话，对于心理学来说积累是最重要的，记录就是一种积累。很多时候他都欣喜地想，如果一辈子这么记录下来，一定是一笔可观的精神财富。他可以把它们当作研究的素材，立一个新的课题，虽然这些和犯罪的关系并不大。

但工作四年后，他对许多东西的热情都开始慢慢变淡了。实际上他研究的那一套在工作中很多人并不承认。他们不相信只凭简单的性格分析就能破了案，那还要警察干吗。素描也只是可有可无的工具。他们很多时候更愿意自己花时间去找线索，也不愿意听他在那儿漫无目的地分析。他只是个“生瓜蛋子”，他们背地里都这么叫他。和莉香说起那桩杀人案也一样。他一直做着分析，但没有人肯完全信他。就是案子到了最后也还是说是他们排查的功劳。那个人可是他们从六十个名单里一个一个跑着找出来的。不像他坐在屋子里，吹着冷气，蒙一下就能拿了队里的奖励。这些，他从来没有和任何人说起过。他觉得自己有能力消化掉所有的不良情绪。他是学心理学的，具有最专业的知识，没有什么是他不明白的。

“你在想什么？”莉香问。

“想你。”他说着伸过头去亲莉香。莉香笑了，故作轻松地说：

“唉，有空我们去看我妈吧，看一看真人和你画得到底像不像。”

何健雄愣了一下，开始摸鼻子。这是他惯用的动作。只要紧张，只要不自在就会做的动作。

“不想去？”莉香的声音听起来像伤风感冒了一样。

“谁说的。只是，有些不习惯，我还，还没有想好。”

何健雄头一次说话这么结巴。他的确没有想好，不是没有想好见莉香的母亲王兰，而是没有想好是否要结婚。什么事情一旦惊动了家长，马上就会变得严肃起来。结婚会是摆在他们面前唯一的路径，可他并不想这么早就结婚。也许他骨子里承袭了父亲的好色基因，不想被一个女人困住。反正一想到结婚他就总是觉得有些害怕，总是想尽一切办法去躲。他母亲偶尔碰见他和女人相跟着，也不和他搭话，只有回到家才很不屑地说，又勾搭了一个？和你爹一个德行，就爱浇花。反正，他母亲觉得他就是像他父亲。他很讨厌母亲这么想。因为在他心里除了母亲说的那些，父亲什么也不是。一辈子在厂里登记迟到早退，除了和女人的那些事，他什么也没有。可是随着时间的推移，连他自己也觉得和父亲似乎越来越像了。前些天，科长印了一摞表交给他，让他登记考勤。说，最近上面要下来查，让他认真写。当时他突然感觉父亲的皮毛“唰”的一下覆盖在了他身上，也许用不了多久他就会和父亲用一样的眼神、一样的口吻来面对这个世界了。当然，还有女人。唯一不同的是少了他母亲这样一个管束的对象。但，现在看来一切没有什么不同了。生活，完全照着父亲的样子开始不断复制。

最初和莉香在一起，他也担心过她会让他见父母。他想，如果是那样，他就和她早做决断。出乎他的意料，莉香不断地说起母亲却从来不提让他去见她母亲。几个月下来，他已经习惯了和她这样没有目的的相处。他正高兴着，享受着，谁知道莉香却突然这么问他。他不知道自己该怎么应对她。就算是托词，也需要一定的时间才想得出啊。从楼上不断传来“嗡嗡”的声音，及时填充着他们尴尬的气氛。但，时间仍旧是有些多余，怎么打发都不肯快速往前走。何健雄提议去吃饭，说附近又开了一家湘菜馆。莉香没有说话，她实在不甘心这样的局面，但又怕自己一冲动，真的毁了已经铺了一半的通往婚姻的道路。只有沉默，才能暂时让这一切看起来还过得去。见她不说话，何健雄也开始沉默。他想，沉默谁不会呢！沉默了一会儿，莉香开始低声哭泣，哭声像被严重挤压过似的断断续续从胸腔里发出来，显得很委屈。何健雄犹豫了一下，还是决定把手放在莉香背上。他想通过抚摸来平息哭声。没想到，手一碰到她的背，哭声反而变得更大了，仿佛在不经意间触动了什么开关，使眼泪变得顺畅了。后来莉香变换了姿势，整个人趴在何健雄怀里号啕大哭。他凭专业的知识明白自己并非这场痛哭的情绪里唯一的主角，一定还有别的什么。人们总是这样，由一件伤心的事想到另一件更为伤心的事，一波推向一波。但，在现场的只有他，这就是所谓的目击者。后来，他突然想到了“转移注意力”这个心理学里最基本的方法。在这么小的空间里还有什么能转移她的注意力，当然只有性。不知道为什么，他居然倾注了比平时还要多的柔情在莉香身上。或许是女人的眼泪让一切看起来有些脆弱吧。最后，两个人都用力吮吸着对方，最后一丝力气用光的时候，一切停了下来。在做爱的某个瞬间，何健雄突然有种要崩溃的情绪，自己也想哭泣，想大声地哭。那一刻的自己似乎有些离不开这个女人。莉香脸上的泪已经全干了，眼睛有些红肿，但心情似乎比以往任何时候都要好。何健雄也一样，他们之间的距离在不经意的时候又往前走了一步。和韩俊相处的五年里莉香从来没有这样过，没有这么用力、没有和崩溃离得这样近。因为他们都是有分寸的人。

自从知道女儿找了男朋友。王兰的心情格外地好起来。在电话里总和莉香说：

“别老往家跑了。没事儿，多和人家出去转转。要回来就一起回来，我给你们做好吃的。他爱吃什么口味的？你记得问问，男人最希望有人在乎他了。我真没想到我们家能出个警察，这以后还有什么好怕的。尽管出门，想去哪儿就去哪儿……”

不过，星期四莉香还是像往常一样回来了。

再看《犯罪实录》的时候，王兰显得有些心不在焉，不时扭过头来看看莉香，一会儿又抿着嘴独自笑着，一晚上也不消停。等节目完了，她还在那儿笑眯眯地盯着电视看。莉香知道她想什么，所以坐在沙发上没有动，等着王兰盘问她。王兰并没有立刻就说话，而是等广告完了才扭过头说：

“香儿，以后晚上别回来睡了。妈知道你是想陪妈。你现在有了男朋友，别让人家觉得你娘家太事儿，不好处，再耽误了你们。”

莉香没想到母亲会说这些。她觉得嗓子里突然堵了一块东西。

“瞎说什么呢，回娘家是很正常的事儿，谁会说什么啊，连这都说，那以后还能过下去吗？”

“唉，你不知道，男人有时候也在乎这个。就好比他要是和他母亲太好了，你也不舒服一样。总觉得是别人抢走了你的东西。这不算什么，只能说明他在乎你呢，你妈还是你妈，多会儿都在这儿呢，可男人呢，能一直等着你？所以，还是先管男人吧，有空多带他回来吃吃饭。多关心着点人家，人心换人心。你不吃亏，妈就放心了。”

莉香很想和母亲说些动感情的话，但张了几次嘴还是觉得有些说不出口。最后什么也没有说，点了点头回自己卧室了。那天，莉香很晚才听到母亲的呼噜声，她瞪着天花板，努力不让自己的泪流下来。天花板上的灯挂着厚厚的灰，有些毛茸茸的。小时候，到了打扫的日子，父亲常常会把她举过头顶，让她擦灯。那时只有四五岁吧。每次母亲看见都要说：

“瞧，瞧，两个土人儿，快下来吧，灯没擦干净，自己倒糊了一大片，完了还得我洗。”母亲年轻时据说是个美人儿，认识的母亲的人头一次见莉香，总是说：

“哟，这孩子长得跟了谁啦，和你妈可是一点儿也不像。”

要么就是看了什么也不说，只是摇头。母亲呢？只是笑，一点儿也不反驳。莉香想，她心里一定美得开了花了。莉香从很小的时候起就知道自己并不漂亮。长大后，她甚至有些讨厌母亲，母亲尽管已经开始老了，但老得很细腻，连皱纹儿的走向都显得很柔和。有母亲老那么比着她，难怪别人会觉得她不那么不顺眼。她经常这么想。所以和母亲的关系远没有和父亲那么好。平时，她偶尔会缠着父亲的胳膊撒娇，却从来不肯和母亲的身体挨近一点儿。母亲有时候让她搓背，她心里也会生出另一种厌恶来。甚至还有点幸灾乐祸，觉得母亲到底是老了，背上的皮肤松弛褶皱，已经没有了所谓的轮廓。不像她还年轻着。她什么也没有就只有一点儿年轻，但眼看着，它们也开始和她有了距离。要不，理发店的人干吗会说显得年轻呢！

隔壁传来母亲的咳嗽声，咳了好半天。她想去给母亲倒杯水，但还是犹豫了半天。她不习惯这样。不习惯和母亲说亲近的话，做亲近的事。好像只有远远地隔着，她才习惯。她是个什么人啊。她有些鄙视自己了。后来，母亲又睡过去了。她听见母亲浓重的鼻息声，觉得安心了许多。但仍旧没有一点儿睡意。过去，和现在的一些记忆之类的东西，横七竖八地堆在那儿不时发出些声响。不过，她没有一点儿要整理的意思，堆就堆着吧。已经整理了一天别人的档案，回到家，她讨厌做任何的整理。天已经蒙蒙亮的时候，才终于开始睡过去，但也并不安稳，老是觉得有什么在晃，一直晃。

虽然上次的事情发生后，两个人再见面时，都当作什么都没有发生一样。该说笑说笑，该亲热亲热。但在心里有些东西仍是放不下。莉香觉得前途有些黯淡，总是劝慰自己往好了想，希望自己再找机会提一下。而何健雄托词也早就想好了。但莉香不提，他又不愿意自己提出来。他巴不得莉香完全忘了这件事。但凭他对女人有限的经验，让女人忘记一件事并不比让她记住一件事来得容易。所以一切也就是在拖着熬时间。最近，何健雄写了一篇论文，准备在《心理周刊》上发表。拿给莉香看的时候，他已经改过三遍了。他很得意地对莉香说：

“这种杂志很权威的，很快你就能看见上面写我的名字了，高兴吧。”

莉香笑得很委婉，最近她干什么都不是很有心思。更不可能静下心来看任何文字性的东西。但还是勉强看着。见她的兴致不高，何健雄说：

“我先给你讲个故事吧。你一定没有听过。”

“那是五年前发生的。对外的报告，只是说，他又犯了精神疾病最终导致杀人。实际的情形比人们想象得还要离奇得多。那个男孩儿只有十八岁。在他杀人之前，他一直看心理医生。期间还在精神病院住过一段。因为他总是把邻居的猫、狗之类的动物吊起来，但他并不杀它们，就等着听它们惨叫。要么就是拿食物引诱那些动物，等它们过来再用棒子猛地打下去。邻居都受不了他这样。父母是个离异后重组的家庭，打了他几次也觉得管不了他，于是，在医生的建议下送到精神病院住了一段。在那里他表现得很好，常常主动要求和医生谈话，说自己之前的行为是错的，不该对小动物那样。还说，他只是好奇。不知道它们被吊起来是怎样的感觉。医生观察了很久，发现他有良好的睡眠、饮食。而且，看人的眼神也很正常。后来，他通过了医院的心理测验出院了。当时的出院证明上写着‘该病人已经能从过去的暴力及悲剧的阴影走出来。在情绪、运动、饮食方面功能完全正常。并且，病人已经通过三次本院的心理测试，表示他已经完全康复。如果，能充分发挥自己的潜能，相信会对社会做出应有的贡献’。就是这份证明最终害了他。其实，当他放出来的时候已经不能控制自己了。你一定会问，为什么那么专业的医生还会出错？难道他们笨吗？不是的。”

何健雄自问自答着，显得很高兴，也很得心应手。莉香却有些不安了。

“不是医生笨，是那个男孩儿太聪明了。因为他病着，所以人们忽视了他的智商。后来测试，他的智商有一百五十六那么高。你知道，没有几个人有那么高的智商。在医院里第一次做心理测试时，他就开始记题。通过几次的做题和自己的得分情况，他总结出了标准答案。他背会了它们。所以，他拿到了正常人的分数。谁也不知道，他会在那种时候保持冷静。他只有一个念头，就是等时机成熟了，杀死和母亲在一起的那个男人。他所做的一切都是为这天做准备。包括先前吊那些小动物，他是在锻炼自己的胆量。他知道怎么一步一步地去实施。如同在医院里，他知道怎么样让医生相信，他真的是好转了。他太聪明了。”

“你知道吗？后来，连医生都说，他们从未遇到过那么聪明的病人。他像正常人一样知道掩饰自己的不足。知道自己哪里有缺陷，所以故意把它隐藏起来。不过，这也很对。严格意义上讲，没有一个正常的人。所谓正常都是需要提前设定的。而设定的人难道就正常吗？呵呵。像你，像我，都一样有不正常的一面。不过，没有人会知道的。我们都隐藏了。我们都很高明。现实生活里所有的人都比病例要高明、要不正常得多。”

何健雄陷入某种情绪中，很高亢。莉香觉得背上有东西凉凉地爬了上来。很快何健雄又像以往一样笑了。见莉香愣愣地看着自己，他又接着说：

“宝贝，怎么了，吓着了？别怕，我说的都是真的。多数人平时不想这些而已。只要细想就会发现许多我们不注意的东西。我没问题……真的……”

说着，摇了摇莉香。莉香越来越不习惯他这样滔滔不绝的叙述了。她发现，他只要说起这些常常就陷入一种无法自控的情绪里。对于他讲的内容，莉香其实也很爱听，但何健雄这样的说话状态，让她觉得越来越担心。他说这些的时候常常完全不让她插话。这种时候，莉香觉得自己只是个局外人。她更希望他说一会儿能停下来亲亲她，看看她，或者摸摸她。那么无论他说多久，她都不会觉得长。见何健雄很认真地问自己，她说：

“我知道你没问题。其实谁也不会老想自己有问题。反正我不会老想那些。看得见的事儿还想不过来呢！怎么还会想那些看不见也没影儿的事儿？咱们什么时候去看我妈吧。我妈做的翅尖可香了。你一定喜欢吃。”

何健雄觉得自己还是不了解女人。她怎么突然又说起这些，刚刚，他们说的话题和这个风马牛不相及。如果，她一见面就说，那他会觉得有准备得多。

“怎么了？不想去吗？我妈很好的，比我要好。真的，她一定很喜欢你。”

莉香很温柔地说。何健雄摸出烟吸了一口，被呛得咳嗽了好几声。莉香忙起身拍他的背。

“妈的，假烟。”何健雄把气全撒在了烟上，用力把一盒烟都揉碎了。

“唉，什么时候去啊？”

“见了你妈，然后呢？”他的语气明显带了些挑衅。

“然后？什么然后？你还打算在那儿住啊，吃了饭回来呗。”

本来灌了一管儿枪药，被莉香几句话说得又没有了方向。何健雄不知道该说什么了。他觉得女人到底是女人。除非她们不想说，要说你一定说不过她们。他父亲在家里之所以那么话少，一定也是被他母亲练出来了。要不他母亲的嘴怎么那么好使呢？院里的人常说，他母亲长了一张能把死人说活的嘴。他觉得所有女人都具备这样的本领。

“唉，什么时候啊，你定一下，我好告我妈准备。”

“明天，明天吧。”何健雄想，与其这么每天都烦着倒不如早点了断得好。见就见吧，反正谁也不能因为见一面就非要把婚姻大事给定下来。

莉香高兴地给王兰打电话，她知道母亲一定高兴得都不知道说什么好了。果然，王兰一直笑着，笑了一会儿，说，哎哟，快挂了吧。再不准备就晚了。好多肉还没买呢！还要腌！不行了。说完“啪”的一声挂了电话。莉香在电话这边嘻嘻笑着，她开始觉得母亲是个有意思的人了。何健雄见她笑得那么欢，也尽量高兴着。但想想要见另一个和他母亲差不多大的陌生女人，还是让他觉得有些懊恼。试想他如果和母亲说，让母亲见见莉香，母亲一定会说：

“选好了吗？不再挑挑了？等确定了再往回领啊，省得你换来换去的，我记不住她长什么样儿。到时候怎么和邻居介绍？和你爸一样的料儿，瘦身子骨儿，还老觉得自已多宽广似的。见一个爱一个，谁跟了你谁闹心。”

他知道母亲会这么说。因为母亲这样的话已经说过不止一次了。不过，他也知道，母亲这样说并没有侮辱他的意思，也许连侮辱父亲的意思也没有。她就是惯性，像车速太快刹不住闸一样。母亲说这些话的时候总是带着笑，好像说这些能愉悦她自己的心情。

王兰不停地往何健雄碗里夹菜，除了夹菜就是笑眯眯地看着何健雄。那种笑无论谁都很受用。它能让你明确地知道自己很受欢迎，而且是中心。何健雄长这么大还从未这么高兴过、受宠过。从来没有人这么把他当回事儿。一桌子的菜，摆在那儿，就等着他吃，只要看着他动筷子，王兰就很高兴。快吃完的时候，王兰叫莉香去给何健雄端碗汤。王兰心里清楚，无论什么样的男人也总是喜欢被女人伺候着。她让莉香去，就是想让他知道娶莉香这样的女人错不了。以后，她能伺候你。除过这些，其实打心眼里她也确实觉得这个孩子不错。都说女婿是半个儿。一辈子她都没有个儿子。她有些把何健雄当儿子看了。一开始，她也想把韩俊当自己的儿子看，但韩俊似乎总是很客套、很冷淡。那种距离让她清楚，他们只是外人和外人的关系，连朋友的情分都没有。何健雄不同，眼睛里的留恋让她觉得他就是自己的孩子。王兰是个热心的人。无论遇着什么人，总是先一门心思地对人家，实在不行了才会关了门自己反省。但再遇着事，总还是一样的态度。吃完饭，何健雄起来要去洗碗。被王兰叫住了：

“快去看电视吧，要不你们上香儿那屋看会儿书去，穿那么干净的衣服哪能洗碗呢？”

说着自己麻利地把碗摞起来进了厨房。何健雄也跟着进了厨房，帮着放水，递碗筷。这样一来，王兰越觉得他好了，至少不娇气。人都是这样，说归说，心里总还是有另外的念头会冒出来。该做和不该做之间并没有明确的界限来划分。做了不该做的，有时候往往会更讨人喜欢。这一点，他懂。何健雄陪着王兰有一句没一句地说着话。很快碗就洗完了。他们聊的时候，莉香在自己的屋里翻着书，但耳朵和心思都在厨房里。今天，她多少像个外人，什么都不用她参与。但这一切又分明都是为了她。没想到，何健雄和母亲居然处得这么好。比过去韩俊在的时候要好得多，根本不用她来打圆场。也许这就是缘分。她仿佛看见了自己的未来，她有些踏实了。

醒来的时候，客厅里不断传来何健雄爽朗的笑声。见她从房间出来，母亲体贴地端过一杯水。何健雄继续说着，不用细听她也知道他又在说那些——心理游戏。母亲看起来很喜欢听他讲，不时笑着。脱离开了他们两个人的小环境，她发现自己也很喜欢听他讲这些。好一会儿，那个故事才算讲完。何健雄问她：

“睡得好吗？我洗碗出来，你就睡着了，睡了差不多一下午。还说自己失眠？”

她也不知道自己怎么就睡着了，本来还听着他们说话，后来突然就睡了过去，而且是熟睡。这在莉香几乎是没有的事。离婚后，除了做爱，没有什么能让她一下子就熟睡过去。但这个中午她却睡着了。她笑了，笑得有些妩媚。短小的猫脸呈现出了很有风情的样子。

6

最近，莉香老是想睡觉，开始像猫一样变得慵懒起来，完全像换了个人似的。常常是何健雄说话才开个头，莉香已经半眯着眼快睡着了，稍微地停顿一下，她直接就可以进入熟睡状态。对做爱的兴趣也明显没有过去那么强了，只是专注地喜欢睡觉。连她自己也不清楚，怎么会变成这样。自己一直小心翼翼对待的睡眠仿佛在一夜之间改变了习性。随便她怎么摆弄都死活不走了，就赖着她。她高兴得都有些厌烦了。还是母亲王兰觉出了不对劲儿。问她：

“唉，你是不是和健雄住在一起了？”

“说什么呢。”莉香有些不好意思地辩白着。她并不怕母亲知道这些事，只是不习惯和母亲一本正经地谈论这些话题。

“我是觉得你最近有些不对劲儿。我怀你的时候，就老想睡，怎么都睡不够，连坐着也能睡着。在单位开会，开的开的就睡过去了，闹得人老笑话我。后来才知道是怀孩子了。女人怀上孩子，个人是个人的反应。刚怀的时候，多数都会想睡觉。”王兰越说越像，好像女儿和她当初的反应一样。

“怎么可能呢！结婚三年都没有怀上，现在这么快就怀上了。可能吗？你老是瞎想。”

“怎么不可能，这怀孩子啊，寸着呢！大夫又没说过你不能怀，没来例假几天了？”王兰一副过来人的口吻，由不得人不信。莉香开始在心里盘算着时间。还真是，快二十天都没有来了。和韩俊离婚后，莉香一直觉得自己不会再怀孕了。何健雄开始也问过她。她只是说：“别管了，保证不会怀的。”后来何健雄也就没有再问过，觉得她反正离过婚，总应该是有些经验的。她自己也从来不往这方面想。总是这样，要么早来几天，要么晚来几天，好像从来就没有丝毫不差地规律过。就是一个月不来，她也绝不会往怀孕这上面想。要那么容易怀，她也就不会离婚了。这么一想，觉得一切又变得惨淡了许多。

“别瞎想了。不会的。”

“你算过了？几天呢？”王兰有些不依不饶。

“二十天吧。”

“唉，傻丫头。去查查吧，十有八九是有了。别耽搁了，明天妈陪你去。要不，你找健雄陪你？不行，还是妈陪你吧。等确定了再说。”王兰转着圈儿看了莉香一遍，又不踏实，让莉香自己也转了一圈。因为老人们说，一怀孩子，女人的身子就开始往后仰了。王兰觉得说得很有道理。莉香的身子是有点儿后倾了，不过不是很明显。等不到明天，她已经急切地想知道结果了。看了看，又拉着莉香坐下说：

“记着，这头四个月，最容易流产。别抬手够高处的东西，也别从低处往起拿重的东西。这么最容易流产了。走路平平的，别跑。”

听母亲这么说，莉香也有了种已经怀孕的错觉。但马上自己就否定了这种想法。她不能跟着母亲瞎起哄。这，太可笑了。像那些想孩子想得疯了的女人。

“好了，妈。真的别瞎想了。以前我也有过一个月不来例假，还不是照样没有怀。明天，我自己去就好了。不用你陪。你在家该干吗干吗吧。”说完站起来打算走了。王兰起身一把拉住她，又把她按回沙发上，有些生气地说：

“瞎想？我是瞎想吗？你看你瞌睡的那个样子。和平时一样吗？你知道孩子多重要吗？这要是一不留神再没了，你去哪儿后悔去！哪儿都不许去，明天我和你去检查。”

说完王兰起身把门反锁了。这太不像她一贯的做法了。以往再大的事儿，也只是说说而已，不会真的动怒，更不会强求莉香什么。过了一会儿，王兰又回自己屋，抱了两个大枕头出来，放在莉香腰那儿，让她靠着。

“记着，腰不要吃力，要不然，以后会腰疼的。”

这一晚，莉香还是睡得很沉，母亲进来了几次，她隐约觉得，但就是醒不了，还做了许多梦。只是一醒来又全忘了。母亲出门的时候居然打算搀着她下楼，被她拒绝了。被人看见像什么样啊，简直笑话死了。路上母亲紧紧地拉着她的手，生怕她从她手里滑落，就像她小的时候一样。这么多年来，她不记得她们还这么亲近过。母亲的手很硬，但极暖和。母亲这么拉着她，她突然觉得自己的心里变踏实了。遇着路上不平，母亲总要叫她小心，眼睛盯着她走过去才放心。母亲怕摔了她，就和小时候一个样。母亲还是怕摔了她。莉香的脸上突然湿了。被风一吹，有些凉凉的、痒痒的。她用手往开摸了一把。母亲本来专注着看路，见她用手摸脸，赶紧看她的脸。

“怎么啦？迷眼了？还是不舒服了？”王兰那张白胖的脸看起来有些急切。

“没有，就是迷眼了。”莉香赶紧说。

“哦，要是不舒服了，咱们就歇歇。怀了孩子容易累。”王兰站在那儿，喘了几口气，眼睛仍一刻不离地看着莉香。

“没事儿了，走吧，妈。”这次是莉香主动拉起她母亲的胳膊。母亲的胳膊胖胖的很绵软，像棉花糖。想到这儿，她笑了。

何健雄的宿舍离单位很近，但离莉香住的地方很远。打车需要四十分钟左右，而且还是不堵车的时候，遇着堵车一切就更没准儿了。莉香来过宿舍一次。和所有男性单身宿舍一样，又脏、又乱，东西扔得哪儿都是，而且还什么都没有。莉香不知道他每天是怎么在这儿住的。这里实在太简陋了，和她正式的家简直不能比。所以他们每次都会选在她家里约会，躺在她的床上，他常常说：

“我老有一种成家了的错觉，怎么回事儿？这就是家？”

她不说话，只是看着他笑，心想，这儿本来就是个家。虽然散了，框架总还是在的。很多没有生命的东西也和人一样在一种氛围里待久了难免会沾染上些环境的气味儿。离婚后，莉香一直觉得家里的物品、家具总还是成双成对地出现着，完全不像她一个人在住。后来何健雄过来住，也许只是填充了某种空缺。反正，对她来说，根本不存在适应，她已经习惯了两个人住了。这就是她生活的全部格局。

今天，她想给他一个惊喜。所以，大中午，晒着太阳那么远打车过来。她知道平时中午他都在宿舍，他说过，中午吃了饭，连碗都不想洗就先躺在床上睡过去了。看见她出现在宿舍门口他一定会吃惊，再告诉他就要当爸爸了，那更不知道他会吃惊成什么样儿，张大嘴巴？瞪大眼睛？想着他可能出现的傻乎乎的样子，她就忍不住想笑。谁能想到呢？等的时候不见它来，不当回事儿了，反倒来了。如果韩俊知道她这么快就能生孩子了，不知道会怎么想，会后悔吗？也许吧。不过，看情形，不大可能。上次见他已经有了女人了，孩子还不是早晚的事儿。没准儿，有了她这样的前车之鉴，再娶女人，首先要的就是能怀孩子。给了谁都会这么想。不能说韩俊不好。管那么多呢！她已经有了，怀孕都五十天了。那个小人儿，已经在她的肚子里呼吸着。别的，都不重要了。她摸着还没有鼓起来的肚子，希望能触摸到那个孩子。可摸了一会儿，什么也没有摸到。她笑了，觉得自己真是有些傻气，像她以前见过的所有大肚子女人一样地冒傻气。不知道它是男的还是女的，那么个小东西、小玩意儿，就能长成有手、有脚的人吗？真是太奇怪了。等车到了何健雄宿舍门口了，她才发觉已经到了。自从知道怀孕以来，时间就开始过得特别快，好像一眨眼就过了一天。她很小心地下了车，出租司机一定觉得好笑。她走得居然那么慢。是应该小心点。母亲说得没错。真的闪失了，她承担不起，也后悔不起。现在，她开始觉得母亲说的是对的。

和她想象的一样，何健雄在宿舍里，看样子应该是刚吃完饭。看见她，何健雄显然有些不太相信。眨了眨眼睛，没说话，也没动。莉香把小下巴抬了抬说：

“唉，干吗不动啊，不希望我来？”

“什么？没有！怎么会不希望你来。你怎么会来呢？

出什么事儿了？”何健雄站起身，看着莉香还是觉得有些匪夷所思。

莉香笑得很神秘：

“你猜，是一件和你有关的事。”

“猜什么猜，快告诉我，给我带好吃的了？”说着何健雄过来要抢她的包。她赶紧把包递过去，身体往开躲了。

“唉，你可别碰我，小心碰坏了。”听她这么说，何健雄笑了，用胳膊抱着膀子一脸坏笑地看着她。

“是希望我碰吧。”说着，就打算往起抱莉香。

“别闹了，快当爸爸的人了，还闹。”莉香忙用手推着他说。见何健雄没有什么反应，还是一副嬉笑的样子。她又说：“我怀孕了。你要当爸爸了。”

“什么？”何健雄一脸的茫然。莉香又说了一遍。她在何健雄脸上看见的只有惊奇没有什么惊喜。

何健雄走到床边，坐下来，看莉香的眼神有些陌生。

“怎么啦，傻了？”莉香走过去摇了摇何健雄。何健雄把她的手从肩上拿开，长吁了一口气，开始盯着墙角发呆。莉香还想摇他。被他提前捉住手甩开了。

“你什么意思啊？我大老远地跑来。你就这么对我？”莉香带着哭腔说。见何健雄还是不吭声，莉香彻底哭了出来。

“行了，别哭了，这是宿舍，让别人听见了，不好。”他不耐烦地说，说完还是看着墙角，只是换了角度看。莉香的哭声虽然压着，但看起来没有任何要停止的意思。何健雄有了上次的经验，没有再用手拍她。只是越来越不耐烦起来。起身提暖壶，发现壶已经空了。老是这样，想起喝水，壶总是空的。他拿起壶对莉香说：

“你先坐会儿，我去打水。”说完也不等莉香说话，出门走了。过了几分钟，莉香停止了哭泣。没有了观众，一切突然变得没有了价值。这一切都太出乎她的意料了。不是每个男人都希望有自己的孩子吗？那天一检查完，母亲就想告诉何健雄，被她制止了。她想亲口对他说，然后亲眼看他欣喜的样子，然后两个人再一起计划怎么结婚。没想到会是这个样子。问题出在哪里呢？他不喜欢孩子？还是怀疑孩子不是他的？莉香想来想去，觉得还是等何健雄回来问他，究竟为什么？可过了很久也不见他回来。桌子上摊着一个厚重的本子，莉香随意地翻起来。

何健雄出去打完水直接去了自己办公室。他不想再听这个女人哭了，居然这么做戏给他看。先是让他见父母，现在居然又瞒着自己怀孕。把他当什么？傻子吗？真是太有心计了。自己太相信她了。本来，他见过她母亲之后，已经打算和她结婚了。那样的家庭气氛是他一直渴望的。那个女人说的话、做的饭，都让他觉得舒服极了。他想他真的该结婚了。莉香，这个女人，像猫一样的女人。就是他要找的人。可现在，一切都让他讨厌透顶。包括她母亲，一定也是装的。没想到，自己念了那么多年书，居然被两个女人耍得团团转。想结婚，为什么不明说呢？这样逼他就范。他算什么！根本就没有把他当回事儿。而且，他不能想象，他这样子居然就要有孩子了，而且还要叫他爸爸。“爸爸”这个词，他早就腻歪透了。他怎么能把它在戴在自己头上。看看表已经过了一个小时了，觉得莉香应该已经停止哭了。他可不想和一个女人大喊大叫，尤其是在离单位这么近的地方。

何健雄用脚踢开门，门子哐的一声碰到墙又反弹了回来。他没有去管它，他只想快点儿结束这件事。莉香坐在床边一动不动，听见门响也仍是一动不动。何健雄用手拍了拍桌子说：

“我们分手吧，如果你觉得你有什么损失，我可以赔偿你。不过，这是咱们两个人的事。不要到我单位去闹。”

听见他说话莉香抬起眼睛，很空洞地看了他一眼。然后龇开嘴笑了一下说：

“实验结束了？是吧！你研究的课题已经结束了，是吧。你个疯子，你居然一面看不起我，一面还和我上床。你以为我爱听你说的那些破事儿吗？我根本就不该忍，你就是个疯子，彻头彻尾的疯子。我瞎了眼才会怀你的孩子。你是疯子。滚……”莉香几乎是在喊，然后把手里的黑本子向何健雄甩了过去。何健雄躲了一下，本子啪的一声落在地上。何健雄不明白莉香在说什么，还没等他开口，莉香呵呵地笑了，笑声听起来像另外的人隔了时空用手抛过来的，很突兀，也很怪异。连何健雄也觉察到了异样，笑了一会儿。莉香起身用眼睛死死地盯着他又看了几眼，他发现她的眼睛也开始变得很空洞。之后，她没有说话走了出去。

过了很长时间，他才捡起地上的本子。这是他的记录本，有一页掉下来了。见莉香这么容易就走掉了，让他多少有些不习惯。本来还想好了一堆词，甚至连一些专业的知识都想到了。谁知道根本没来得及用居然已经解决掉了。最奇怪的是，他一点儿也没有轻松的感觉，也不高兴，只是木木的，甚至觉得这根本就是个梦。莉香坐过的地方，还热热的带着她身体的余温。他用手摩挲着。想起莉香说的“疯子”，谁是疯子？说自己吗？莉香刚刚手里拿着本子，那么在他来之前一直在看他写的东西。他翻开记录本，上面的字很整洁。他想莉香究竟看了些什么呢，应该是和她自己有关的。翻来翻去，找到了他们第一次见面时他做的记录：

6月10日

这是个长着一张猫脸的女人。选择约会的地点比较昏暗，说明她心里在渴望男人。身高一米六二，体重大约五十公斤。皮肤很白，谈吐一般。很小市民。是一个既没有丰富的知识也没有丰富阅历的人。

这是他写的吗？他不几乎不记得了。他不记得这样想过莉香。接下来的记录更让他吃惊：

6月30日

她的身体一般，叫声一般，和整个人的风格很统一。家里布置得很俗气，当时一定参考了一些流行的杂志或是图片。打扫应该是每天一次。这样平庸的人一般都这样。

8月5日

和她说话可以放松神经，因为她什么也不懂。今天的阳光很好，发现她的皮肤在阳光下有些晦暗，也许年纪大的人都会这样。做爱两次，她感到满足一次。她的表情有些假，可能是出于习惯。

10月7日

昨天见了她母亲，人很好。应该是段不错的婚姻。吃的也很好，显得我很重要。这才是我想要的。

又翻了半天没有别的了。关于莉香的记录没有别的了。他很奇怪自己怎么写这些话，他不是这么想的。至少，早就不这么想了。莉香一定是看了这些才说他是疯子。他又翻了半天，看见以前自己和另外一些女人的记录，更陌生了。他连她们的长相都快不记得了。只有莉香那张短脸在眼前来回地晃。也许莉香还看了他写的别的，可这些都是做记录用的，并不全是他真实的想法。他也不明白，他写那些东西的时候究竟怎么想的。“看起来很冷静的时候也许很慌乱。”这是他在一本书上看到的一句话。他一直认为自己所有的记录都是在很冷静的状态下写的，或许是他不肯承认他很慌乱？但一个心理学医生最应该具备的就是冷静。难道说，学了这么久，他根本就不具备这些本领吗？

何健雄觉得有些凉意从身体里渗了出来。

莉香没有回母亲那儿，直接回了自己家。一刻都没有休息，她把何健雄的衣服、茶杯、被子，一切用过的东西统统装在袋子里，然后跑下楼放在门口的垃圾箱里才长出了一口气。再回到家，她开始左右环顾着自己的房子。“俗气”？真是个疯子。自己居然和一个疯子住了这么久。他懂什么？什么都不懂。莉香不知道怎么和母亲解释这些。那些话，她这辈子都不想和第二个人再说起。耻辱。这是她第一次清晰地有了耻辱的感觉，靠在沙发上她觉得自己丧失了所有的力气。后来，电话铃响起的时候，她才发觉自己又睡过去了。那么难过居然还睡过去了。真是不可思议。母亲在电话里显得很担心。她说她已经打过她的手机了，总没人接，打单位也不在，担心死了。问她怎么又跑回家了，是不是不舒服。莉香有些疲倦地说：

“没事儿，真的没事儿。”

“没事儿吗？怎么我听你说话不对劲儿啊？你可什么都别瞒着我啊。晚上吃炖肉，你叫何健雄一起过来吧。”

“不用了。我挂了。”莉香不想再听到和这个人有关的一切。怀孕以来，她很少和母亲说话不耐烦。检查完的那天母亲高兴得像个孩子，不停笑着。一回到家就翻箱倒柜给她找小衣服。她当时就想，再也不惹她生气了。从今往后耐心听她唠叨。但今天却一点儿也控制不了情绪。王兰听着电话里“嘟嘟”的断音，觉得有些不对劲儿。起身去腌了肉，又把菜洗了。心里还是踏实不下来，越想越觉得不对劲儿。早晨还那么高兴，怎么突然又回那头了，连班也不上。这么想着，王兰心里开始发慌了。

莉香住在四楼，王兰爬得有些气喘。按了门铃，开始扶着门框大口喘气。莉香听见门铃第一反应是何健雄来了，气鼓鼓地去开门，竟然发现是母亲。王兰把气又往顺里调了调才开口问她：

“怎么了啊你，吓我一大跳。这么高，快别回这儿了，爬得心脏都快跳出来了。”莉香没有说话，但眼眶已经有些红了。看着母亲，她觉得所有的委屈都更委屈了。王兰见她这样，用手拍了拍她又问：

“怎么了？啊？到底怎么啦，和健雄吵架了啦？”莉香被母亲用手一按立刻掉下泪来，止都止不住。王兰用手摸着她的背和头发一直说：

“好了好了，不敢再哭了，动了胎气可怎么办？”从懂事起，莉香从来没有在母亲怀里这么哭过，父亲死的时候也没有。母亲像哄小孩儿一样哄着她：

“好了，好了，不哭了，晚上回去吃好吃的，今天不给那坏小子吃了。”越哄，莉香就越哭得厉害，后来开始边哭边说。王兰断断续续听了半天，也没有完全明白。不过，倒是知道吵架了。有什么呢？夫妻吵架还不是正常？虽然没有结婚，但王兰已经把何健雄当女婿看了。又哭了一阵儿，莉香的怨气终于平息下来。

“我和他完了。孩子明天我就去打掉，省得烦心。”

“多大的事啊？就不要孩子了，有你们这样的爹妈吗？有了问题解决问题，哪能动不动就拿孩子说事儿啊。他知道你怀孩子了吗？”王兰瞥了她一眼，有些生气地说。

莉香点点头。王兰拉起莉香神情突然变得很坚定。王兰看着莉香，不知道她要干什么。王兰说：

“先回咱们家，然后一起去找何健雄。让他给我把话说清楚了。告诉你们，你们不养，我养。我的外孙我自己养活。”

话里不但撇开了何健雄，也撇开了莉香。跟着母亲，莉香没有再说话。但她知道自己是不会跟母亲去找他的。无论说什么都不去。虽然，她心里似乎隐约仍旧希望他再来哄哄她。

王兰并没有勉强她，只问了她一句。听她说，不去。王兰自己穿好衣服出了门。莉香觉得自己真是有些不了解母亲了。母亲似乎比她想象得要有主意得多，也利落得多。

王兰没有费什么劲儿就找到何健雄的宿舍。门大开着，何健雄一个人躺在那儿。王兰其实并没有生多大的气，她清楚，还不就是花心吗？男的有几个不花呢？就连莉香的父亲也一样。但她从来没有揭穿过。就像她自己也一样，也有一些谁都不知道的秘密。但这不妨碍他们过一辈子，而且还是很好地过了一辈子。她常常还是会想莉香的父亲，虽然越来越淡了，但还是比别人想得要多些。生活有时候是需要适当的掩饰的。她站在何健雄面前，何健雄赶紧一骨碌爬起来。何健雄有些害怕，不知道究竟她要干什么。也许骂他一顿，那就骂吧。想了一下午虽然什么也没有想明白，但总还是生出了许多愧疚来。尤其一想莉香的眼神，他就有些难过，甚至是心疼。王兰坐在他床铺上看着他，半天不说话。他等得都有些急了。他很想说，要骂就骂吧，随便骂。王兰往起规整了规整他的书慢悠悠地说：

“我不知道莉香有没有和你说过，她以前离婚的原因。是因为她不太容易怀孕，结婚三年后因为那个离的婚。现在好不容易怀上了。我觉得是好事儿。如果，你真的已经想好了分手，那阿姨尊重你的意见。但孩子我还是会让她生下来的。你们的事儿，不应该伤害孩子。你说呢？”

何健雄点着头，又摇了摇头，好像突然明白了什么。见王兰等自己说话，才结结巴巴地说：

“没有，我其实没有要分手。我不知道她的这些事。她没和我说过。我其实是紧张。她看了我写的东西就跑了。”说完又觉得没有说明白又补充说，“这是个记录本，我写的其实不是那么想的。阿姨，我真的不是那么想的，我发誓。里面写的不是我的意思。我喜欢莉香，我真的是很喜欢她，以前我也不知道我这么喜欢她。”

王兰翻开手边的本子看着，看了一会儿，她笑了。

“你说，你写这些干什么？谁看了都会觉得不舒服。你这么个聪明的孩子怎么弄这些啊？”

“我是，我是准备分析研究的。”何健雄自己也觉得有些说不过去。

“你分析不相干的人不行吗？干吗和自己的生活过不去呢？哪能什么都弄那么清楚，一句话、一个表情，老这么把他们剥开了、揉碎了弄，那没有几个人能过下去。你还小，慢慢就懂了。莉香，你就别担心了。我去劝她。明天记得过来吃饭，我就不给你打电话了。”

何健雄听着王兰柔和的说话声，觉得心里突然敞亮了许多。

莉香把何健雄的手拨开，专心看书。何健雄不肯罢休，还是在她眼前晃。莉香没好气地说：

“晃什么晃？你不是讨厌我吗？我那么庸俗。”

“那你还说讨厌我说话，说我是疯子。”何健雄呵呵笑着。莉香瞪大了眼睛。“别瞪了，会吓着孩子的。后天结婚该请的人还没请吧？你去再想想吧。等结完婚就开咱们的诊所。你说得对，我完全可以自己开诊所。老在刑警队待下去，没准儿我真会疯掉。”

何健雄舒展了一下身子。见莉香不动，又跪着求她：

“孩子，快让你妈去准备吧，再不快点儿。你可就能看着你爸妈结婚了，要不就当花童吧。”

莉香笑着伸脚去踢他。

那天，母亲回来说了很多，第二天何健雄也说了很多。但真正让莉香下决心的还是孩子。她觉得孩子在肚子里踢她了。说到底她就只是个平庸的女人，她要的无非是踏实的生活。但，有天晚上，何健雄哭了，因为喝了酒，也因为和莉香之间的这些事。他哭了，抱着她哭了很久。说了很多话，很多讨厌工作、讨厌生活的话。听他还讨厌那么多东西，莉香突然觉得自己并不那么讨厌了。而且，何健雄抱着她哭的时候，她觉得他还是个孩子。女人，一旦动了情，就总觉得男人是孩子。从那晚开始，莉香知道自己是真的没事儿了。但她还是常常想刺激他，看他急，听他哄她。

诊所开业的那天，何健雄接待了他的第一个病人。一个孕妇。他说了一会儿话，发现孕妇已经靠在椅子上睡着了。于是，他在病例本上最后一行写道：

处在焦虑中的孕妇在接受治疗半小时后，开始熟睡。

来吧，猫

晚上九点欧阳送走最后一拨客人。

楼道的灯又不亮了，但这并不妨碍大家继续之前高涨的说话热情。在楼上，话题已经从孩子出国扯到了小陈结婚，从小陈结婚又扯到了医院八卦，再后来，欧阳感觉客厅里的每个人都在积极表达着什么，那些不断从话题里枝枝蔓蔓衍生出的新话题和着杂乱的人声咕嘟咕嘟冒着泡，仿佛将要滚沸的粥，而她只能一趟趟地端茶续水。还好，在分别的那一刻，有人再次祝贺了欧阳，大家随即恍然大悟一般热情附和着，算是让今天的见面从形式上又回到了主题。黑暗里欧阳熟练上着楼，为了和同事见面特意换上的真丝旗袍已经不像早晨那样轻柔、服帖。退休后，她很少穿之前上班时的衣服，很奇怪，尽管她从来没有刻意划分过什么界限，但是从退休开始，她的生活连同一些心境甚至是衣服还是和工作一起退了出去。为了今天的见面，她和老李准备了好多天，收拾屋子不说还特意买了几个好看的花篮，水果也特意摆在了平时从来不用的雕花的盘子里。老李逗趣地说，这是要搞新闻茶话会吗？其实，欧阳并不能确定自己到底是怎样一种心情，炫耀的成分肯定有，要不她也不会告那么多人，但一切似乎又不仅仅是炫耀那么简单。

坐在沙发上打盹的老李，已经完全睡着了。退休前，老李并不习惯早睡，倒是欧阳除了妇产科一周一次的夜班，只要在家八点半就上床了，早晨四点半起，每顿饭只吃半饱。相对于欧阳的节制，老李过的完全是另一种生活，喝酒、吃饭、睡觉没有一个在点儿上，偶尔早回来也一定要在电视前磨蹭到电视说再见才休息。欧阳最小的妹妹也问过她怎么会和这样一个人搞在一起。什么叫搞呢？欧阳不喜欢这样的说法，尽管她自己对老李也有种种的看不惯，但还是不愿意家里人说老李不好，尤其是说老李素质低，这是她姐惯用的口头禅。她姐在一个中学教语文，曾经貌似强烈地反对过她的婚事，说貌似是因为一切反对只是停留在嘴上并没有任何实际的行动。最后，母亲说，既然你决定了，既然你准备留下那就办了吧。至此，她留在另一个城市，与家里人一两年才见一次，也因此大家见面都保持了某种虚无的客气。直到姐夫中风偏瘫，她姐才破天荒地开始数落、哭泣，说自己多年来多么不容易、多么委屈，姐夫教了一辈子政治，自己却直到瘫痪也没有搞懂学校的政治，用她姐的话说，至少你也当个年级组长呢。才几天时间她发现从姐姐放下面子唠叨数落的那刻起，一切开始迅速衰老了，从眼神到皮肤到体态，迅速地垮了下去。

欧阳看见老李大张着嘴在沙发上完全睡着的模样，就知道自己睡着应该也是这个样子，这就是“老态”，谁也躲不过的一个坎儿。白天，在有意识的状态下，人还勉强可以用意志和它抗衡一下，但只要一放松、一不留神，“老态”还是会自己主动跑出来，执拗地立在那儿，赶也赶不走。作为一个大夫，欧阳很清楚，实际的衰老其实比外表看上去更严重、更彻底，也更快。自从意识到“老”已临近，欧阳突然就不那么纠结了，也不想和老李计较了。不是因为她突然想开了，而是觉得没有力气了，之前盘踞在她体内的那些坚固的东西已经开始像雨后的泥墙，不只变得斑驳而且开始松动甚至是脱落。

她几乎是拖着老李回了卧室。

早晨，老李磨了豆浆炸好了馒头片等着欧阳起床。退休后，老李像是完全变了个人，不但生活规律，而且异常勤快，连脾气也比以前好了许多。现在他起得比欧阳还要早，欧阳反而开始爱睡懒觉了。五年前欧阳母亲去世后，第一年断不了还会哭泣，后来再说起母亲就像说书里面的人物一样，又遥远、又客观，客观直接导致了生疏，这让老李常常觉得和这个岳母从未谋面。欧阳偶尔也会为了她的姐姐还有妹妹哭泣，哭的时候他不能劝，劝，往往招来的是一顿数落。后来，他就由着她哭，不再劝，但有时候，不劝，欧阳也会骂他，说他冷血，连个安慰都不会。娜娜结婚后有一次对他说，爸爸，妈妈的意思你是需要猜的，她说“不”的时候，也许说的“是”，女人有时候就爱说反话。老李对猜这类东西简直反感极了，好好的答案非要绕它个七八圈的，有意思吗？女儿结婚后似乎也变了个人，变得多愁善感起来，其实他对女儿的印象一直停留在多年以前，在他的记忆里女儿从哭着要糖吃的小女孩儿直接就过度到了现在，一个比欧阳还要高的大姑娘。在心里他是不习惯的，但，只能接受，还有女婿，一个完全陌生的人，张嘴闭嘴喊他爸爸，他也只能接受。女婿身上满是理科生的木讷和冷漠，和他从来没有更多的交流，一切仅限于表面客套，在他看来那实在是太表面了，一点连筋带骨的热乎劲儿都没有。结婚快四年还是像个外人一样。和欧阳说起这些，欧阳就说："你不也一样？在我们家多久了，一辈子了吧，还不是把自己当外人？"老李也和欧阳说过女婿配不上女儿这样的话，结果更是引来欧阳一连串的讥讽。很奇怪，在这件事上，欧阳居然和女婿站在了同一立场，而且，说多了还常常会扯出他和她家庭间的一些不愉快回忆。老李不明白说女婿怎么会牵扯上自己，更不明白欧阳的难过从何而来？尽管两年前女婿和女儿就去了美国，他们还是常常会为这个离他们已经十万八千里的女婿拌嘴吵架。每周女儿会和他们视频一次，在电脑里第一次看见自己的图像，老李觉得电脑把他照黑了也照老了，和欧阳说，欧阳就去沙发上把毛毛抓来举到探头前：

"睁大眼睛，仔细看看，猫变黑了吗？变老了吗？自己就那个样子，还怪电脑。"说完把猫放下继续和女儿聊天。老李发现欧阳可以改变唠叨但绝对改变不了奚落人的毛病，这个绝对要比他们的关系更长久也更顽固，甚至颇有些生死相随的味道。猫现在是他们家除了女儿之外的第三个成员。去年夏末的一天，外面下着大雨，老李去地下室拿东西，一只猫竟然跟着他亦步亦趋地上了楼还进了家。老李看见猫湿漉漉地望着他，那神情像极了女儿小时候淋雨时的样子——小小的、可怜兮兮的，忍不住摸了摸猫，猫就像懂得他的心思一样，干脆走到他脚边卧下开始舔身上的毛。他知道欧阳不喜欢这些小东西，嫌脏，赶紧从厨房拿了早晨剩下的蛋黄和馒头喂猫吃了，又把猫往门口引，想把它弄出去，结果弄了几次，猫一走到门口就坚决不再挪步，没办法，他只好抱起猫把它放在门外，猫又开始用之前的那种眼神看着他，不仅看，还开始“喵、喵”地叫，叫声很低很细却很悠长，把他的心叫得一缩一缩的。欧阳听见猫叫从书房出来“啪”的一声关了门。这一夜，老李总是能听到隐约的猫叫声，问欧阳，欧阳说他是心理作用。

早晨一开门，那只猫竟然还蹲在门口，看见老李往回缩了缩脑袋，小声却又固执地“喵、喵”地叫开了。老李忙叫欧阳出来看，欧阳站在门口看了看猫又看了看老李，挑了一下眉毛当作是问话。

“它真的叫了一夜，不是幻觉。”老李看着欧阳小心翼翼地说，“它，它和咱们有缘分呢，昨天我就看见它的眼神像咱们娜娜。”

“像娜娜？”

“嗯，不信，你看，你看，看它的眼神。”说着老李把猫抱了起来往欧阳跟前凑了凑，欧阳往后躲闪着看了猫一眼说：

“行了，行了，什么像娜娜，想养就养着吧，赶紧给它洗洗，脏死了，明天去检查一下看它有没有病。”

“哎！”

老李欢快地把猫抓回了屋。

从那天起此猫正式落户在老李家，更名“猫”。对于这个名字，虽然老李解释过多次，是为了和别人不一样，老李说，你看，你见过别人直接给猫起名叫猫吗？还不都是毛毛、豆豆之类的，多俗，我们就叫“猫”，本来就是猫嘛。尽管如此，欧阳还是不屑极了，这也算名字吗？自从有了猫，老李就给猫脖子上拴了一根柔软无比的花布细绳子，然后，只要外出就会带着它，猫仿佛是他必备的拐杖一般。碰见熟人，他总会大声说，带它遛遛，遛遛，话里话外满满的都是充足的理由。欧阳最初并不喜欢猫，尤其不喜欢它刚拖完地到处乱踩。后来，有一次为了惩罚它，干脆把猫抓到大水桶里浸湿再提出来，出乎意料猫竟然没叫唤只是一点点儿舔自己湿淋淋的毛，舔干了悄悄卧在沙发边静静地看着欧阳，就和知道自己错了一样。欧阳一直盯着猫，看了一阵儿，破天荒地居然抱了起来。猫柔顺地躺在她怀里，讨好地用脑袋蹭着。某个瞬间，欧阳突然觉得自己是过分严厉了，不只对猫，对娜娜也是。因为害怕老李那种拖泥带水的生活方式再遗传到女儿身上，所以她凡事都要和女儿讲个对错，不许这样、不许那样，以至于女儿和她总是生疏的，连结婚都没有好好征求她的意见，她一反驳，女儿就不耐烦。倒是结婚后她们之间的关系似乎改善了许多，至少不再争吵了。

两个星期前，女儿视频说，怀孕了。最初听到这个消息，欧阳以为自己听错了。因为娜娜之前一直坚持不要孩子，说养孩子太累也怕影响两个人的感情，为了这个两边家长劝得嘴都快麻了。但无论他们怎么劝，一切还是老样子。出了国，娜娜更是在聊天的屏幕上打上“好好享受生活、享受二人世界，关于孩子免谈”的字样。渐渐地，欧阳也就习惯了，甚至常常劝慰自己：这样未尝不是一件好事儿，至少简单，能做到赤条条来无牵挂也好。谁能想到她开始适应了、认可了，娜娜居然又改变了。欧阳努力整理着自己的思绪，陪着娜娜来来回回聊了一整个下午才弄清楚来龙去脉。

知道娜娜怀孕，老李完全没有欧阳那么大的反应，只是点着头“哦”了几声。见老李这么淡定欧阳忍不住问：

“你不奇怪？”

老李摇摇头说：

“有什么好奇怪的，怀了就生呗。”

“你就不想知道到底是为什么？”欧阳不依不饶地把脸伸了过去。

“嗨，来回想有什么用呢？能不发生？还不是孤独了、难过了，肯定不是因为高兴才想要，要是因为高兴，她早要了干吗等到现在。”

说完躺下和欧阳一起看着空落落的房顶。欧阳扭过头盯着老李像不认识一样。一直以来她都知道老李是个头脑简单的人，她的纠结、难过、左思右想，在老李身上从来没有发生过。包括退休，似乎退也就退了，如此而已，一点儿不纠结，甚至随着她的生活习惯早睡早起也一点儿不难过，更没有不适应。这样一个人，居然一句话就说透了她和娜娜聊了一个下午才明白的事儿。这还是她了解的老李吗？见她盯着自己看，老李用手在她眼前晃了晃说，睡，睡吧，别想了，白想。欧阳居然没有像平时一样反驳，就那么睡了，睡得还异常安稳。

第二天，老李没有早起，感冒了整整一周才好。事情过去很久，老李才说，那天，他一夜都没有睡。决定出国，也是老李最后定的。在老李逐渐显现出处事坚定的同时，欧阳却日渐柔弱起来，尤其是面对娜娜。娜娜说，去了美国，不再需要面对双方家长以及乱七八糟的社会关系，两个人空间大了，本以为会更开心、更轻松，谁知道在相对大的空间里矛盾似乎也瞬间放大了，大家都不想吵，很多时候选择不说，有些夜晚醒来她会无比孤独，娜娜说最后两个字的时候迟疑了一下，说出来眼圈瞬间红了。“孤独”这个词传到欧阳耳朵里，欧阳感觉既久违又生疏。娜娜所说的孤独，她在多年以前还年轻的时候一定有过吧，但现在却很难再还原出那些瞬间，就像她常常试着回忆娜娜小时候，那段时间应该是她最累最忙的一段时间，评职称、做手术、带孩子，总之忙极了，她以为自己会一直记得那段时光，但实际情形却是：和过去所有记忆一样随着时间的推移只能剩下一个眼神一些手势一些零碎的片段，大块大块的东西开始模糊、遗失。年纪越大她越感觉没有一样东西可以一直杵在那儿、横亘在那儿，无论是好的、坏的，一切在时间的打磨下，最终都会模糊消逝掉。如果是过去，甚至只是早几年，她都会劝娜娜快刀斩乱麻般把问题解决掉。但现在，她似乎比娜娜还要犹豫。因为退休后，她越来越羡慕老李，老李一辈子从来不活在虚无的情绪里，该吃吃，该干活干活，偶尔有不痛快也马上说出来，绝对不会让它隔夜发酵，更不会衍生出别的情绪。所以尽管老李生活没有任何规律，身体却比一直严谨生活的欧阳还要健康。也许这就是生活，你再怎么认真铺排都会有意想不到的时候，你能铺排计划百分之六十、百分之八十，但你永远铺排不了百分之百，你想得越严丝合缝，合缝到一点缝隙都没有，结果就越是合不上。老李的散漫或许正好给时间留下了空间、留下了余地，也留下了回旋。虽然这些她从来没有挂在嘴上，也没有和老李说过，但在内心已经对过去自己的坚持动摇了。所以，她劝娜娜只是说，会过去的，一切都会过去的，一切不要急着做决定。娜娜显然并不满意这种模棱两可的建议，对于即将到来的小生命，她既希望它可以带给她转机，又担心新生命诞生会带来更大的危机。在她看来，未来就像一个骰子的两个面，只能靠碰运气，如果欧阳能像过去一样强势地帮她选，无论结果如何，她至少不用再犹豫，也不用再等待。娜娜反复问欧阳要留下孩子吗？还是打掉？欧阳一点儿一点儿试着帮她分析，希望在不断分析下，事情可以像做手术剥离一样随着一层层的剥离清晰看见内核。但实际情形却是，两个人越分析越茫然。看着母女两个来回拉锯快两个星期了却没有任何进展，老李终于打断她们的谈话，说，别犹豫了，有了就留着，决定了，我们过去陪你吧。娜娜在屏幕上愣了几秒后点头说，好。

从那天起，不知不觉家里很多事居然都是老李在做决定。包括和同事见面穿的旗袍，老李说，你不是喜欢那件吗，就穿那件呗。穿了她也还是扭捏着，对着镜子左看右看，老李探过头看着镜子，说，这不是挺好，还来回看什么？欧阳说，退休了，还穿这样人家会说吧？老李白了她一眼：

“给我看就行了，还给谁看呢？”

最近，老李和她总是这么逗着，老李还说，以前怎么就那么忙呢，这些年都没怎么说话，说完就正经坐在她面前看着她。她问，干什么？老李说，和你说话啊。欧阳没想到活着活着两个人居然像是又绕回了从前。

早晨听着老李走来走去，欧阳又赖了半天床才起来。她吃饭，老李继续逗着，怎么样，今天咱再接见哪拨人啊？见欧阳不搭理他，又对猫说：

“来吧，猫，咱们出去啦。”

欧阳没想到昨天会那么累，最后把老李拖回卧室，她连脱衣服的力气都没有了。怎么会那么累呢，也就是说了几句话、倒了几次水而已，感觉却比站一台手术都要累。过去，一说累她总是习惯用手术做类比，一台、两台，最累的一次她连着做了三台手术，做完，都想原地坐下休息。退休后，她还是常做关于手术的梦，总有找不到的东西，有时候是线有时候是刀子，还有的时候她在循环剥离着皮肤，一层又一层。医院的人偶尔碰到她总说，多好啊，休息啦，不用忙了。欧阳就抿嘴笑笑，遇到人说她胖了，她也是抿嘴笑笑。还能怎么样呢？退休了，就是退休了。对于昨天的见面，欧阳本来有着莫名的憧憬，甚至是期盼。欧阳早晨穿着旗袍看着镜子，心里说，还好，一切还好，但可惜没有人注意到这些，包括装水果的雕花盘子。对于衣服，大家倒是夸了几句，但也只是几句，随即大家的兴趣就都转移到了说话上面，至于说什么反而变得不是那么重要，原以为这次聚会可以让她重温医院时光，至少可以感觉到自己的部分存在，但实际情形却是，大家拉起手围一个圈做游戏，任何一个人走掉，都不会影响什么，大家都会立刻重新拉起来围成一个新的圈。而她，欧阳，就是已经走开的那个人。但是，她竟然也没有想象中那么难过，仿佛结果只是印证了之前的设想，如此而已。

娜娜最后还是决定不要孩子，很奇怪，之前一直犹豫着，感觉没有任何方向，等父亲真的为自己选了方向，才发现心里其实是有主张的。最后，她特意问了老公，男人说，随你。娜娜重复这句话的时候，欧阳看不出她是悲伤还是气愤，脸上淡淡的，已经没有了之前的彷徨，只说，希望她和老李暂时先不要过来，她想把问题解决了再说。

欧阳看着护照，问老李怎么办，已经告了那么多人，该怎么解释呢？无论如何都接受了别人的祝福了，结果却没有在别人羡慕的目光里出国，这怎么解释？欧阳说这些话的时候一手举着护照一手叉着腰。

“那就是茶话会，聊一聊而已，别太认真啊。”老李慢悠悠晃着脖子说。不管老李怎么说，欧阳还是觉得怪怪的，有些别扭，也不好意思出门，她总怕人问。直到月末的一天，和同事碰见，因为来不及躲，寒暄了几句，结果人家压根儿没问她出国的事儿，她才确信，老李说得没错儿，那的确只是个茶话会。

入秋，他们面对面坐着捡芹菜的时候正午敞亮的阳光有一束斜斜铺在桌子上，猫偶尔会蹿上桌子，路过阳光，毛色就一闪又一闪，这样来来回回好几次猫一点儿不烦，欧阳也不烦，就那么看着，直到阳光彻底隐去。后来，老李“当当”剁着菜，欧阳揉着面。再后来，老李叫：

“来吧，猫。”

欧阳白了他一眼，说，别只叫猫，明明是三个人。

飘红

不用开口。只要进了院子，一看脸，就什么都明白了。第一次来这里的人，笑得多数都很模糊。像蒙着纱，隔着玻璃，情绪永远不痛不痒。但，只要围着电脑看一天下来，多数就不那么矜持了。尤其到了下午，看着赚了钱的人从他这儿领走红红的钞票，所有人的眼睛都会发亮、发光，会照得院子里亮闪闪的。刚刚还是一些虚拟的数字，一下子就兑换成了看得见、摸得着的钞票，那么具体、那么实在，没有人不会心动。只要趴在电脑上，不管赚了还是赔了，一律都是满脸泛着油光，不停地说着话、讨论着孰优孰劣、交流着有限却无法传递的经验。小五的脸在换钱的时候总是比平时要冷静、要沉默。从来不开什么玩笑。只有换完钱，关了电脑，收拾了院子，他才蹲在那儿，和还没尽兴不愿意散去的人，随便地说一些七长八短的零碎话。他知道，什么该说，什么不该说。从一开始，他就知道。

去年夏天，从美国回来的陈哲成了大家的中心。他说了许多大家想都没法想的新鲜事。所有人眼里除了羡慕还是羡慕。后来，又都抢着看陈哲带回来的一些美国货。那是毕业十年后气氛最热烈也最高涨的一次聚会。大家平淡的生活好像一下子被某种华丽的颜色渲染了，变成红彤彤的，女人和男人仿佛一下子又变回了过去，互相看着都有了说不尽的意思。小五的脸也红彤彤的，但不是因为女人。他的眼睛整晚都没有离开陈哲，陈哲那晚对他来说就是神。高中毕业后，他们班的同学多数都考了学校，最差的也上了技校。只有他接了父亲的班去了食品厂。要是以他的成绩，最不济也能考个三本。但，父亲的考虑也不是没有道理。上大学还不是为了找个好工作。当时，父亲在厂里还算能说得上话，趁着自己没退休还能解决一些事，当然还是先把工作给他解决了。对于这些，他从来没有怨言。倒是父亲，看见这几年厂里越来越不景气了，难免后悔当初给他找的这份工作。总是说，要是上学就好了，没准儿能去个大单位呢。每回听父亲说这些，小五总是呵呵笑得很开，没用，真上了也没用。前排老林家的不是上了吗？回来照样没工作，还不如我呢。说这些，他不清楚是为了安慰父亲还是在安慰自己。这几年父亲明显是老了，胆子变得越来越小，对什么都有些小心翼翼的。话却越来越多，一说起来就变得有些无法收罗。看着父亲的老态，他偶尔会有难过的感觉冒出来，似乎那就是自己一生的写照似的。时间一下子会变得有些拖沓、疲惫。但只要看见女儿，龇着牙嘻嘻笑着问他要着吃这、吃那，他就又觉得一切还只是个开始，还有的是机会。

那天陈哲尽管喝了酒，说得有些混乱，但从陈哲的话里他还是听出了些门道。炒股已经两年了。从最早六块七买的海尔，到现在的深万科，他基本上没赔过。还是那句话，他知道自己聪明着呢。陈哲说美国最近很流行“当日冲销”公司，也就是另一种意义上的小型证券公司。冲销你们懂吧？陈哲喷着酒气问。没等别人回答，他自己接着说，很简单就是平账，结清，说白点，就是当天就把款子、钞票结清楚。这种公司不建议客户做长期投资，大部分股票在手里不过夜。投资人追求的是买卖的差价，而不是股票长期上涨的增值。公司提供平台和场所让股民们自己买卖。当然不会白提供，谁傻啊，你们说是不是？那帮人真精啊，比猴精，呵呵。他们会借款给股民炒股，前提是你要先注入资金。在你注入资金的基础上会再加一倍的钱借给你。你本来有一万，一下子就变成了两万。你说谁不动心啊。如果涨了，你就有翻倍的利润。但如果是跌了，你亏损也就大了一倍。可人都是一想赚钱头就发热，别的根本就不想了，等你想起来的时候也就迟了。这还不算，当你手里的股价低过市值百分之三十五时，“当日冲销”公司还会要求股民补仓。如果，股民无钱增存，公司就会立即以当日的价值卖掉股民的持股，自己赚个满满却造成股民的巨大亏损。怎么样？没见过吧，就你们那炒股，根本就是小意思。那晚，陈哲最后的话题还是落在了美国女人身上，边说还边用手比画，一副汹涌澎湃的样子。小五和大家一样忍不住嘿嘿地笑着，但心思却一点儿也集中不到女人身上来，他还是想着刚才说的“冲销公司”。这几年炒股，最让他头疼的就是没有钱，你眼光再好，看得再准，只放那么一点点钱进去，结果刨了手续费，赚到的只能是很可怜的一点儿。他不止一次幻想过，拿一大笔钱去炒股。就凭他的聪明，一定能赚很多钱。一想到很多钱，他就忍不住要和老婆红梅说说。红梅是个很安分的女人，在厂里的幼儿园上班。大约是总和孩子打交道的缘故，她整个人的想法也很单纯。每次听他说起钱这个诱惑的话题，总是说，要那么多干吗？咱们生的是丫头，将来花不了那么多钱。小五可不这么想，人活一辈子，总是要鼓捣出些动静的。不能像父亲那样，一辈子谨慎可怜、低三下四地对待钱。你没有钱，钱就永远是祖宗。你有了，一切就反过来了。

第二天他专门去找了陈哲，希望他再详细地说一说“当日冲销公司”。陈哲很不以为然地说，怎么？你要去美国吗？他摇了摇头。那你还问什么啊？咱们国内没有这个。小五说，你别管那么多，问你，你说就行了。陈哲上上下下看了他好几遍，就和不认识他一样。听陈哲说了整个下午，小五的心里大致有个眉目了。和陈哲说了他的想法，陈哲一直摇头说，行不通，肯定行不通，你这么搞简直就是手工作坊嘛。小五没有说话。他的笑挂在了心里，一波一波荡漾着，起了水花。他连夜就起草好了公司的操作规则。写完后，忍着心中兴奋，把熟睡的红梅往怀里搂了搂。他就不信，点子都有了，还有办不成的事。

小五的公司就办在他的院子里。他住的是平房。屋外有一个四十平方米的院子，一分两半。一半是敞天的，一半遮着塑料雨布。平时夏天吃饭、乘凉都在那块雨布下面。

小五把桌子就支在雨布下面，电脑也搬了出来。一切都布置好了，就等人来了。小五心里清楚自己办的是什么公司。是一个既没营业证，又没许可证的公司。当然不能大张旗鼓地去宣传、去招揽，更不能呐喊。一切都得悄悄地、静静地、潜移默化地把人给带进来。他相信，只要进来了，就什么都容易了。他把院子的门大敞着，从早坐到晚，除了隔壁的老温问了他一句，凉快呢！就再没人搭理过他。倒是女儿，从幼儿园回来，看见摆在院里的电脑兴奋地缠着他玩了半天。小五在院子里坐到第三天的时候，终于有人进来了。那天，风刮得呜呜的。见他大开着门坐在院里，邻居老王的二儿子王怀仁忍不住过来问他：

“干吗呢？小五哥，不冷啊？”

“炒股呢！你看，今天的走势真好。全部飘红，又赚了。”

王怀仁盯着电脑看了看，又看了看小五：

“赚了多少啊？”

“涨了两块了，现在卖了刨了手续费净赚八百。”王怀仁把嘴往起噘了噘，没说出话来，眼神先飘了。小五也不看他接着说：

“想炒吗？”

王怀仁摸着脖子犹豫又不甘心地说："不会炒啊，也没那么多钱。"

"不炒怎么能会啊？这可比上班强多了。这么着吧，你先试试。来，你坐下。你先看看盘，然后把想买的股写在纸上，咱们先模拟一下。没事儿。只要你赚了，哥就先兑现钱给你。"听他这么说，王怀仁有些坐不住了，不明白他到底是什么意思。小五用手按着王怀仁慢悠悠地说：

"我给你提供个平台，也就是地方，你看着电脑只要在纸上操作就行了，你压多少钱，我还给你翻一倍，算借给你。挣了是你的，赔了也是你的，当天结算。别担心，今天咱们就模拟炒，赚了是你的，赔了是我的。你出多少钱？"

见王怀仁还是犹豫着，小五咬了咬牙说，我先借给你二百。你选吧，选好了股，咱们算算看能买多少，一会儿收盘的时候看你的运气。

那天，小五帮王怀仁选了信联，收盘涨了八毛，刨了两百的本金和手续费赚了二十五元六角。小五从兜里掏出二十六元钱硬塞给了王怀仁，说，你看，你要是带着本金来再加我这二百，你今天就能赚五十元，翻倍了。王怀仁推托了半天不好意思地拿上钱，满脸放着光，带着操盘手特有的满足走了。小五知道有戏了。果然，第二天，还没到九点半开盘的时间，王怀仁就来了，还领了三个人过来。那几个人一进院就围着小五问这，问那，当然问得最多的还是钱。小五是个聪明人，知道什么话该说，什么话不该说。他很肯定地说王怀仁昨天是赚了，不光王怀仁赚了，他自己买的股也赚了。但是，他的话锋一转，很慢地说：

“股市就是这样，有赚有赔的，投得越多，风险越大，但赚得也就越多。一切还要看自己运气和眼光了。”那几个人都信服地点点头。“在我这里，所有买的股票当日兑现。都是以当日最后的收盘价格为准。我们虽然是模拟操作，但钱是实打实的。你们拿的本金要先放在我这里。我会再借给你们和本金一样多的钱，也放在我这里。赚了，你们拿走赚的钱，赔了，你们要拿出赔的钱。我的本金不动。当然，你们也可以不和我借钱。”那几个人里有一个胖子忙说：

“要借的，怎么不借。”

小五呵呵地笑了。说：“好，好的。这儿还有写得很详细的一些规定，你们再看看。”

王怀仁看小五的眼神明显有些崇拜了。他没有看那些纸片儿上的东西，只是围着小五，让小五给他重新再选一个股。“今天我可是带了钱过来的小五哥。”王怀仁说着就要往出拿钱。小五把他的手挡住了。说：别急，还是先看看那些条例吧，俗话说，亲兄弟明算账嘛。昨天，你都学会看盘了，还是自己买比较好。小五心里清楚，万事开头难。最难的还不是开头的那一下。最难的是开头要立的规矩，立了规矩还不算，还要真的能实行下去。要不也就是稀松拉场子，一拉一锅汤。看起来热闹，凉起来快。做什么事都得有个规矩，和钱打交道更需要有规矩。他怎么能随随便便地给别人建议呢？钱是人家的钱，主意就应该人家拿，赚了，赔了，都和他没关系。做金融最重要的就是要保持中立，维持好秩序。这个他是知道的。要不人们总夸他聪明呢！他的院子虽然小，规矩却不小。比起外面的股市不但一点儿也不逊色，甚至看起来还更合理，更符合人情。

短短一年时间，小五的院子里就增加了五台电脑。院里全部搭上了帆布顶棚，上面开两个天窗。一进院子就和进了屋里一样。为了计票方便，小五还特意买了一台收银机，所有客人要买的股票全部用编码打成小票。沪市和深市的分别是700和080打头，后面全是所买股票的代码。

和股票交易所的完全一样。小院的墙上每天贴着各种最新的股市消息。小五分别订了《中国证券报》《上海证券报》《证券时报》和《证券市场周刊》，供人翻阅、参考。一句话，小五的公司是越来越正规了。只要是来这里的人，一进门就能感觉到浓厚的股市氛围。那种氛围很快就会让你跃跃欲试，欲罢不能。同时，小五的规定也新增加了许多。比如，交易一律要交手续费，这在一开始是没有的。手续费小五也收得很正规，和股市收得一样。分印花税和委托费两大块。印花税起点为五元，超过的按千分之三加收。委托费一律五元。一般交易金额不大的一天只交十元就够了。这么一来，无论别人是赚是赔，小五都能从一个人身上稳赚十块钱。关于收手续费，小五说得很直接：

“你们直接去证券公司还得开户呢！没有两三万进账谁给你开户啊。开了户，买卖一下收交易费这是很正常的。你们可以看一下报，我收的和交易所收的完全是一样的。”小五说完，有的人附和着。有的人嘟囔了几句仍旧专心地看屏幕，根本顾不上计较这点儿小钱。来这里的人逐渐多了以后，小五也把他们分了几等。投钱超过两万的算大户，可以转成长线，当然最长也就是半个月。投钱过了五千的可以放宽期限到一星期。不管钱多钱少，只要来，你就能炒。但到了期限赔得超过百分之三十五必须补仓，不补就要马上卖掉。虽然，他这里走的只是纸上的账，却走得及其规范。该兑现的钱，他一分不会少给。因为炒的都是现钱，所以也没有人会欠钱。遇着胡搅蛮缠的立刻会变成黑户，再不会让你进他的院子炒股。他不担心那些人来要赖、捣乱，因为有的是人站出来为他说话。破坏了他的院子就是破坏了大家赚钱计划。谁愿意呢！这中间也有税务局和工商局的来查过，没等他出面。几个大户就出面解决了。说到底，他并没有做什么太违法的事。又不坑、又不骗、又不赌、又不嫖，往大了说也就是替人炒股罢了。小城市最不缺的就是熟人，互相一给个脸面也就都过去了。小五现在干得顺风顺水的，什么都齐全了。要说唯一有些欠缺就是没个人帮他打理这些票和人。不要以为这是件容易的事。没有精明的脑子还真干不了这伙计。嘴既要甜还要严，不能什么都乱说。这个城市聪明人是多了，但太聪明的能给小五干这活吗？不能。就是肯干，小五能给得起那个钱吗？不能。所以，选来选去，小五还是觉得理发店的阿琴最合适。外乡人，总不会挣得太狠。明和她说，又怕她把价钱。不管怎么说，钱对于大多数人来说，永远是最重要的。既然重要，你就不能不去绕那个弯子，动那个心思，因为只有那样才能省了钱。

阿琴像往常一样开始殷勤地用嘴帮他吹脖根里的头发。一股一股的热风，一阵儿一阵儿地发痒，小五左右晃了一下脖子，努力集中着自己的注意力。

“唉，剪了半天，怎么没短多少啊？”

“大哥，现在就流行这个，你看！多精神。比原来还要帅……”

小五笑了。真是会说话啊，还要帅……既不贬低你，又迅速地抬高了她。真是个聪明人。一说起聪明，小五首先想到的是自己。在这个问题上，他一点儿也不矫情，一是一，二是二。什么是什么。聪明就是聪明，又不是什么见不得人的事，还需要遮掩。每逢人夸他聪明，他总是边笑边点头。从来不会和你客套。他看重阿琴其中一个很大的原因就是她聪明。何况阿琴不只聪明，还有眼色，不仅有眼色还勤快，简直就是最理想的人选。好几次，他的话都到嘴边了，又生硬地咽了回去。不行，时机还是不成熟。就是再缺人手，也要有耐心地等。要等着她主动地说出来。有些事情，你主动了，赢的人就是你，但有些事，你主动了，反而就变得被动了。应该快了，他明白。在钱这个问题上没有人能熬得住。果然，阿琴说完客套话后，抬眼，瞟了一下店里的人，明显压低声音带着些怯意问：

“大哥，在你那里炒钞票真的能赚到钱吗？”

“那我可不敢保证，不过，只要人聪明，能把握时机，赚钱就比说话还要快。隔壁的老王前天一下午就赚了三百。三百，你要理多少个头才能赚回来？”

“就是说话不太利索的那个老王？”

“说话不利索怕什么！赚钱利索就可以了。不过，话说回来，有赚也有赔的。一切要看你自己的运气了。”

阿琴咬着嘴唇，小脸绷着，血从脖子上一点儿一点儿溢到脸上。那种神情是小五所熟悉的。他知道阿琴想去试一试了。阿琴像所有初次博弈的人一样，血液里滚动着兴奋和紧张。这种时候，所有犹豫都变成了博弈前最后的涂脂抹粉，只能让博弈变得更加刺激、荡漾。博弈的心一旦启航，就再没有什么能轻易地阻挡它。阿琴低着头想了一会儿说：

“两百能炒吗？”

“能，怎么不能？有我借给你的二百就成四百了，能买不少呢！”

阿琴的脸上露出了很开朗的笑容。点着头，下着决心说，星期一我就去看看。

阿琴像所有第一次来这里的人一样，总希望小五能给她选一个股。小五只是笑着摇头。阿琴又问别人该怎么买，炒股的人倒是大都很热心。可说来说去，这个说万科好，那个说哈慈要长，说来说去弄得阿琴更不知道买哪个好了。一直到收盘也没有选好。收盘的时候是小院里最热闹的时候。每个人都拿着单子到小五这儿来领钱，刨了手续费，有的赚，有的赔。有的刚好拉平。赔了的，铆着劲，准备第二天再来。赚了的，一边介绍自己的经验，一边高兴地笑着。大家都变得很能说。阿琴还从来没有见过这种场面。院子里的每个人都像上了机油似的，运转得十分灵活。阿琴不由得下决心，明天，明天一定要买。

一个月下来，阿琴的二百元很快变成了八百元。理发店已经彻底不去了。她想过了，她要赚大钱，理发才能赚多少钱呢！和大家一样，她也开始变得能说了，讨论着分红，讨论着大盘走势和各种股的业绩。她知道了很多专业术语，学会了看股市的走势图。短短的时间居然也变得很专业了。小五看在眼里，喜在心上。知道自己没有看错人，这姑娘的确聪明。阿琴从八百元赔到一百元的时候，脸上再也挂不住了，几乎都有了哭的趋势。这个月，眼看着一百一百地到了自己手上，所以工作也辞了，就等着赚大钱。可现在，眼看着一百一百地又没了，就和变戏法似的。她每天看股市报，分析走向图，可钱还是哗哗地走了，比水流得还快。小五知道说话的时机到了。他什么都知道，人的表情都在脸上写着呢。在院子里，他就是个旁观者。任何戏里总是旁观的人更为清楚些。小五给阿琴换钱的时候对阿琴说，一会儿留一下。阿琴木然地点点头。等人哄哄地终于散了。收拾了桌子，小五才说：

“你过来坐吧。”

阿琴还是有些发木地走过来，一屁股坐下。脸上说不清是懊恼还是难过，几乎没有费什么劲阿琴就同意留在小五这儿了。小五说的也全都是实话。他说，炒股是要看运气的，运气来了，钞票挡都挡不住。可运气谁能把握得了呢！那些东西毕竟抓不住。饭总还是要吃的，日子也总是要过的。有运气要过，没运气也要过啊。在他这儿，每个月给阿琴四百，管吃、管住。一年下来就四千多呢！等运气好转了再去炒也不迟啊。阿琴一直点着头，说了许多感激的话。小五又教了她许多规矩。什么不能帮顾客选股、不能给顾客提建设性意见啦。一切都要让顾客自己拿主意，那样才能少惹麻烦。赔得再多也是自己做的主，能怨谁去？

阿琴还是点着头，她终于明白小五第一天为什么不帮她选股了。原来，不是客气，也不是谦虚，是为了少麻烦。

阿琴的确是个麻利的好姑娘。自从她留在小五的院子里，小院的气氛变得更融洽了。阿琴每天都大哥长、大哥短地叫着，既亲切又热乎，叫得每个人心里都软软的。轮到换钱短个一毛两毛的都很痛快地就不要了。这在过去是绝对没有的事。因为一两毛钱小五常常要来回找半天。他不由得感叹，还是女人好说话啊。

小五算过了，去年一年他赚了二十多万。除了老婆红梅，谁也不知道他赚了这么多，连他自己都不相信能赚那么多。炒股每天都有人赚，但还是赔的人更多些。因为都是纸上操作，所以他们赔了，那些钱自然就进了小五的钱包。再加上手续费，他一天最少也能赚二百元。红梅第一次听他说一天就能赚二百，还以为自己听错了。小五晃着腿显得很自信，看着吧，老婆，回头我能给你挣个别墅回来，咱也阔一阔。自从院里有了阿琴，小五终于腾出了身子，脑子又开始转悠了。小五脑子里想的没有别的，无非还是赚钱，但不是去股市赚钱。开这个摊子本来是想多集中些钱炒股。但一年下来，在院子里看了太多的人炒股，他的心彻底凉了，觉得炒股还是太冒险。谁都以为自己是赚了，可细算下来还是赔了。这里面的账他最清楚了。他不会让自己再去冒那个险。他要稳扎稳打地赚钱，要看着钱一个不落地顺利滚进他的钱袋里。最近来的人明显又多了，院子自然就显得有些小了。他想好了，他要在父亲那儿也开一个“冲销公司”。一切都好弄，只要买几台电脑把人拉过去就行了，操作流程还和在自己的院子一样。

本来什么都想好了，谁知道老婆却死活不同意。真是奇怪啊，红梅一向就是个不主事的人。这是怎么了。红梅的理由是，不放心阿琴一个人在这儿管账。小五说，那就你管好了。红梅白了他一眼说，你明知道我不会那些。说来说去，就是不放心阿琴。小五想着办法说服老婆相信阿琴。红梅有些酸酸地说，就你放心她。真不知道你和她是什么关系那么放心她。小五终于听出了症结所在。呵呵地笑了，搂过老婆说，能是什么关系，这几个月你不是都看见了吗？红梅说，她过去是理发的吧。小五点点头。红梅不说话了。小五有些急了：

“理发怎么了，我和你说过的。你不记得啦？”红梅哼了一声扭过身去，还是不说话。小五晃着红梅，把她的肩膀搬过来才发现红梅哭了。这下，他更是有些莫名其妙了。

“你说啊，怎么了到底是？”

“还说呢！以为我不知道，她们都和我说了，现在理发的都干些不正经的勾当，就是陪人睡觉。要不你怎么会把她弄回来，还那么相信她。”

“哪里啊，谁说的这是。我找她回来是因为她聪明、机灵。”

“你怎么知道她聪明，还说你们关系不近。”

小五有些回答不了了，自己发现阿琴聪明确实不是能一五一十摆到桌子上说清楚的事，也就是一种感觉。是从阿琴说话的腔调，从阿琴吹他脖子那股体贴劲，从阿琴的眼神里得出的结论。这能摆到桌面上吗？但他真的就是图她聪明。红梅见他不说话，又背过了身子。红梅并不是厉害的女人，其实也就是依赖他，依赖惯了。他懂。女人隔几天总是要闹的，哄哄也就好了。又去拉红梅的肩，阿琴在门外叫他：

“小五哥，吃饭吧。不早了，电脑该往院子里搬了。”他看了看表，光顾说话果真是不早了。赶忙答应着，拍了拍红梅的背，出去了。

红梅看着他的背影，心里不由得一阵儿发冷。看来她们说的话是没错。小五居然这么听她的话。那个阿琴长得虽然算不上漂亮，可说话总是软软的有股狐媚劲儿。整天大哥大哥叫着，把人的魂都快叫没了。想起昨天回来，阿琴在那些男人堆里一边转悠，一边还和他们打情骂俏。心里就老大的不痛快。生气生着，就好像看见小五变成了那些男人的样子，笑得有些猥琐起来。幼儿园好几个男老师都在他们院里炒股。最近老和她说，那个阿琴真是好啊，又聪明，又贴心。你们用了个好帮手。见男老师走了，有几个上了年纪的女老师撇撇嘴说，男人啊，哪有个好东西，就喜欢狐狸精。你紧着盯还出事儿呢，再不盯着些连位置也被人抢去了。后来又说起邻居家的男人勾搭保姆，女人的眼睛全都放着光。说了一会儿还不忘记绕回到红梅身上来。小一班的老师抿着嘴，好像要压着什么似的，最后还是忍不住说了，我们家老郑说，阿琴以前是理发店的，就是城管局北边拐角那家。现在理发的，嗨……说着摇了摇头。另外几个也接着说，就是，理发的还不就是干那个嘛。男人啊，真是没法说。红梅没有说话，但脸色已经很难看了。

阿琴见红梅出来，叫了声，红梅姐，吃饭吧。红梅眼皮也没有抬直接出了门。

阿琴自从留下来，就一直给他们做早餐。她出来的时候，娘除了要她注意身体、注意坏人，还告她，勤快是最重要的。没有人不喜欢勤快，只有勤快了才能有饭吃。她记得娘说的话，一直都勤快着。在理发店，不管是不是她值日，总是要把手头所有的毛巾全洗了才回去睡。因为勤快，她的人缘一直都很好。阿琴除了偶尔想家的时候愁闷些，平时，总是笑嘻嘻的，笑得眼睛弯得不能再弯。

小五也看见红梅黑着脸出去，想叫住说两句话，又怕在门口说话不方便，也就任由红梅那么生气地走了。阿琴还是一脸甜甜的笑：

“小五哥，你和红梅姐吵架了？”

小五愣了一下，摇摇头，明显不太想说话。阿琴一面搬桌子一面笑着继续和他说这说那。她就像个鸟儿，不管小五是什么态度，只是一股脑儿地扑扇着翅膀，飞过来，飞过去。小五终于被逗乐了。他还是第一次被女人这么哄着。以往都是他哄别人，哄着父亲、哄着红梅、哄着孩子，哄完了一家人，偶尔才自己哄哄自己。现在，猛地被一个年轻女人这么甜丝丝地一哄，他觉得自己被重视了，而且还是在自己的小院里。一切就变得有些微妙起来。渐渐地，都有些模糊了边界。再看院子里陆续挤满的人，小五仿佛置身独立王国一样。那些忙碌着的人都变成了他的臣民，他统领着他们，恩赐着他们，调控着他们的喜怒哀乐。他就是至高无上的国王。太阳光透过窗户斜斜地卧在他身上，他眯起了眼睛，变得有些慵懒了。那天傍晚结算钱的时候，他对阿琴说，今天多给你发一百元奖金，回头去买件衣服吧。阿琴听了这话都快跳起来了：

“真的，那可太好了，小五哥，你可真好。我可拿了啊。”拿完钱又跳到小五面前一个劲笑着。小五看见她傻笑的样子，自己也忍不住笑起来。这一幕刚好被进门的红梅看见。小五的笑嘎的一声，赶紧断了，阿琴比小五慢了半拍，也止住了笑。都望着红梅，没等小五开口，阿琴先说话了，声音掩饰不住的高兴：

“红梅姐，回来了？我去给你倒水吧！”说着就往屋里走。红梅见阿琴进去了，冲着小五狠狠瞪了一眼也进了屋。小五紧跟在红梅屁股后面，用手拉了拉红梅的衣服，红梅晃了一下肩膀甩开了。回到卧室，小五一探身搂住了红梅，准备像平时一样，靠亲热来解决矛盾。没等他把脸贴上去，红梅不知哪来那么大的劲，一下子就把他给甩脱了，拿起衣架上的衣服头也不回地往外就走。小五本来被甩得趔趄了一下，脚还没完全站稳，但胳膊已经赶过去拦红梅了。红梅还是那样，毫不犹豫地甩开小五，嘎噔嘎噔踩着高跟鞋出去了。听着院子的门咣当地响了一声。小五鼻子里哼了一声，反倒笑了。又来这一套，他发现女人永远是爱跑的，不管婚前还是婚后，有个长长短短的总是要以跑来解决问题。就和跑步能消解矛盾似的。好在，红梅从来不往岳父那里跑。只是在她的好朋友家住一住，吓一吓他。哎，女人啊，就是爱折腾。小五拿过床头的电话，一打果然红梅已经关机了。他摇了摇头，又打通红梅好朋友张欣爱的电话。态度中肯地嘱咐了半天，无非是让她好好陪陪红梅，好好去吃吃饭买买东西，他出钱之类的话。女人嘛，总是要哄的。他现在又不是没有这个实力。一想到“实力”这两个金碧辉煌的字，他不由得往起挺了挺腰。阿琴看见他从卧室出来，有些无辜地眨了眨眼睛。显然，她也看出红梅生气了。小五很镇定地笑了笑说：

“哎，晚上吃什么啊？”

阿琴看见他笑，提着的心一下子就放宽了，把脸凑到他跟前问：

“小五哥，红梅姐生你的气了吧？”小五咧开嘴，干笑了一声说：

“快做你的饭吧，瞎操什么心。”

因为忙，女儿最近一直住在岳父家。少了女儿在他跟前绕来绕去，一静下来就总觉得有些空落落的。今天又少了红梅，院子都显得有些空旷了。吃了晚饭他和阿琴在院子里坐着。开始有一句没一句地闲聊。阿琴说起了家乡、说起了她的理想。她说，自己要挣很多钱，回去盖个楼让妈妈爸爸住着。说起盖楼，阿琴的眼睛变得亮亮的。就盖那种三层的小楼。我爸妈、弟弟，阿婆都住进来。小五不由得笑了，说，你知道盖楼要多少钱吗？你一个女的怎么老想着盖楼啊，那是男人干的事。你啊，应该想想怎么嫁人。听他这么说，阿琴很认真地说，想过啊，怎么没想过，我找小五哥这样的。说完这句话。两个人都愣了一下。阿琴赶紧解释说，我和妈妈说起过你，妈说，让我以后也找一个像你这么能干又善良的男人。我们那儿很多女人出来都挣了大钱，回去盖了楼。你不知道那楼盖得有多好、多敞亮。小五笑了，心里被阿琴的夸奖抹得光滑、顺溜了许多。红梅说得对，阿琴笑起来眼睛弯弯的，还真是有些妩媚的样子。见小五盯着自己看，阿琴反倒低下了头。一时间两个人都没话了。小五仍旧留恋着刚才的气氛，眼里、心里都美美的。还是阿琴打破了尴尬，她突然提出要给小五理发。

“你有工具吗？”

“有啊，怎么没有。一整套呢！学徒的时候就买了。”

虽然过去常常让阿琴理发。理发嘛，总是要在脑袋上摸来摸去的。但今天在自己家里理，被阿琴这么温柔地待弄着，小五心里还是回荡出了和平日完全不一样的鼓点。他使劲地吸了口气。那是女孩儿特有的柔软、芳香的味道。这种久违的香气让他的心神不由得一荡。理完发，阿琴还是像过去一样，用嘴吹着小五脖子里的头发。一阵儿的麻痒，小五使劲闭上了眼睛。见他闭眼，阿琴又赶紧往他眼睛上吹。一边吹一边用手往下掸着头发。正吹着，手突然被小五抓住了。不光手，小五的眼睛也直直地、热热地看着她。阿琴有些慌了，很紧张地问，怎么了小五哥？他听见阿琴说话，愣了一下，赶忙松开了手，说，哦，没事儿，别吹了，我自己去冲一下就好了。阿琴没有再接话，低着头开始收拾工具。小五又在凳子上坐了几分钟，才起身去了卫生间。当水热热地冲下来，小五看着发胀的身体，心情却渐渐地平静了。乱想什么呢？就是真的搞刺激也不能在家门口搞啊。刚才阿琴还说想盖楼呢！自己难道真要给她盖幢楼？他这么聪明的人要盖也是给自己盖，怎么能给别人盖呢？小五使劲搓了搓脸彻底清醒了。脑子里是想好了，可躺在床上，身体还是有些跃跃欲试。看来，明天一定要去找红梅了。

阿琴躺在床上，抿着嘴看着房顶一会儿就很突兀地笑一下。摸摸自己的手，心又咚咚地狂跳起来。刚才小五哥看自己的眼神那么使劲，就好像用了双臂去看一样。她还是第一次被一个男人这么抓着手。笑了一会儿，又摇了摇头。要是没有红梅姐就好了。那样……只是想想，都让她立刻羞愧起来。这是怎么了？真是不要脸。她才不是那种女人呢！她要靠自己的头脑和双手赚很多钱，然后再找个小五哥那样的男人，一想到小五脑子有些停不下来，整夜就那么瞎转着。

第二天，小五早早就起来了。看见阿琴，和平时一样笑了笑，没有任何的异常。倒是阿琴显得拘谨了很多，话也明显变少了。上午开盘后，小五好几次都发现阿琴在偷偷看他。之所以说是偷偷的，是因为只要小五顺着阿琴的视线看过去，阿琴立刻就躲了。这么一来二去的，小五有些不踏实了。难道阿琴真的喜欢自己？现在想到这些，已经没有了昨晚的兴奋，有的只是担忧。想了一上午，他觉得一定要趁红梅还没回来，把这件事压下去。要不日子还怎么过下去。等收了盘，小五漫不经心却又似乎郑重地和阿琴说：

“昨天的理发钱忘了给你了。你从里面拿五十吧。”

阿琴咬着嘴唇半天没吭声。见她不说话，小五又嘿嘿地笑了几声说：

“阿琴，以后攒够了钱也别炒股了，不保险。听哥的话，到时候开个理发店吧。要是不够，大哥借给你些。”这话说出来立刻就显得很体己了。阿琴有些感动地抬起头看了小五一眼。小五又说：

“阿琴啊，女人还是要嫁的。干得好，不如嫁得好。让你红梅姐好好给你留意一下，有合适的就见一见。你说呢？”

阿琴还是抿着嘴，点了点头，心里有些感激但又有些没意思，好像昨天到今天自己是单相思似的。小五见她点头了，才缓缓地把心放了下去。

几乎没费什么工夫，小五就把红梅哄好了。天还亮着，两个人就躺下了。红梅一开始还被动亲热着，到后来，渐渐开始迎合着小五。因为好久没有亲热，两个人都显得有些激动，毕竟家里还有个阿琴呢，所以都尽量压着声音。一切似乎在无形中变得刺激起来，越是压着，就越觉得压不住。最后，小五摸着红梅，咬着她的肩膀垮了下来。红梅的一腔怨气也随着高潮的来临终于消解了。女人只要顺了那口气，也就什么都顺了。想想小五说得也对。要是真有事，哪还会带到家里来，早藏起来了。再想想阿琴看小五的眼神的确是没有什么。说话软，南方人说话还不都那样，咬的舌尖都快要断了。这么一往开了想，就觉得阿琴和男人说话也并不算打情骂俏，只是说笑而已，对炒股的人总不能老拉个脸吧。无论什么事都要看你怎么想了。往开了想，有山有水有风景，谁都会高兴。往窄了想，走来走去只能碰个死胡同。红梅的性格不只单纯，其实也算开朗。事情过了，也就过去了。和阿琴说说笑笑的和往常没什么两样。女人高兴了，小五也就高兴了。坐下来又想着该买什么电脑，该往哪儿扯网线。和父亲也说了，父亲没有反对，只是一直问他会不会出事。父亲本来就是个本分的人，六年前，母亲去世后，父亲变得越发胆小了。见了面总是唠叨他要小心这，小心那，就好像他还是个孩子似的。这回也一样，父亲总是不断地问他，不会出事吧？搞得他很烦。但又不能发火。只能不断重复，能有什么事呢？不会有事的。

就在他忙着装网线的几天，股市突然下跌了，不是平时那种跌跌涨涨，是一路下滑下去。最高的一天一下子就跌五个百分点。这可是他炒股以来从来没有过的事。他这里买长线的那几个人已经都套住了，买短线的赔了三四天后就都观望着不肯再买。每天院子还是哄哄的，人并不比往日少，但没有买股的人。眼看着点数像油一样地往下滑，那几个做长线的人急了。卖又有些舍不得，两万算下来要赔五六千呢！不卖眼看着就快跌没了。小五也急。因为以他的聪明，本来就没有什么是不在他预料中的。可这次，他也完全傻眼了。每天只能盯着屏幕看着线往下一弯再弯。十几天过去，股市还是没有任何起色。院里来的人越来越少了，就是来了也只是看一看，没有人买股。没有事做，阿琴每天坐在那儿常常要发半天呆。没有出手的那几个长线股民，小五也不再催他们卖股，就那么耗着，不是不想催。那三个人，每天来他这儿，一句话也不说只是盯着屏幕看，中午连饭也不吃。小五知道来他这儿的所谓大户和买小单子的散户一样，都是挣死工资的，拼了劲拿出那两万块并不是容易的事。现在眼看着要没了，给了谁都要着急。耗来耗去，还是小五让步了。说实话，他也怕了。他们的眼睛已经血红了，就和要吃人似的，再撑下去，恐怕就真的要出事了。最后小五只要了他们的手续费，钱一分不少地退了回去。两个月后，院子里终于什么人也不来了。只有小五偶尔坐在那儿发会儿呆。阿琴又去了一个新理发店，是红梅主动给介绍的。两个女人在股市大跌的时候，友谊居然空前高涨起来。

周末，小五又在那儿盘算着，想了一会儿，问红梅：“你说叫雀友好呢？还是客来好呢？”红梅没有说话，她一看见小五晃脑袋，就想笑。不知道他的脑子里又往出蹦什么东西。

不久，小五的院子外面又挂起了牌子：雀友棋牌室。

几年后，他制造的那个简陋的交易所，在人们的眼里，俨然是神话，是奇迹，是历史了。偶尔，只是偶尔，也会看见人们怀着高深莫测的笑走过来，拍拍小五的肩，说，小五，和理发师的事儿怎么样了？昨天你的棋牌社又交了多少罚款啊？不过，这些都是后话了。

阳光下的皮弹弓

曹局长也就是十几年前的曹大头——曹轩。当然现在没有人这么叫他了。一个人只要有了一定的社会称谓，身价也就顺着涨了起来。原来的外号、名字都会缩水似的快速地缩小下去，小得再也戴不到他头上。偶尔有人拎出来，仿佛在叫别人一样，听着那么陌生和别扭。从宣布的那一刻起他就认定曹局长就是他的名字，他的名字就叫曹局长。前不久医科大的同学聚会，有人喝多了搂着他高叫，曹大头……你他妈运气真好啊，学得好不如娶得好啊，边说还边摸了摸他的大脑袋，碍于面子他并没有说什么，但有些没好气地把那个人的手甩开了。虽然这是大家都熟知的事情，但很少有人会和他提起。大家都心照不宣地闭口不谈这些。就和商议好了一样，共同保守着一个过时的、连根子都快烂掉的小秘密。这种东西说出来并不碍事，但不说效果会更好。这就是分寸。城市里最不缺的就是分寸。不过，在每一个剧里总是有人偶尔要跳出来的，要搅和一下，说的都是大家想说的，无一例外地表达了大家的心声。大家思想里也都心花怒放，恨不得越演越烈，像看戏一样好好地过一下瘾，但表情上却轻描淡写一副和事佬的样子。有的还会站出来忙着打圆场，又是碰杯，又是寒暄的。今天挑事的人既不够强硬又不够坚定，所以早早地被拥着拉到了另一边。戏，只开场没高潮就匆匆落幕了。

退回到二十年前，那时的他，虽然不能说帅气但也是个蓬勃向上的男人，怀揣着梦想，整天都埋在书本里，一心想着能像白求恩一样治病救人。对于姑娘们也同样怀着无比美好的梦想。但一切都没有容他细细地想清楚，命运已经自顾自地把他拉了过去。王艳是一个不胖不瘦的姑娘。但不胖不瘦不意味着就好看。他从来没有想过，自己的女人会是这个样子。当然，在他的梦想里他的女人也不是画报上的样子。他是个实际的人，连梦想也不会做得虚无缥缈，总还是要落在实处。画报离他还是太远了。想起女人，他总是想着自己在老家上学时见过的一个姑娘，长得不扎眼，但耐看。有些羞涩，有些婉转，就像他奶奶手里的线一样可以绕来绕去的婉转。王燕却不是婉转的人，像铁，而且还是生铁，放哪儿都会有些硌得慌。快毕业的时候突然去宿舍直接和他摊牌，问他做朋友愿意不愿意，还说要是愿意她能把他留在这个城市，而且实习能去市第一人民医院。一句顶一句地说完了就直直地看着他，他有些蒙了，待了半天，一句话也说不出来。王艳有些不耐烦，用眼睛在宿舍里晃了一圈又一圈，终于忍不住又说："怎么样啊，你觉得，说句痛快话，谁也别耽误谁。"听王艳这么一说，曹轩更不知道该说什么了，结巴了半天才说，"我不太明白……"王艳长吸了口气说："怎么不明白，哪儿不明白？你说，我说得已经够明白了，咱俩要是处对象，你就能留在这儿，还能去一院实习。要不你想想吧，明天，要不后天，你告诉我决定。"说完砰的一声碰上门走了。人是走了，可空气里却还是硬硬地留着她说的话，一粒一粒地放在那儿，等着曹轩往起拾。过了一夜，他终于能清晰地梳理昨天的情节了，可梳理了半天也没梳理出个眉目，后来居然连王艳的长相也想不起来了，但脑子里还是不由得想着王艳说过的话，那些话像无数的小鱼钩一样，一晃一晃地往曹轩的眼前摆。

不怨他，后来，他总是这么想。明明摆在跟前了，一伸手就够得着的好东西，谁能不要呢？但，有时候喝了酒，特别是喝得还不是很多，但已经开始上了头的时候，总有些后悔的影子出溜下来，灰头土脸地躺在那儿。生活也在那一瞬间暗了下来。

张建军习惯性地把手插进了裤兜里。突然，想起了周鹏说过的话不由得笑了笑又把手拿了出来。那天，周鹏很认真地问他："知道，为什么曹局长最近总是把手插进裤兜吗？"他摇了摇头说：

"那有什么啊？大家不都一样嘛。你不往兜里插啊。"周鹏瞥了他一眼继续说："那能一样吗？你能和人家比吗？人家每天多操劳啊，"说着自己先嘿嘿地笑了起来，"曹局长是疝气，而且挺厉害，要用手托着走才能好点。"周鹏用手比画了一下做了个运动员托举的动作。张建军也哈哈地笑了，推了周鹏一把。

"听谁说的，怎么还用手托着啊？"

“嗨，你别管听谁说的，反正是真的。你以前什么时候见过他把手往兜里插过啊，没见过吧。”想想倒也是，以前好像还真没见过。

如果不拎东西，两只手甩在外边难免显得有些多余。走了一会儿张建军还是把手又放了回去。但还是有些想笑。和所有的人一样，他也喜欢听领导的八卦，看到有关领导的爆料。生活就是这样，既然坐不到那个位置，开开玩笑，调笑一下，松弛一下被压抑的神经，对于个人的日常生活也算是一件蛮有趣味的事，何况那些带点幸灾乐祸的小心思还真的能让人痛快呢。旁边小亭子里几个老人在哼哼呀呀地唱着曲子。紧挨着亭子那儿还有几个人一字排开摸着太极，腿脚软绵绵地抖来抖去。紧挨着，却好像谁也不碍谁的事，唱的唱，摸的摸，很自得其乐。路边小吃摊子上咕嘟咕嘟地冒着热气，中年男人拿勺子磕了磕锅，抬起眼来轻松地吆喝：羊汤、羊杂、小米饭……声音和热气一样，拖得长长的。另外一家也跟着喊：馅饼、包子、大馄饨……声音响到一块儿的时候，偶尔，有空，喊的人会互相笑一笑，顺便问卖得怎么样了。其实紧挨着，即使不说也知道个大概，但，还是会问，倒不是为了客套，更多的时候是为了那份高兴。早卖完就能早收摊，也能早一点吃饭。老婆不在的时候他也常常在摊子上吃，趁着热把汤往嘴里一吸溜，边吸溜边呵着气，整个人会立刻暖和起来。在这儿，只要坐下来随便哪一家的东西都能吃得到。隔着桌子远远地喊一声：哎……包子一笼……小米一碗……土豆丝多点儿……热乎乎的立刻就能端到你眼前。他喜欢的就是这种气氛。不像单位门口的摊子，好几家一起招呼你，但你要选着一家坐下来，另几家立刻甩脸子，就和你做了多不对的事一样。每吃一次，都面临着选择，总是非此即彼，弄得他心里怪难受，而且别扭。门口的小卖部也是一样，两家总争着让他买自己的东西，一提到选择，他就觉得气紧，索性离得远远的，谁的也不吃，谁的也不买，甚至经过的时候躲着看也不看，似乎这样就省去了心里的麻烦，但，他还是常常觉得麻烦。

张建军的老婆在图书馆上班，大概是时间宽裕的缘故，每天不厌其烦鼓捣美容知识，并且积极地在自己身上实验。今天贴黄瓜，明天贴红薯。临睡前，油也是抹了一层又一层，弄得他一亲一嘴油。有时候连想亲热的念头也没有了。张建军稍表示些不满，老婆立刻没完没了地开始唠叨。女人的话就和线头一样，真扯起来没有完的时候，而且捎带着把陈年的旧事全部能扯出来。上个月图书馆决定把楼上的房子租出去，开瑜伽馆，顺带着还给每个人发了两张一年的免费瑜伽卡。老婆催着让他给局长的老婆送去。像他们这样的家庭，虽然不求着有大的改观，但还是希望往好的方向奔，利益能见着一点是一点，好处能落到身上就绝不让它落在地上。但又没有具体的方向和目标要实现。所以，即使准备着送人东西也要仔细地思量。既不能花太多的钱，那样自己划不来，可又得让人家能看得了眼，否则送了也等于白送。老婆已经说了好几天了。送，送，送。王建军脑子里像捂了只虫子一样，时不时地爬一爬，歇歇，但总是不想彻底停下来。最后还是他老婆送了过去。这下子他彻底地松了口气，简直就是幸福了。晚上，开始在老婆身上，上下地忙乎，直到老婆脸上泛起了潮红他才满意地嘘了口气。在张建军大汗淋漓的时候，曹局长正为不能顺利表态而犯愁。在他看来任何时候表态都是最重要的，即使在床上也一样。做不做是态度问题，做得好不好，那是能力问题。适当地表个态，一切问题都可以迎刃而解，比你说一百句、一千句都强。但那晚他努力了半天也没有表成态，最后王艳有些气恼地扭过了身子。

结婚后王艳渐渐地磨去了生铁的硬和愣，加上日渐丰盈的身体整个人慢慢像包子似的变得热乎温暖起来。随着曹轩职务一天天地涨上去，身边围绕着她的人也一天天地多起来。听她们叽叽喳喳地说话，她的生活也变得满满当当的。男人的话题总离不开女人，女人也一样，最后总还是要落到男人身上才能找到支点。不同的是男人说的看的多数都是和自己没什么关系的女人，而女人说得最多的即使再远也还是和自己有关联的男人，不是家里的，就是暗恋的，再不然也是恨过的。话题扯来扯去到了一定时候就会扯到性上面。每当这个时候，王艳总是觉得有些不好意思，但还又想听下去。说着说着大家都开始打混着问她，他们怎么样。她抿着嘴哧哧地笑："什么怎么样啊，还不就那样。""哪样啊？"大家的兴致都高涨起来，想着平时不苟言笑的曹院长脱了衣服尤其是脱了裤子的样子，都有些忍耐不住地想乐。大家推搡着她揉着她。

"哎，说说嘛，怎么样的啊？"

"肯定每天都疼着你，是不是？"

她也忍着笑用手拍着她们说：

"太没个正经了，都说些什么，让人听见了，多不好。"

她们又说，男人对你勤奋说明心里还想着你，甜着你，还把你当宝呢。要不然就是外边有人了。这最后一句话，王艳一字不落地留在了心里。

王艳整个人说到底也还是一块铁，并不会婉转，而且也懒得婉转。这么多年下来边边角角是磨得光了、滑了，不那么硌手了，但只要一放下来，一出手总还是重重的没余地。早晨，看着曹轩把碗往桌上一撂，说：

“昨晚怎么回事啊，她们可都和我说了，在这上头不行，就是在外头有了。说吧，怎么回事？”曹轩没想到，王艳会在大早晨，阳光这么亮的情况下说昨天的事，而且还是他不行的一件事。一下子又和以前在宿舍一样整个人傻在那儿了。

“说啊，到底怎么回事？”王艳并没有生很大的气，她觉得不过是问一下，有什么大不了的。“你快说啊，怎么这也没听懂啊？我再重复一下？要不晚上我们再试，你要不行那就说明你有问题。”说完自己咕嘟咕嘟地喝起了汤。曹轩挠了挠为数不多的头发，看着王艳半天没说一句话，觉得已经走了的时间又突然绕了回来横在那里，龇着牙看着他笑。

张建军用胳膊扛了一下周鹏，有些疑惑地说：

“是吗？他老婆真这么说啊，看来还是真的了。”

“我也是听我老婆说的，你知道女人在一起，什么话不会说啊！就没有她们不敢说的。”

“难怪这几天曹院长看上去有点憔悴！”

“嗨，以前我还不太信呢！我也是听人说的。真是该好好想想，到时候没准让谁主刀呢？那可是机会。没准哥们的运气就来了。”

“为什么要开刀？现在都流行保守治疗。”张建军不紧不慢地说。

“保守？放心吧，永远都是开刀最正确，药哪如刀快啊，你要听外科大夫的，刀最快。”周鹏一边说一边比画着动作。张建军觉得头顶嗖嗖地发凉，用脚踢了一下周鹏的腿。

“哎，说真的，外科除了张主任，还就数我了，张主任怎么会看得起这种小手术，简直没有任何挑战。”

“那可不好说，给院长做，那可是露脸的活。没准人家就愿意做呢，你呀，就别打算了，没用。”

“是吗？你是说张主任愿意做。哎，你从哪儿觉得他愿意啊？”周鹏有些急了似的问他。他摇了摇头。突然周鹏把胳膊撑在桌子上，很认真地说：“我会想办法做这个手术的，这是个机会。抓住了，没准，我很快就能提副科了。”他说得很用力，仿佛要传递力量一样。

他笑了，拍了拍周鹏，无声地鼓励了一下。说实话，他挺喜欢周鹏这一点的。周鹏总是很热忱地想抓住任何的机会，并且丝毫不掩饰自己的这种想法。在这方面他不行，不是他不想抓，机会就和街上走过去的漂亮女人一样，所有人都会多看两眼，但敢上去说话的恐怕没有几个更别说直接领回家了。但打心眼里还是会想，会惦记。晚上，想着周鹏说的话，他也有些心动了。

曹轩一进门就闻着一股扑鼻的香味儿。是那种烤得焦焦的、脆脆的皮子都烤得出了油的香味。他深吸了一口，接着又更深地吸了一口。脸上的笑也立刻跑了出来。但他没有立刻进厨房，而是在沙发上坐下来，闭着眼睛开始细细地品这股香味。多年的经验告诉他表态是十分重要的，但不能瞎表态。在还不清楚是怎么回事之前，最好是别表态。这几天王艳那张胖脸一直黑着。一到晚上他就有些担心，怕她真的试他。本来没什么的，但一紧张，再试来试去的，他怕真的就不行了。奇怪的是王艳并没有来试他。每晚练瑜伽弄得满头大汗，冲了澡就上床睡了。他呢，要在客厅看电视待到很晚才进卧室。不是他喜欢看电视，他觉得现在的电视越来越不好看了，换了数字电视后，一百多个台，越觉得没有什么可看的。但早早地进了卧室，总是要往那上面想，倒不是身体多想要，是脑子在替身体想。想归想，又没有把握做，但，又不能不做，弄得他都有些怕晚上了。现在这些香味，一阵儿一阵儿地往他鼻子里钻。他一向就偏爱味儿重的食物，最喜欢的就是那些煎的、炸的、烤的东西，觉得嚼在嘴里带劲儿，甚至嚼出些咸味儿才更过瘾。要是在往常，他早就进了厨房先叼上一口吃了。但今天，却有些拿不准，不知道王艳究竟在搞什么名堂。以王艳的性格，不高兴就是不高兴，不吵闹已经是很好了，哪还能指望她再做什么好吃的给你。这几天明摆着是不高兴，而且还是那种很不痛快的不高兴。这些，他都懂，所以就越觉得奇怪了。王艳听着门响，却半天没见他进去。到门口一看，发现他在沙发上坐着心里就有些想笑。她也知道他在想什么。于是，把呼吸调匀了冲着他喊："哎，干吗呢？还等着喂你啊，快过来端饭！"说完转身又进了厨房。曹院长忙答应着，赶紧起身，挂了一脸笑，脚都有些飘飘地往厨房走。以前，他并不喜欢她喊他，他总希望她能像别的女人那样柔一点叫他，更确切地说，他希望她能像单位的小青一样柔柔地说话，好像随时能挤出水来，那种水水的东西才是他想要的。小青是周鹏的老婆。既年轻又漂亮，说起话来总是软软的，不紧不慢让人听着觉得骨头都往酥了走。他倒没有沾染别人家事的意思。但是，作为男人，一个中年男人，谁不喜欢年轻一点的呢。当然他喜欢年轻一点的，并不等于说对家里的女人就完全厌倦了。只是天天看着觉得有些累，不像远远地看那些花一样水灵的女人，什么负担都没有，心里荡来荡去还能憋出一些肿胀的东西来。但今天听老婆喊他，却由外到里，由皮到骨头到血液都觉得舒服，整个人一下子就舒展了，好像连日来的担心都卸掉了。他还是第一次觉得女人的喊声这么受用。

端上来的不知是什么东西，像是鸽子肉，又像是锦鸡肉。这些年，他经常在外面吃饭，但吃再好的东西，总觉得没有家里吃的那种味儿。他边吃边看她，希望能从脸上看出点什么来，看见她光吃菜不吃肉，曹院长心里又有些感动了。她疼他呢。男人一旦觉得女人疼他，会突然像小孩一样变得可爱起来。他撕了一大块儿烤肉放在她碗里，眼神里有了些依恋的意思。王艳又把肉放回到他碗里，说：

“我不吃，专门给你吃的，快吃吧。”

他有些吃不下了，心里有些地方一动一动的，拱得他有些眼热，不光眼，浑身都有些发烫了。

“专门给我吃的？你也吃吧，这比在外头做的好吃多了。”

“外头？你在外头也吃过？”

“这是什么肉？饭店里也常有这道菜的。不过，我也只是吃，从来不问到底做的是什么。”

“麻雀。”王艳说完话的时候，匀匀净净地吐出了一口气。

曹院长一块肉塞在嘴里，有半边还露在外面。他的手指白胖白胖的，眼睛看着她，好像一时拿不定主意到底该做什么。

张建军的老婆还没到中午就迫不及待地跑去问王艳效果怎么样。王艳脸红了一下，笑笑说：

“挺好的，他……爱吃。”声音转了一个不大不小的弧度。张建军的老婆也笑了，她注意到刚刚那一个脸红的瞬间了，而且声音里透出的欢快她也听出来了。

“就是嘛，这多好，我就说那不是什么大病嘛。我们建军查了好几个晚上，又对照了医书才决定用这个偏方，麻雀是专门去村里买的。麻雀肚里塞的小茴香也必须是刚出的嫩芽才行。你说现在也怪了，吃个杂粮吃个小麻雀比吃海鲜还要费劲。哪儿都弄不着。不过只要曹局长病好了，我们也就放心了。”

王艳有些感激地拉着她的手，抿了抿嘴说：

“我知道，你们费的心。我会和曹局长说的。你们有什么我能帮的就尽管说。”听王艳这么说，张建军的老婆像朵花一样彻底地笑开了。

其实女人们给了王艳的偏方很多，给的时候她总是谢了又谢，怎么说人家也是一片好心呢。但她知道能用的其实并不多。自己虽然不是医生，但，是药三分毒的道理还是懂的。偏方里如果是食疗，她就决定试一试。吃不好，但也不至于吃坏吧。如果是放了几味药的，那就再说得管用她也不会用，她不想冒那个险。怎么说也是她的男人。这几天不是炖黄芪乌鸡汤，就是烧药狗蛋。但曹轩最高兴的还是吃烤麻雀。那些女人们照例都会问她管用吗。她总是有些不好意思，因为她们问的意思她已经很明白了，知道她们问什么。她只好笑笑说，哪能一下就看出来呢？才吃了没几顿嘛。那些女人不肯放过她，总是追着问：“哎呀，怎么看不出来呢，他和以前还一样不一样？缠你缠得还紧吗？”问的人恨不得亲自去看一看才歇心。她们看药有没有效果，主要的根据是看王艳的脸。脸色红了就说明还是有效果的。在这方面最有信心的还是张建军的老婆，她发现只要头一天她送了麻雀，第二天王艳的脸就总是有些红红的。这很能说明问题了，就和痒了挠背一样，挠上了才舒服。拍马屁也是，拍上了合适了才算大功告成。这一回，她觉得他们家建军还真是下了功夫，看来她还是没嫁错人，好日子一步一步地往她这儿迈过来了。

过了一星期曹轩才知道他吃的是偏方。他简直是太惊讶了。这么大的一件关于他自己的事，他居然不知道，而大家却都知道了。他本来是有些不舒服，最近，老觉得小腹有些隐隐的疼，但并不特别厉害。他很奇怪，连他自己都不知道是怎么回事，怎么大家就已经都知道了呢，并且自己居然还吃了那么多的偏方。

“别琢磨了，这可是你们单位张建军费了好大的劲才弄到手的。你不知道他老婆为这个来回跑了多少趟。”

“你是说他们都知道了？”

“知道什么？你怎么就不能往好处想想？人家这是关心你。”

王艳有些责怪地看着他，圆脸上大眼睛斜斜地拉了下来，嘴也噘起了老高，但并没有显出可爱来，反而加深了岁月留下的痕迹。脸上的纹路一条一条清晰地堆了出来。

本来他还有一肚子的疑问，看着王艳懈下来的脸，突然觉得不想问了。过日子嘛，只要一团和气就好，管他到底是什么气呢！疝气就疝气吧。第二天去了办公室，他才觉得最近大家的眼神多少有些怪异。想想也是，同样是肚子，如果是阑尾，或者是胆结石什么的，说起来就很好听，甚至在会上也可以说说。说某人得了阑尾炎了，甚至吃饭的时候也能说，因为并不影响气氛。但说到疝气，仿佛就多少有了些见不得人的东西。

周鹏敲门进来的时候，曹轩的眉头紧紧地皱着。在周鹏看来，那完全是病痛的征兆。想想他们局长每天忍着痛还坚持工作，他就多了些同情出来，眼神里也多了些关切味道，觉得他要说的要做的都是在为一个病人解除痛苦。什么局长不局长的根本不重要了，在他面前有的只是一个病人。他有些诚恳地说：

“曹局长，是我们不好，不够关心您，而且替您分担的工作太少了，才把您累成这样的。”曹轩有些纳闷地看着他，挑了一下眉头。“曹局长，我向您简单地介绍一下普外做疝气的几种方法，和一些相关的最先进的技术。”曹轩的眉头皱得更紧了，但他沉住气没有说话，耐心地听周鹏说了下去。

“疝气做手术主要是放置一个补片，就是为了能更好地托住下垂的部分。目前有两种做法：一种是张力修复法，以缝合为主，但缝合的时候张力很大，痛苦也大。另一种是无张力修复。用一种先进的疝补片来做。我们院现在已经开始做无张力修复。在这方面我已经做了十几例，反应都很好。病人的痛苦小，恢复得也较快。这是我做过的病人的资料和一些图片。曹院长，您要注意身体，可不能累垮了。”说完他深吸了口气有些期待地看着曹轩。

曹轩也深吸了一口气，通过气管、肺、肚子又回笼到了脑子里。他简直不知道该说些什么，又不好立刻发作，只是点了点头。周鹏还想说什么，被他的眼神制止了。周鹏知趣地走了。出来心里想，看来院长的病还挺严重的，一定是疼痛太强了，听他说了那么久忍着不想表露出来，看不出来还是挺坚强的一个人。想想刚才自己说的话应该还是到位的。不过还是要仔细想想，毕竟是手术，对于病人来说再小的手术也是大手术，何况还是给行内的人做。该准备的资料还是要再准备得充分一些。突然他想，也许该做个幻灯，那样比较直接，一看就清楚了。真是的，怎么就早没想到呢！边走心思又来回地转了好几个弯，但到最后也没有弄顺溜了，总觉得还是欠缺。

曹轩用手按了按肚子，心里隐隐地觉得有些不妥。本来凭着自己的经验一直觉得不是疝气，但被人这么说来说去又有些信了。肚子里某些东西好像还真有些下滑了。刚才周鹏说的话此刻像小刀一样，一点一点把他的思绪全镟开了。突然就有了些凄凉的感觉，好像已经过了一辈子一样，折腾了半天没想到末了居然还是空空的。以前那些时间见缝插针地又跛着脚晃了回来。那一年头一次上解剖课他们班好多人都吐了，简直是说不出的恶心，紫黑的血都已经冻在了血管里，切开的时候像香肠一样，感觉噌噌地响。但上到后来，下了课大家常常连手也顾不上仔细地洗就能大口大口地去吃饭。大四的时候他们班的任何一个人都能在半小时内像剔猪肉似的把一个人剖得干干净净，内脏一件件摆在那儿，他们谈情的谈情，说吃的说吃，丝毫不会影响什么情绪。想着有一天他也会躺在那儿让人一件一件地摆出来，再一件一件地缝进去，他就觉得有些恶心。

夜像织得太长的围巾一样怎么也绕不完。看着王艳胖墩墩的身体随着呼吸均匀的起伏，他心里就有些柔和的东西生长了出来。这些年好像从来都没有仔细地看过这个女人，只是觉得她硬、愣、不婉转，当然，也不好看。现在，看着她起伏的身体突然有一种从未有过的亲近扑了出来。

就和以前看自己的女儿一样，很亲。于是，他把手放在了她的胖腰上摩挲了几下。她动了动身子翻着挪开了。他又把手搭了上去，她迷糊地睁了一下眼把身子又扭到了另一面。他想都没想重新又把手搭了过去，这次他把身子也靠了过去，伸开胳膊揽住了她，挣扎了一下后他们都沉沉地睡了过去。

周鹏想了想觉得还是不放幻灯的好，完全放别人做过的片子，势必说不过去。那还找他做手术干吗，直接找别人不就行了吗。放他做手术的片子吧，拍得实在是不怎么样，连他看都觉得效果不理想。图片如果没有精细到一定程度，最好还是不放的好。像图片这种东西永远是最直观的，一眼就能看出好坏来。院长怎么说也是行内的人，真看了恐怕立刻就决定不用他做了。想来想去，觉得还是把方案再做得仔细一些比较好。医生不怕细，细了还能再细、精了还能再精，这个是没有止境的。他清楚这个道理。

曹轩躺下的时候，用眼神瞄了一眼老婆，看见王艳也看着他，他像孩子一样一下子踏实了。查吧，不管是做还是不做，总是要查的。

看着屏幕周鹏把眼睛往大睁了又睁，然后又用手触摸了半天曹轩的腹部，有些茫然地看着王艳说：

“奇怪啊，怎么就不是呢？”

“不是什么？”王艳虽然没有听明白却有些急了。

“不是疝气，是小面积的淋巴肿块，吃药热敷一下就好了。”说完，周鹏觉得自己整个身体都变得松动了，好像晃一晃就能全部掉下来。

曹院长一声不吭地坐了起来。他系好皮带，出门的时候还拍了拍周鹏的肩，说：

“好好干。”

周鹏有些诚惶诚恐，嘴里动了动，不知要说什么。

看着曹院长脚步轻快地走出来，张建军还问了句：

“曹院长，没什么事儿吧？”

曹院长没有搭话，只是点了点头。看着从里面走出来的周鹏一副失落的样子，张建军绽开的脸慢慢地缩了回去。

晚上和老婆说起来，女人还觉得不可思议。

“不管怎么样，王艳的脸一直红艳艳的却是事实。不要想那么多，不管怎么样，曹院长肯定都会理解的。至少王艳会领我们的情。”

张建军什么都没有说，语言在这里突然变成了极度匮乏的一个东西。

天有些凉的时候，张建军做了一个很大的弹弓。拉弹弓的皮子用的是做手术的手套，浅黄的色泽，上面有一些棕色的斑点，是医院最新出来的，弹性很大而且还是超薄的那种。他就不信了，这么好的皮弹弓还打不下一只小麻雀。他举起来眯着眼睛试了试。透过皮子，阳光被摊得薄薄的，一小片一小片地落了下来。

当下都市生活的困境与突围

程邵武

李燕蓉近年来已形成了自己鲜明的创作风格，那就是对当下都市人的精神困境的关注与表达。身为女性作家，她的小说并没有刻意的女性视角，也没有某种预设的女性主义立场或某些只有女性关心的生活领域，而是以宏阔的生活本身为视野，以红尘中的男女悲欢、日常中的琐屑酸辛、彷徨中的寻觅出口、困境中的突围挣扎为主线，营造出一个呈现当下都市人精神症候与生存状态的小说场域，《等待》《蹲在黑夜里的男人》《来吧，猫》《出口》莫不如是。

《等待》中，所有的人都在艰辛地等待，李耀与七七在等待结婚，七七的父亲生命垂危在等待死亡，亲人们被繁重的病床看护拖到崩溃，在等待着某种解脱，大家都陷在一个巨大的困境中等待着结束或新的开始。有意思的是，为老人准备的寿衣成了这场等待中一个饶有意味的道具，一个具有象征意味的物象，携带半年多随时准备为老人的离去而准备的这套寿衣却阴差阳错并没有派上用场，这种设计是神来之笔，它意味着生活中某些人为设计的徒劳，忍耐、付出、良善、宽容才是突围之口。《有风从湖面掠过》中，医院护士秦墨不仅工作劳累而且情感失败，慨叹自己“就是个困兽，不是困在情感里就是困在医院里”，而闺蜜向红为了丈夫的升迁，不惜到医院为领导的母亲做贴身护工，精心服侍，极尽讨好之能事，不想领导母亲久久不能出院，向红陷在自设的困局里不能自拔。与《等待》中的困境不同，《等待》中的困境是生活本身赋予的，无所逃脱，无从回避；秦墨和向红的困局则属于作茧自缚，源自人们的妄念和泛滥的欲望。这无疑是生活的另一个面向，不过两者的荒诞与徒劳则有着高度的相似性，故事的结尾是领导被“双规”，向红的辛苦付出终成泡影，唯一的收获是秦墨又陷入了情感的围城，预示着困境的周而复始。

如果说在欲望的都市，大多数人都处在困境中，被困在各种各样的困境里，那么有些人，少数人，则是处在绝境中——李燕蓉的笔触关注到了这样的人群，这是让我颇为惊讶的，李燕蓉对生活中不同境遇的人的关注面之广可见一斑。《蹲在黑夜里的男人》中的主人公畅卫国是个校长，因收受贿赂导致教学楼出现质量问题而面临法律的严惩，畅卫国准备以死保全儿子及家庭的利益，无奈实施时临场胆怯而选择苟活，最终因教学楼倒塌心理崩溃成为疯子。这种死不成也活不成的人生绝境被作者写得惊心动魄又合情合理，人物的心理、内心的挣扎、情绪的波动九曲婉转，把握准确。这类人物虽然生活中常有耳闻，但真正要做到了解其生活尤其是细节却也并非易事，这充分体现了李燕蓉作为一个出色作家的良好素质——始终对生活中的各种人物以及人物的各种命运保持浓厚的兴趣。

在都市中，人的境况相互之间其实都是相对遮蔽的。《来吧，猫》里退休大夫欧阳的纠结和焦虑更多来自别人对其生活的看法。准备到美国给女儿看孩子的欧阳大夫，临行前郑重其事地宴请同事热情话别，没想到女儿改变主意不要孩子，她和老伴的美国之行也就偃旗息鼓了。无比纠结的她感到无法跟别人解释，其实有多少人关心她出不出国呢？事实证明她继续待在国内并没有引起任何人的好奇和过问。在人与人之间的隔膜和疏离的城市背景下，人的孤独、困境、纠结其实都跟别人无关，每个人都是一座孤岛。

读李燕蓉的小说，常常感觉她像一个外科大夫，用手中的手术刀在准确地解剖着生活。她的小说，往往从人物的一句对话、一个动作开始，这种直接切入生活的感觉，像极了一把锋利的手术刀划开皮肤，甚至你能听到“嗞”的一声，生活的肌肤被剖开了，人的情感、命运，以及其中的不堪、焦灼、等待、绝望、希望，包括温暖和善良，等等，一一呈现出来。她的叙事，没有一般女作家常见的抒情性、主观性和情绪性，往往都是冷静的、理性的、客观的、不动声色的。这是很多男作家都难以做到的，有一种现实主义的强大力量。特别是叙述中的准确，有时达到了精确的程度。抒情、主观、情绪化往往会夸张和变形，准确和精确则只能通过冷静和理性到达。

印象中李燕蓉似乎不苟言笑，这可能跟她的性格有关，也可能跟她对生活的态度有关。我总觉得小说家跟诗人、散文家略有不同，我有个蹩脚的比喻：如果生活是个荷塘的话，那么诗歌是荷花，散文是荷叶，而小说则是淤泥之下的莲藕。小说家须得在生活的黑暗中浸泡、感受、体验，痛其所痛、苦其所苦，方能有所收获，因而，小说家总是沉重的。不过，李燕蓉的现实主义并非是无情的现实主义，在她的小说中，温暖和温情其实是无处不在的。她偶尔也会笑一下，很像她在小说《大声朗读》中写过的一句："他飞快地笑了一下，但很快，那丝笑就不见了，像跑得很快的小动物一样，一下子就不见了。脸上也没有留下任何跑过的踪迹。现在，他的脸像一摊不动的水，波澜不兴。"

李燕蓉作品发表目录

（截至 2018 年）

《大声朗读》·短篇　　《山西文学》2007 年第 10 期

《男人蹲在黑暗中》·短篇　　《山西文学》2009 年第 2 期

入选《小说选刊》2009 年第 3 期佳作搜索

《开始熟睡》·短篇　　《钟山》2009 年第 3 期

《中篇小说选刊》2009 年第 4 期转载

《飘红》·短篇　　《山西文学》2009 年第 2 期

2011 年获第五届赵树理文学奖·短篇小说奖

《让我落在尘埃里》·短篇　　《芳草》2012 年第 4 期

《春暖花开》·短篇　　《山西文学》2012 年第 10 期

《长江文艺》2012 年转载

《阳光下的皮弹弓》·短篇　　《山花》2013 年第 2 期

《有风从湖面掠过》·短篇　　《黄河》2014 年第 1 期

《半面妆》·短篇　　《黄河》2014年第1期

《等待》·短篇　　《黄河》2014年第6期

2019年改编成电影《又一夏》

《来吧，猫》·短篇　　《山西文学》2014年第9期